世界文学の小宇宙 2

Artes MUNDI 叢書

囚《とら》われて

沼野充義・藤井省三 編

名古屋外国語大学出版会
Nagoya University of Foreign Studies Press

カバー・デザイン　冨安由紀子

はじめに

本書は、二〇一九年に刊行された亀山郁夫・野谷文昭編〈世界文学の小宇宙〉①『悪魔にもらった眼鏡』に続く第二巻である。この巻は、藤井省三と沼野充義が編纂の責任を負い、企画を進めた。

今回は、欧米・ロシア以外の世界の様々な地域に視野を広げ、二〇世紀の作品を中心にして（ただし、一九世紀末と二一世紀初頭も含む）、言語芸術が広い意味での「現代（モダニティ）」をどのように反映・表象しているかに重点を置きたいと考えた。

本書には、地味ながらも大切な仕掛けが一つある。各作品に以下のような五項目にわたって付された解説である（それぞれの項目名は、英語の他に作品の原語による表記を付した）。

Profile　著者紹介。経歴や主要著作など。

Text　作品の基本的解説。

Context　作品およびその国の歴史的・文化的背景。また作家の文学史的な位置づけなど。

For Further Reading　さらに幅を広げて読むための読書案内。同じ著者のその他の代表作、とりあげた作品・作家と縁の深い他の作家による作品、参考になる研究書・文学史・事典などをあげた。

On a Personal Note　訳者より一言、のコーナー。普通は「黒子」にとどまるべき訳者の個人的な思いいれや感想などをここに記し、読者にぜひ読んでほしいというメッセージとした。

読者の皆さまには、この解説をたいして意味のない「おまけ」程度のものとして読み飛ばさず、じっくり読んでいただければ幸いである。世界文学の未踏の沃野への、よき道案内になるに違いない。

沼野充義

二〇二一年一〇月

目次

世界文学の小宇宙２　囚われて

Artes MUNDI 叢書

ポーランド

パヴェウ・ヒュレ　Paweł Huelle

初恋

沼野充義・訳

初恋

　春になるといつもジャズは菜園の物置に行って、自分のバイクを引っ張りだした。ぼくはそのバイクの色が好きだった。そのとき菜園の畝の上に広がるガソリンやグリースのにおいも好きだった。そしてなによりも、ジャズが好きだった。彼のためにねじが落ちないように持ったり、分解した部品を磨いたり、ツィルソンの店から煙草やビールを買ってきたりした。そうして彼といっしょに過ごした時間が無駄にはならないことが、わかっていた。暗い赤色をしたフムカ(1)の整備がやっと完了すると、ぼくたちはたらいで手を洗い、ジャズはアメリカのパイロットが着るような革ジャンパーを着て、首にチェックのマフラーを巻きつけ、近くのバイパスまで鉄砲玉のように飛び出していった。でも、ときにはキャブレターの調子が悪いこともあって、そんなとき、フムカは排気管から恐ろしい勢いで排気ガスを吹き出し、みんながぼくたちのことを指さしながら、あきれた顔をするのだった。フムカは戦前のソクウでもなければ、ましてハーレー・ダヴィッドソンでもないのだからしかたないのに、そんなことも分からないのだろうか。森のそばの、ビュルガー夫人が住んでいるあたりで、ジャズはまるでレースのように見事にカーブを曲がり、空中には埃が煙のように立ちのぼり、メンドリがこっこっと鳴き、犬が吠え、ぼくたちは幸せだった。「ジャズ！」風の騒ぎとエンジンのうなりに負けないように、ぼくは声を張り上げた。「もっと速く！」

彼はうなずいてそれに応え、それからすぐに、ぼくたちはまるで狂ったような勢いで砂や、玉石や、アスファルトの上を、栗の木まで駆け降りたものだ。栗の木のところからはときおり荷馬車が飛び出してきて、ブレーキのきいっという音が、馬のいななきや、鞭を打つ音や、御者がぼくたちに惜しみなく与える罵りの言葉と交じり合った。

ジャズは二番のバスで通勤していた。造船所で働いていたのだが、稼ぎはたいしたことはなかった。だからフムカは納屋で、ぼくと同じくらいうずうずして日曜日や祝日を待っていたのだ。もしも何か自分の用事があれば、彼は夕方まであっさり姿を消してしまったけれども、何も用事がなければ、郊外に、谷間や、湖や、海や、そうでなければ運河にぼくを乗せて行ってくれた。たいして話をしたわけではない。いつも砂の上か、高く茂った草の中に大の字に寝っころがって、目で雲を追っていた。ジャズは「グルンヴァルド」という銘柄の煙草を吸い、ぼくはアカザの茎をかじったり、ツィルソンの店で買ったハッカ飴をしゃぶったりした。ジャズについてぼくが知っていたのは、こんなことだ。親がいない。学校を中退した。母方だか、父方だかのおじさんはパルチザン戦を生き延びることができなかった。一九四五年に裏切られ、ソ連軍に捕まり、銃殺された。それはぼくがまだ生まれる前のことだ。ジャズがぼくについて知っていたのは――ジャズが放り出された学校にぼくも通っていて、ぼくがその学校を嫌っているということ。理科の教師がぼくの名字をわざと変な風に発音して、ぼくのことを「ドイツっぽ」と呼び、疑惑の目で見ているということ。だから、もうそんなことはぼくたちの間では、話す必要がなかった。もしもそれでも何か言葉が口をついて出るようなことがあれば、それはたいてい、バイクに関することだった。

「あのジンザップってのはなあ、おれのフムカ四台分よりも馬力があるんだ」と、ジャズがため息をつく。

「ジンザップはジンザップさ」と、ぼくが答える。「それより、ハノマグがあればね！」

ジャズは一度もぼくを家に呼んでくれなかった。彼は隣の建物の屋根裏部屋に住んでいて、窓は栗の木の葉になかば覆われていた。冬は夜遅くまでその窓に明かりが見え、夏は開けはなった窓のそばでジャズがアルト・サックスを吹くのが聞こえた。

ぼくはときおり聞いてみた。「ジャズ、本当にオーケストラで演奏してるの？」

そんなとき、ジャズは秘密めかした微笑みを浮かべ、おれは自分のオーケストラを持っているんだ、と答えたものだった。きっとこの辺のバルト海沿岸地方じゃ一番のオーケストラだ。団員は一人だけだけどな。ぼくはジャズの微笑みが好きだった。その微笑みには、あざけりと、冷やかな距離と、心の温もりがあった。


ビュルガー夫人が亡くなった年も、ぼくたちのバイクの季節はいつもと同じように始まった。いつもと同じコースで森まで走り、フムカのエンジンはいつもと同じようにうなり声をあげ、ぼくたちはカーブを曲がり、埃が煙のように立ちのぼり、メンドリがこっこっと鳴き、犬が吠え、ぼくたちは幸せだった。でもすべてが、これまで通りというわけではなかった。それがわかったのは、いつものようにすぐにスピードを上げて、真っさかさまに坂を駆け下りていくかわりに、ジャズが突然バイクを止め、こう聞いたときだ。

「彼女を見たかい?」

「ビュルガーさんのこと?」ぼくはぞっとして、叫んだ。でもぞっとしたのは、葬式のことを思い出したからというよりは、急ブレーキのせいだった。

「ツィルソンの店の新しい娘《こ》さ」と、ジャズが答えた。

「あの店に行こう、いますぐに!」

　その女の子はバーシャという名前で、新しい店主の娘だった。優しくほっそりとした彼女の指が、フルーツドロップのつぼの中に沈み、せわしなく動き回った。まるで、粘りついた甘いものの固まりではなく、ピアノの鍵盤に触っているような様子だ。

「おれはその緑のがいいな」とジャズが言った。「で、相棒には白いやつをね」

　ジャズがぼくのことを「相棒」なんて呼んだことは、以前には一度もなかった。それからぼくたちは物置のそばに腰を下ろして、ドロップを次々としゃぶっていった。耐えがたい甘さだった。

「ジャズ」ぼくはため息をついた。「フルーツドロップなんて、一度も買ったことなかったじゃない！」

「今日からはすべてが変わったのさ」ジャズが認めた。

　なんと答えたらいいのか、わからなかった。バーシャは太く黒いお下げ髪をしていた。それは肩に流れ落ち、どこか背中のあたりまで来ている、長いお下げ髪だ。でもぼくは長いお下げの女の子は、好きではなかった。少なくとも、ぼくのクラスのそういった女の子は。

「全然きれいじゃないじゃない」と、ぼくは用心深く、鎌をかけた。「それに、きっと爪を嚙むよ！」

「嚙んだっていい」ジャズは断固としていた。「いずれにせよ、おれはあの娘と結婚する」

「なんだって！」ぼくは最後のフルーツドロップの透明なかけらを吐き出した。「あんな女の子、きっとフムカにも怖くて乗れないって言うよ」

でもジャズはもうフムカのことは考えてなかった。そもそもぼくの言うことなど、まったく聞いていない風だったのだ。肉の切れ端にたかるハエのように、蟻たちがもうドロップに群がっている。ぼくはその様子をながめていた。グダンスク湾あたりの方角から雷の音が響いてきて、さっと吹きつけてきた乾いた暖かい風が、もうすぐ猛暑の日々が来ると予告していた。

「ジャズ、なにもかも、とても変だよ」

ジャズは答えなかった。大きな雨粒が地面の中にしみこみ、砂地に黒っぽく乱暴な斑点を残した。

二、三日後、バーシャを学校の校庭で見かけた。彼女の白いブラウスのそでには、中学の赤い紋章が縫いつけられている。手には一冊の本を持ち、塀の前を散歩しながら、長い指でページをめくっていた。それは『灰』(2)の第一巻だった。彼女のなにが一番ぼくの気に入ったのか、自分でもわからない。日に焼けて桃色がかった金色を帯びた肌なのか、黒っぽく、ほとんどざくろのような色をしたお下げ髪なのか、本のページをめくる指なのか、それとも、休み時間に心ここにあらずといった様子で、一心に本を読んでいたという事実そのものなのか。ぼくはバーシャの長いお下げ髪や、桃色を帯びた金色の肩の肌に触りたかった。それは何の小説なのか、オートバイは好きか、と聞いてみたかった。ブジェジノの海岸よりもイェリトコヴォの海岸のほうが好きなの？　レコードを集めている？　ソノシートじゃなくって、ちゃんとした黒くて丸いやつだけ？　ジャズもそういうのしか集めないんだ……。でも何も聞けなかった。ぼくのそでについていたのは、どの小学校でも同じような青い紋章だったし、ぼくはまだ『灰』を読んだことがなかったし、チャイムが鳴るとすぐにバーシャが中に入って姿を消したのは、校舎の左側の翼で、ぼくには近寄れない場所だった。ぼくたちの間には越えがたい深い溝があった。そして、そのことを突然思い知らされて、ぼくの心は切なさでいっぱいになった。でも幸いなことに、完全にいっぱいになったわけではない。信じたいという気持ち、希望の領分も、少しは残っていたのだ。それは、いつかはきっとぼくに目を向けてくれるのではないか、という希望だった。それからというもの、ぼくは毎日、授業が終わるとユーリイ・ガガーリン(3)の記念碑の前でバーシャを待ち受けるようになった。彼女が階段のところに姿を現すとすぐに、ぼくは彼女をつけ始め、家まで行ってしまうのだった。彼女はポランキ通りの一軒家に住んでいた。以前ドイツ人が住んでいた家だ。彼女が野生のブドウの枝におおわれた鉄のくぐり戸の向こうに姿を消すとき、きれいに刈り込まれた芝生と小さな池が見えた。ぼくの一家が住んでいる賃貸住宅には、芝生もなければ、石を並べた池もない。「まるで天国みたいなところに住んでるんだな」と、ぼくは頭の中で、何度もくりかえした。「きっと、だからぼくなんかに、見向きもしないんだろう」終いには、バーシャも後をつけられていることに気づいた。でも決して歩調をゆるめることも、振り返って見てくれることも、言葉をかけてくれることもなかった。ぼくはすっかり落胆していたが、それでも諦め切れなかった。夏休みまでもう、ほんの数日しか残っていない。でもきっと、何かが起こる――そんな希望を抱いていたのだ。そして実際に、それは土曜日のことだったが、鉄のくぐり戸が閉ざされて庭が見えなくなり、いつものようにしばらくの間歩道に立って、菖蒲や、高山植物らしい花や、長くて黒いお下げ髪を鏡のように映し出した池の水面の図柄を心に刻んでおこうとしていたとき、不意にフムカが走り寄ってきたのだ。その上にまたがり、笑っていたのは、ジャズだった。粋なヘルメットをかぶり、本物のレース用のゴーグルをかけ、格子縞のフランネルのシャツを着込み、袖をまくり上げている。

「求めよ、さらば与えられん」と、ジャズが言った。「お目当てはあの娘だろ、図星か？」

「冗談じゃないよ、ジャズ」と、ぼくは肩をすくめた。

「べつに。ただの暇つぶしさ」

「あの娘のおやじがこの家を買うためにいくら払ったか、知っているか」ジャズはサドルを指さした。ぼくに飛び乗れということだ。「一二〇万だってさ！　で、戦争中、ここに誰が住んでたと思う」

ぼくは知らなかった。ポランキ通りをぼくたちは疾駆し、それから近道を通って土手沿いに、木陰を、教会の前を走り抜け、家に向かった。

「ナチの大管区長官《ガウライター》、アルベルト・フォルスターさ」と、最後にジャズが秘密を明かした。

「絞首刑になったやつだ！」

その光景は映画で見たことがあった。人で埋まった町中の広場、木製の足場、そして絞首台。くすんで灰色になった囚人服を着たフォルスターはちっとも怖そうには見えない。彼が絞首台に吊るされ、群衆の中を鈍いどよめきの声が走り抜けたとき、スクリーンには過去の光景が映し出された。演壇、花、演説、たいまつ行列、有刺鉄線、監視塔、ガス室、死体焼却所、そして裸の死体の山。フォルスターは演説し、フォルスターは叫び、フォルスターはぼくたちの町を千年の歴史を誇る帝国《ライヒ》に結びつけ、美しい軍服を着て、ヒットラーを歓迎し、幸福のあまり涙を流した。死刑執行人がフォルスターの首に輪縄をかけたときも、彼はまったく動揺の色を見せなかった。神父も呼ばないでいいと言ったそうだ。カメラは処刑に立ち会ったソ連の将軍たちの姿も、映し出していた。

「ジャズ」ぼくは不安になって、聞いた。「バーシャは知ってるのかな」

ぼくたちは物置の前で、生い茂ったスグリの葉の茂みに囲まれ、フムカの隣に腰を下ろしていた。

「知らないなんてことないだろ」ジャズはグルンヴァルドに火をつけ、精巧な煙の輪をいくつか口から吐き出した。「あの娘のおやじは、ユダヤ人だってよ」

「ひょっとしたら、あの家にはお化けが出るかな」ぼくは自分でも確信が持てずに、言った。

ジャズはしばらく何も言わなかった。ヴジェシチの家並みの上で、旅客機のエンジンが重々しくうなり声をあげた。

「いいか、お前にちょっと頼みがあるんだ」ジャズはスグリの葉を引きちぎり、それを握りつぶした。「バーシャをピクニックに誘ったんだ。彼女はオーケーしてくれたんだけど、お前もいっしょじゃなきゃ嫌だって言うんだ」

ぼくはジャズの言うことを信じたくなかった。でも、ジャズは口から出まかせを言うような男ではない。ということは、二人はもうデートしていたんだ。ジャズは彼女のお下げに両手で触り、彼女の頬の、桃色を帯びた金色の肌にキスをしたんだ。それも一度ではなく、きっと何度も。

「でも、なんだってぼくが?」心もとなげに、言葉をはさんだ。

「わかってるだろ」ジャズは畝の砂地で吸いさしの煙草の火をもみ消した。「あの娘はお前のことがすごく好きなんだ」

その夜は長いこと寝つけなかった。車庫に入っていく路面電車の音が聞こえた。グダンスクからの終電の音も聞こえた。運河をこえて港のサイレンが聞こえてきた。それからこおろぎの鳴き声も、屋根のあたりに群れ集うこうもりのきいきい声も。星明りを浴びて、すべてのものが、一つのことを繰り返しているかのようだった。「あの娘はお前のことがすごく好きなんだ」と。明け方近く、ぼくはいつの間にか、ポランキ通りのバーシャの家に、彼女の部屋に来ていた。目を覚まさせないように、そっと、ぼくは彼女の繊細な頬に手を触れた。するとこれまでまったく知らなかった、不思議な甘味を感じた。まるでワインが革袋を満たすように、その甘味の湿りけがぼくを満たしていく。あの言葉をもう一度繰り返したかった。彼女の頬にもう一度触りたかった。今度はもっと大胆に、唇で。と、そのとき突然、背後でドアが軋む音が聞こえた。それは彼だった。磨き上げられた高いブーツをはき、軍服に身を固め、勲章をたくさんぶら下げたアルベルト・フォルスターその人だ。グダンスクおよびその周辺地域の大管区長官《ガウライター》だ。

「おれの娘に手を触れるなんて、いい度胸だな」低い、金属的な声で彼は言った。ぼくは叫んだ、お前は嘘つきだと。もうずっと前に絞首刑になったはずじゃないか、と叫んだ。消えうせろ、さもないとジャズや仲間を呼ぶぞ、と叫んだ。ところが彼は穏やかに微笑んで、こう付け加えたのだ。「後ろを見てごらん！」すると、バーシャはもう、バーシャではなかった。その髪は明るいブロンドで、巻き毛の波となってうなじにかかっている。薔薇色のぽっちゃりとしたその顔は、教理問答の天使の顔だ。もう叫び声をあげることもできなかった。真夜中の風の一吹きのような、ぞくぞくっとする恐怖を覚えた。身動きもできない。大管区長官は近寄ってくると、ぼくの学校の制服から青い紋章をはぎ取った。笑いがこぼれるその口元に、健康そうな、白い歯が見えた。彼は軍服のポケットから腕章を取り出すと、ぼくの学校の紋章があった場所にそれをつけた。ダヴィデの星が描かれた、黄色い腕章だった。ぼくはますます怖くなった。それから彼はぼくを連れて階段を下り、庭に出た。池では小さな、金色の鯉が泳いでいる。菖蒲は黄色く、空は青く、高山の石は灰色だった。鉄製の門の場所には、野生のブドウに飾られた、木製の絞首台が置かれている。その反対側、通りでは、群衆がおし黙ったままじっと待っている。市庁舎のガラス窓のように大きな、スターリンとマルクスとエンゲルスの肖像画が、ハーケンクロイツの隣で風にはためいていた。

「ちがう、ちがう。これは何かの間違いだ！」と、ぼくはどなった。

首を絞める輪縄がますますきつくなってくる。群衆は手を上げて、「ハイル・ヒットラー」の挨拶をしている。オーケストラが演奏しているのは、「インターナショナル」。ぼくは死にかけていた。しかし最後の瞬間に、猛スピードで、ぼくを救いにジャズが乗り込んできた。彼はボーイスカウトのナイフで麻のロープを切り離し、ぼくたちは一目散にポランキ通りを突っ走った。それから近道を通って土手沿いに、木陰を、教会の前を走り抜け、家に、木造の物置に向かった。ジャズは中に入ると、道具箱からパルチザン戦用の「ステン」を取り出した。それは裏切られ、ソ連軍に捕まり、銃殺された彼の母方だか、父方だかのおじさんが残した銃だ。ぼくたちはさらにバイクで突っ走った。ジャズはスロットルを全開にしてバイクを疾駆させ、ぼくはこげ茶色のメルセデスを銃で撃ちまくった。そのメルセデスに乗って、大管区長官アルベルト・フォルスターがぼくたちを無慈悲に追いかけ回していたのだ。町じゅうがナチの保安警察官や、憲兵や、民警でいっぱいで、ぼくたちはしょっちゅう方向を変えなければならなかった。もう至るところに、封鎖線や遮断機が設けられていたのだ。陸橋を越えるところで、フムカは鉄道の線路の上空に舞い上がった。長いこと、とても長いこと、ぼくたちは空を飛んだ。空港を越え、ヴジェシチや、ザスパや、レトニェヴォや、ブジェジノや、ノヴィ・ボルトの家並みの上を飛び、最後には燃料がなくなって、フムカはシューーッと言ったかと思うと、ぜいぜいと音を出しはじめ、猛烈な勢いで、ポランキ通りの庭にまっしぐらに墜落していった。恐怖のあまり心臓が喉元まであがってきた。まず恐ろしい宇宙的な加速を、それから衝突の手応えを感じた。目を覚ますと、ぼくは汗でびっしょり濡れたシーツの上にいた。そしてジャズの最後の言葉を思い出した。「あの娘はお前のことがすごく好きなんだ」路面電車はもう、車庫から出てきていた。運河の向こうから聞こえていた港のサイレンは、鳴りやんでいた。星も消えている。町の、海岸の、グダンスク湾の上空に、明けの明星がのぼっていた。窓の外を見た。夏が始まろうとしている。ぼくは十三歳だった。

その日、ぼくは二人の間にいた。まず最初は、フムカのサドルの上で。ぼくはジャズの腹をつかみ、彼の背中にぴったりとしがみついた。バーシャはながい指をぼくの腹の上で絡みあわせ、ぼくの肩にしがみついた。ぼくたちはアスファルトの舗装道路を、それから森のなかの砂地の道を疾駆した。松の木が次々と過ぎていき、がちょうががあがあ鳴き、村の雑種犬が吠え、ぼくたちは幸せだった。それから草原で。ジャズは左側に寝っころがり、バーシャは右側に横たわり、ぼくが真ん中だ。おしゃべりをして、黙り込み、食事をし、草から甘い花粉が風に乗ってハッカや、カミツレや、クローバーの上に落ちてくる。その次は、水の中で。ジャズがまず最初に桟橋に登り、湖の深い淵をまるで剣の刃のように切り裂いた。彼に続いてぼくが飛び込み、最後にバーシャが緑の冷たい深みの中に泳ぎ入ってきた。ぼくたちはクロール、平泳ぎ、背泳ぎと、あれこれ色々な泳ぎ方をし、しょっちゅう水の中に潜っては、底まで下りていった。水中ではいろいろなものが見えた。明るい色のきれいな砂利、水草、魚の鱗。そして、光が差してくる上の方には、ジャズの足と、バーシャの足が見えた。それから再び道で。まずジャズが暗い赤色のフムカを押しながら、畑の真ん中の、ぬかるんで崩れやすい砂地の畦道を進み、その後ろからぼくがサクソフォーンのケースを運び、ぼくの後にはリュックサックを背負ったバーシャが続いた。ミサのときも同じだった。もう夕方になっていて、村の教会は穀物と香の匂いがし、燕が屋根の垂木の下を飛び回り、ぼくは二人の顔を見つめていた。左側ではろうそくの光に照らされて、バーシャの眉毛が弧を描いていたし、右側では漁師たちの姿を描いたステンドグラスを背景に、心を何かに集中したジャズのくっきりした横顔が明るく見えていた。そして、あずまやでもそれは変わらなかった。ビェシュケ氏がワインの瓶を持ってきてくれると、ぼくたちはそれを重いクリスタル・グラスに注ぎ分け、灯油ランプのまわりにはたくさんの蛾が乱れ飛び、どこか湖の向こうでは夜の鳥が鳴き声をあげ、ビェシュケ氏はジャズの母方だか、父方だかのおじさんの話をしてくれた。彼が捕まり、村を通って連行されたときのことを。そのときもぼくは、二人の熱い息と、太陽に暖められた体の熱気を感じていたのだ。左側には、もうその話を聞いたことのあるジャズ。そして右側にはバーシャ。彼女は何を聞いても驚くことばかりで、押し殺した声でおずおずと、具体的な細部についてあれこれ質問していた。そして、ぼくはその長い夜、一晩中、二人の間にいたのだ。ぼくたちは納屋に入り、ジャズがケースから自分のサクソフォーンを取り出し、音階を何度かさらさらっと吹き鳴らすと、さっそくコンサートを始めた。最初は穏やかに「小さな花」から始め、それからルイ・アームストロングで盛り上げ、最後には前奏をまず一わたり吹いてから、即興演奏を始めた。彼が何よりも好んで取り上げたのは、なんだか陳腐で聞き古された曲や、センチメンタルなメロディとか、ガルデルのタンゴや、ロシアのロマンスなどだ。しかし、彼がそうしたのはただ、ごく平凡なものから、何か普通でない、並はずれたものを作りだすためだけにだった。実際、ジャズは単純な行進曲から祈りの旋律や、神そのものを讃える讃歌を作りだすこともできたし、その逆に、教会の賛美歌を踊り出したくなるようなワルツに仕立ててあげることだってできた。ぼくたちは――ぼくとバーシャは――そんなジャズの演奏を、まるで魔法にかけられたように、うっとりと聞いた。ジャズは納屋の土間で狂ったように演奏に熱中し、その足下からは銀色の埃が舞い上がり、その渦巻く埃の細い柱がぼくたちを取り巻き、目に見えない楽譜のように、下に落ちては、また舞い上がってくるのだった。そして、屋根のすき間から納屋の中を覗き込んでいた月は、楽器の指穴の蓋の一つ一つに、束の間だけのダイヤモンドの輝きをまき散らした。ぼくはもう覚えていない、最初に踊り始めたのがバーシャだったのか、それとも、シンコペーションのリズムに突き動かされたぼくだったのか。ぼくたちは肩を抱き合い、音楽と一体になった。ジャズはぼくたちのまわりをぐるぐる回り、演奏を続けながら、自分でも踊り、それからしばらくの間、ぼくたちはみんな大声で笑った。ジャズはバーシャに楽器を渡し、唇をマウスピースにどう当てたらいいのか教えた。するとバーシャはかなりおぼつかなそうに吹き始めた。でも、初めに失敗を何度か繰り返してから、彼女はピアノのレッスンを思い出し、終いには長く、正しい楽句《フレーズ》をなんとか引き出すようになり、ますます上手になって、とうとう、「エリーゼのために」とか、「トロイメライ」といった曲を演奏するまでになった。それはまるで、ベートーベンやシューマンがもともとピアノのためではなく、ジャズのアルト・サクソフォーンのために書いた作品ではないか、と思えたほどだ。空がうっすらと白んでくるときまでぼくは二人の間にいたが、明け方には三人とも疲れ切って、いい匂いのする新鮮な干し草の中にもぐりこんだ。左の耳元ではジャズが穏やかないびきをかき、右の耳にはバーシャの静かで規則的な寝息が飛び込んできた。翌日、土砂降りの雨の中を町に帰っていった。フムカは水たまりのあいまを巧みにぬって走った。ぼくはマントをかぶってジャズの腹をつかみ、彼の背中に身をもたせかけた。バーシャは長い指をぼくの腹の上で絡み合わせ、ぼくの背中にしがみついた。トラックや、農家の荷馬車が通り過ぎていき、風が叩きつけるように吹いてきて、ぼくたちは不安になった。カシューブ地方に学校で旅行に行ったという、ぼくとバーシャの嘘は、すぐに明るみに出てしまった。でもジャズは嘘をつくべき相手がいなかった。誰にも嘘をつく必要がなかった。ジャズの場合は誰もこのことで大騒ぎなどしなかった。誰も彼に罰を与えようとは思わなかったし、誰も彼を家に閉じ込めはしなかった。

またもや、ぼくは二人の間に入ることになった。でも、今度は、もう違った形で。毎朝仕事に出かける前に、ジャズは物置の脇の秘密の場所に、手紙を置いていく。ぼくは一時間目の後の休み時間にそれをバーシャに手渡し、最後の授業の前に校庭で彼女から返事を受け取った。ジャズは便箋の真っ白な紙に愛の告白を書き、いつもそれを四つ折りにしただけで、封筒は使わなかった。一方、バーシャは重工業、軽工業のあらゆる部門の紋章がついた、きれいな便箋と封筒のセットを使って返事を書いた。ぼくは特別なぶ厚いノートを一冊買い、年代記作家のように毎日、二人の手紙の内容を美しい文字でそのノートに書き込んだ。日付も見出しもきちんと添えて。

「このままじゃ、気が狂ってしまう」と、ジャズは書いていた。「どこかで会えないだろうか?」

「だって、知ってるでしょう」と、バーシャが返事をした。「父はわたしを車で学校まで送って、授業が終わるころにはもう、外で待ってるのよ。それにわたしは家から外に出ることを禁じられてしまったし」

「お父さんは大騒ぎしたかい？」と、ジャズが尋ねる。

「それはもう」と、バーシャが返事を書く。「最悪だったのは、お医者さんに連れていかれたこと。もううんざり。ジャズ、あなたにはわかんないくらいよ、わたしがどんなにあの人たちを憎んでいるか！」

「きのう、いつものように、一秒の狂いもなく時間通りに、ポランキ通りをバイクで通ったけど、きみは窓辺に立っていなかったじゃないか！」と、ジャズが泣き言を言った。

「あれがあなただってこと、両親にわかっちゃったの。いまじゃ、バイクの音を聞いたとたんに、ママはわたしに台所に引っ込むか、ピアノを弾きなさいって言うんだから」と、バーシャが説明した。「もしもこんなに愛していなかったら、ジャズ、わたしは毒か、ガソリンか何かを飲んで、自殺したいところだわ」

「馬鹿なことは止めろよ！」ジャズが苛立った。「全部忘れちゃったって振りをして、なんでもはいはいって聞いてればいいんだよ。いまに何か方法を見つけるから、そうしたらビェシチャディか、外国にでも駆け落ちしよう。きみのことをいままで以上に愛してるよ。待っててくれ」

「父はあなたのことを社会のクズとか、ゴロツキとか、ノータリンの気取りやだなんて言うのよ。もしも二、三年前くらいの権力を持っていたら、あなたを刑務所にぶちこんでやるのに、ですって」と、バーシャが密告した。

「おれはもう、刑務所なら入ったことがあるさ」と、ジャズがバーシャをなだめようとした。

「おやじさんのことなら、気にすることはない。おれに何もできやしないさ。ただ、手紙は全部燃やして、おれの合図を待っていてくれ」

ジャズの便箋は、内容を書き写してから、元通り四つ折りにした。もっと厄介だったのは、バーシャの手紙のほうだ。封筒を封緘する糊は弱いものだったので、湯気を当てれば簡単にはがれたが、開封した跡を残さずに元通り封をするのは難しかった。封筒には例の、重工業やら、軽工業やらの紋章がいっぱいついていたからだ。日々は空しく過ぎてゆくだけで、ジャズはいっこうに待望の「合図」をしようとしなかった。なにか厄介な問題を抱えていたのかもしれない。彼には何も尋ねなかった。ぼくは手紙を届けるメッセンジャー。それ以上の何者でもなかった。

学年の最後の日、終業式と成績簿の授与の際に、バーシャには父親が付き添っていた。人込みの中、校舎の前で、式がすべて終わったとき、ぼくはすぐそばから彼の姿を見た。もじゃもじゃの眉毛、ツイードのジャケット、ビロードのネクタイ。それから自動車のドアがばたんと閉まって、水色のシュコダ＝オクタヴィア(4)が穏やかに揺れながら、ノヴォトキ通りのだだっぴろい路面をドイツ人屋敷の方向に走り去った。

ジャズに手紙を返したとき、ぼくは腹立たしさのあまり、ほとんど泣きださんばかりだった。「手紙をどうしても渡せなかったんだ。だって、おやじのやつ、バーシャにぴったり寄り添っていて、一歩も離れようとしないんだから。ジャズ、ぼくの言うこと、聞いてる？」

ぼくたちは物置のそばで、フムカの隣に腰を下ろしていた。ジャズはしわくちゃになった便箋をポケットにしまった。返事はなかった。

「ジャズ！」もっと大きな声を張り上げた。「ぼくは手紙を全部、読んでいたんだ。どうしてバーシャと駆け落ちしなかったんだい。ぼくだってリュックに必要なものを詰めて、合図を待っていたのに！」

この告白もジャズの心を動かしはしなかった。彼は指でイグニション・レバーをとんとんと叩いているだけで、まるで心はどこか他の場所にあるようだった。

「ジャズ」ぼくは声を落とした。「彼女は今日、母親と寝台車でザコパネ(5)に行くんだって。何か一言だけでも言ってくれよ、だってまだ何かできるはずじゃ……」

「おれにも考えはある」と、ついに彼が答えた。「お前にも頼むことがあるだろう。でも当面は秘密だ、しかるべき時が来るまでは」

ジャズは土曜日の午後や、日曜日には、以前と同じように、ぼくをバイクに乗せて、郊外に、湖や、海や、そうでなければ運河に連れていってくれるようになった。ぼくたちはあまり話をしなかった。砂の上か、高く茂った草の中に大の字に寝っころがって、目で雲を追った。ジャズはグルンヴァルドを吸い、ぼくはアカザの茎をかじったり、路面電車の車庫の隣にあるキオスクで買ったハッカ飴をしゃぶったりした。そのハッカ飴はツィルソンの店で売っているものよりも、質が悪かった。でもぼくたちは、バーシャの父親と新しい女店員が二人で切り回すようになった緑の小屋は遠巻きにして、近寄らないようにしていたのだ。

「ジャズ、もうその時が来ているんじゃない？」

彼は微笑んで、煙の輪を空に向かって吐き出した。ぼくは知りたくてうずうずして、それこそ死にそうだった。それはジャズも感じ取っていたはずだが、彼はまるで魔法にかけられたみたいに黙っていた。七月の半ばには、バーシャがぼくに絵葉書を送ってきた。「ここは素敵です」ちょっと傾いた、見慣れた筆跡がそこにはあった。「女の子の友だちも、男の子の友だちも、ここにはたくさんいます。毎日山に行っています。ジャズによろしく。彼にも葉書を書くって、伝えてください」ぼくは岩でごつごつした山並みと、深い水をたたえた「海の瞳《モルスキエ・オコ》」という湖の、鏡のように滑らかな水面を、長いことじっと眺めていた。

「ジャズ、あそこに行ってみたい？」と、たずねてみた。彼は絵葉書を返し、肩をすくめた。

「おれはいつだって、どこか別の場所に行きたいよ」

とうとう、ある日の午後、ジャズはフムカで乗りつけて、ぼくを誘い出した。家の前の通りを、栗の木陰を駆け抜け、それから玉石の道を登って、森まで行った。バイクはジェット機のようにうなりを上げた。カラマツの間のでこぼこだらけの悪路をジャズは走り、まるでモトクロスの世界チャンピオンみたいに障害物を乗り越えた。バイクは地面から離れ、二、三メートルも飛び、激しく落下した。回転する車輪の下から砂利がばらばらと噴き出し、草も、松ぼっくりも、砂も黄色くなった。

ぼくは肝を冷やして、叫んだ。「ジャズ、冗談じゃない、これじゃ二人とも死んじゃうよ、止めてくれ！」

彼はぼくの言うことを聞かなかった。いっそうスピードを上げた。今度は回転技《スラローム》だ。ジャンプ。さらにスロットルを開く。

それからしょっちゅうスリップしながら、松の針が敷きつめられた険しい小道を下っていった。その切り抜け方は名人芸だった。スロットル、クラッチ、減速、ふたたびスロットル。ジャズは土手の上でフムカを止めた。エンジンを切った。そしてヘルメットを取った。ゴーグルの下から、革ジャンパーの下から、汗が流れだしてきた。

「こんなのは、まだほんの小手調べさ」と、ジャズは笑いながら言った。「さあ、これからがいよいよ本番だ」

さんざしや、はしばみや、ライラックや、はなみずきなどが絡みあった茂みから、ぼくたちは平均台に使うような細長い板を引っ張りだした。その奥にはさらに、ブリキ製の、空の樽がいくつか隠されていた。板は埠頭のタールのにおいがした。樽のほうは、軍事演習場のエンジン・オイルのにおい。構造はよく考えられてあった。部品は全部そろっている。組み立ては手早くできる。楔の最後の一本を打ち込んでしまうと、ジャズは格子縞のハンカチで顔を拭き、ジャンパーにぴったりと身を包み、ゴーグルをはめ、ヘルメットをかぶり、スターターを蹴った。四〇メートルほど離れて行き、そこで向きを変えて止まった。準備完了だ。ぼくは見つめていた。ジャズは頭を低く下げて動き出す。そして、加速していく。まっすぐ空へと導いている木製の狭い跳躍台に、バイクを乗り入れる。ぼくは見た。フムカが板から離れるのを。ヘルメットの革ひもが風にはためいている。バイクはまるで砲台から発射されたように、頭上で長い弧を描いて飛び、固い地面に下りる。スリップも転倒もしない、なめらかな着地だ。ぼくはジャズのほうに駆け出した。ジャズはバイクに乗ってぼくのほうに向かってきた。ぼくたちは幸せだった。

毎日午後に練習をするたび、結果はますます良くなっていった。一回に十数センチ、ときには数十センチも。ぼくたちは跳躍台の板の傾斜角度を研究した。それから時間も、速度も、助走の長さも。毎日午後、ぼくはストップ・ウォッチを片方の手に、小旗をもう片方の手に持って、着地の場所に正確に印をつけた。データやコメントを書きとめた。ジャズは相変わらず、満足していなかった。

「何が問題なんだい、ジャズ」ぼくはがっかりして、言った。「クラークの記録はもう破ってるんだ。ブレーズってアメリカ人の記録まで、あと一〇センチちょっとだけじゃないか！」

「記録なんてどうでもいい。イギリスの記録だろうが、アメリカの記録だろうが、同じことさ。おれが考えてるのは、落ちた橋(6)だ」と、ジャズは本心を明かした。

「まさか」ぼくは声をひそめた。「そんなこと、本気で言ってるわけじゃないよね」

ジャズは首を縦に振った。本気そのもの、という意味だった。

「いいかい、ジャズ」ぼくは彼を説得しようとした。「橋脚の間の距離が大きすぎて、とても無理だよ」

「いや、うまくいく」ジャズはぼくの心配を吹き飛ばした。

彼が何をねらっているのか、これでわかった。成功、栄誉、名声だ。想像力を働かせると、もう新聞の見出しがありありと目に浮かんだ。「世紀のジャンプ」「アマチュアが最高の名人に」「造船所の労働者、世界のプロ選手たちに挑戦」。それを見てバーシャがどんな顔をするかも、目に浮かんだ。それから、彼女の父親の顔も。近所の人たちや、ジャズの職場の上司たちの顔も。国中を旅行してまわることになるかもしれない。ひょっとしたら、東ドイツだって、チェコスロヴァキアだって、ブルガリアだって。インタビューで引っ張りだこになるだろう。バイクを、たとえばハーレー・ダヴィッドソンを買って、金持ちになって、自分の家だって持てるだろう。

「ジャズ、でも壊れた橋はたぶん七つはあるよ！」

「それなら、一番いいやつを選ぼう」

その日から、トレーニングを終えるといつも、ぼくたちは破壊された鉄道路線の土手に沿って、ヴジェシチからブレントヴォや、さらに遠くピェツキまでも走った。丘や木立、教会、人里離れた農場、水色のストシィジャ川の流れ、荒れはてた墓地が、目の前を通りすぎていった。ジャズはフムカを止めて、橋台の上によじ登り、セメントの土台の状態を調べ、舗装された路面を点検し、これはよくないとでも言いたげに首を振った。ぼくは橋の反対側から川の深淵の上に、ロープを投げかけた。ジャズがその端をつかみ、ぴんと引っ張り、結び目を数え、叫んだ。「三〇メートル二〇センチ。これじゃ短かすぎる！」すでにデータは全部そろっていたのにもかかわらず、ジャズはこういった作業を何度も繰り返した。まるで自分たちの計測が信用できない、といった様子だった。まるで、どの橋で自分が不滅の栄光を獲得することになるのか、確かめたいといった風だった。ぼくたちは埃だらけになり、疲れ切って、遅く家に帰った。帰りがけに、ガス灯を点火している人によく出くわすようになった。ぼくは彼の古くて壊れた自転車が好きだった。彼がその自転車を街灯の鋳鉄製の支柱に立てかけ、背中から長い鍵をはずして栓をひねり、通りに並ぶ街灯を次々に点火していくのを見るのが、好きだった。点火された街灯は、初めは青白かったが、すぐに明るさを増して強い光を放った。物置のそばの、菜園のための水道の蛇口から、ぼくたちは水をごくごくと飲んだ。水は錆の味がした。そして、森の苔のような色をしていて、あの夏そのもののように暖かかった。

バーシャはもう家に帰っていたけれども、ぼくたちはそれを話題にはしなかった。ぼくはジャンプまでの日数を数えた。ジャズは重さを正確にグラム単位で数え、フムカからサドルも、泥よけも、カヴァーもはずした。町や湾の上空では軍用機がうなっていた。アジアのどこかで戦争がいまにも始まろうとしていたのだ。ラジオの報道によれば、西ドイツのアデナウアー首相が野望を剝き出しにし、上陸部隊を準備していて、いまにもグダンスクに上陸する構えだ、とのことだった。ぼくはグダンスクのためには死にたくない。ポランキ通りのバーシャの部屋に行きたい。彼女と山のことや、ジャズのこと、バイクのことを話したいんだ。ぼくは長いこと寝つかれず、流れ星を窓ごしに見つめていた。町と湾の上空を旋回する戦闘機の陰気で単調なうなり声の中に、砲撃の音が忍び込んできた。ぼくはいつの間にか、将校の制服を着ていた。腰のベルトには拳銃をさし、高いブーツをはいている。レールの上を走るトロッコの車輪が規則正しいリズムで、がたっがたっと音を立てていた。ぼくたちはゆっくり進んで行った。雪に覆われた畑から、雪どけのにおいが漂ってくる。枕木の間からときおり、黒い地面がひょこっと顔を出したりした。そういった箇所では、もう雪が溶けてなくなっているのだ。遠くのゴチック風の塔がそびえ立つ町では、狭い通りの間を、ベルの音が通りすぎていった。どの橋でもぼくたちをパトロール部隊が待っていた。ジャズは爆薬を点検し、ぼくは手早く報告を受ける。ぼくたちはケーブルをつなぎ、スイッチを押す。すると何トンもの鋼鉄や、セメントや、れんがや、枕木が、子供の積み木のように、空中に舞い上がった。ポランキ通りの上にかかった橋では、ぼくたちの行く手を蒸気機関車がふさいでいた。ソ連の戦闘機に炭水車を撃たれて、機関車は疲れた女のようにしゅうしゅう荒い鼻息を立てている。歩哨たちはとっくに逃げていた。時間がない。ジャズは爆薬を点検し、ぼくがスイッチを押した。蒸気機関車はぶるっと震え、鋼鉄製の橋の格子もろとも、下の舗装道路のほうにまっすぐ落ちていった。鼻面を雪の中に突っ込み、たいまつのように上に突き出たその機関車の姿は、奇妙に見えた。ぼくたちは大管区長官《ガウライター》の家へ急いだ。命令を遂行したという報告書を提出しなくては。池では氷の固まりの間に、絞め殺された犬の死体が漂っていた。屋敷には誰もいなかった。部屋は全部空っぽで、略奪され、冷気を漂わせていた。シーツで作った旗が、窓と庇から垂れ下がっている。ポランキ通りをトラックが列をなして進んでいった。誰かがアコーデオンを弾いている。安物の刻み煙草や、密造酒や、脂肪のにおいがぷーんと鼻をつく。ソ連の赤軍兵たちがぼくたちを取り囲んでいた。両手を上げて、ぼくたちは湿ってぬかるんだ雪の中を、土手のほうに向かった。

「なんて馬鹿げてるんだろう、死ぬなんて」ジャズがささやいた。

「そうさ、こんなこと、いったい何のためなんだ」と、ぼくが言った。

兵士たちが籤を引いた。ぼくは彼らのモンゴル系の顔だちや、ソ連製の自動小銃の銃口を見つめていた。そして、ある将校の目を覗き込んだ。その将校は、じつは、バーシャの父だったのだ。彼の姿の水色の輪郭が、灰色の空から浮き上がり、黒っぽい縞のように見える。そして、一斉射撃だ……。ぼくは毎朝その一斉射撃の後に目を覚まし、自分が血を流していないことに驚き、自分の隣にジャズがいないことに驚き、雪の中ではなく寝床にいて、しかも生きていることに驚いたものだ。

ぼくは大管区長官の家まで走っていき、窓の中を覗きこみ、店になっている緑色の小屋のまわりを歩き回った。でも何をやっても無駄だった。バーシャは家の中に閉じ込められ、誰も彼女に近寄れなかったのだ。

「ジャズ」と、ぼくは毎晩のように話しかけた。「ジャンプをするときには、彼女、見に来ると思うかい」

来るさ、と彼は言った。しかるべき橋を選んだ、スウォヴァツキ通りの一番広いところを飛び越えることになるだろう、ほとんど四〇メートルある、ともジャズは言った。ぼくは安心していた。土手で練習したときは、四一メートル、いやほとんど四二メートル飛んでいたからだ。フムカはいまではプロ選手が使うレース用のマシーンのようだった。改造され雑種になったエンジンは、何馬力か力を増していた。

ぼくはジャズをそっとしておくことができなかった。

「でも、来なかったとしても、やっぱりジャンプするつもり？」

ジャンプするとも、好きなようにやるだけだ、とジャズは言った。誰も来なかったとしても、自分のやるべきことをやるまでさ、だって人間はいつだって自分のやるべきことをやらなきゃならないんだから。とはいうものの、ぼくは知らなかった、ジャズがどんなにジャンプのことを彼女に知らせたがっていたかということを。物置でぼくたちが作ったちらしは、何だかはっきりしない灰色のものだった。土曜日にそのちらしをあちこちに貼って歩いたときは、雨が降っていた。水滴がちらしの絵の具を流し落とし、文字も読めなくなってしまった。糊も効かなくなった。ガス灯や、木の幹や、腐った塀の手すりから、湿って絶望的な紙切れが垂れ下がった。

それでも彼女はやって来た。準備万端ととのって、落ちた橋のたもとに教会帰りの群衆が集まり、ジャズが土手の高みでフムカのエンジンを暖め、回転やターンを見せ、障害物を跳び越えたり、８の字を描いていたとき、れんが造りの小さな教会の方角から、木々の間をぬって、水色のシュコダ＝オクタヴィアが近づいてくるのが、ぼくには見えた。車のドアのバタンという音がした。父親がバーシャの腕を取っていた。父親はツイードのスーツと糊のきいた白いシャツを着て、こげ茶色のネクタイを締め、黒っぽい色眼鏡をかけている。物好きな群衆に混じらないようにと、父と娘はちょっと離れたところに立った。ぼくはジャズに手を振る。ジャズもぼくに手を振った。ぼくたちは幸せだった。これでよし、始めよう。

ブリキの缶を持って、ぼくは見物客たちの中を駆け抜けた。投げ込まれるコインのちゃりんという軽快な音がひっきりなしに鳴り、不安な静けさを満たした。ぼくはバーシャのそばに行きたかった。「チャイ・ピェルヴァヴァ・ソルタ」(7)と書かれた四角い募金箱を、彼女の父親に差し出したかった。しかし、彼は意を決して、ぼくに先んじて行動した。娘を置いて、自分のほうからぼくに歩み寄ってきたのだ。そして札入れから紙幣を一枚取り出すと、礼を言う暇も与えずに、力強く軽やかな足取りで娘のほうにもどっていった。ジャズの望んだ通り、ぼくは集まった観衆におじぎをした。舗装された大通りを横切り、ゆっくりと慌てずに土手の上に登った。そしてセメントでできた橋脚の上に立ち、旗を振り上げた。するとと反対側でジャズがスタート・ラインのところまでゆっくりとバイクで乗り付けた。彼の革ジャンパーの背中が見えた。チェックのマフラーの隅が見えた。それからぼくには見えた――丘や、森や、塔や、教会や、古い墓地が。ジャズがいったん停止し、向きを変え、頭を低く下げ、動きだすのが見えた。ジャズは板で作ったジャンプ台からフムカをぐいっと宙に舞い上がらせ、ハンドルのうえに身を屈めたまま、滑空した。見物客の頭上を、大通りの上空を、シュコダ＝オクタヴィアの水色の車体の上を、そしてぼくたちの生のすべての上を。ジャズはどんどんこちらに近づいてくる。ヘルメットの革ひもも、銀色のバックルも、ゴーグルのガラスも、もう手に取るようにはっきりと見える。それから前輪が橋脚に激突するのが見え、エンジンの鈍く低いうめき声が聞こえた。フムカは墜落し、もう見えなくなっていた。ジャズはサドルから投げ出され、さらに滑空を続けて、ぼくの頭上を飛び越え、土手の草のなかに落ちた。

「ジャズ」ぼくは彼のジャンパーのボタンをはずした。

「フムカのことなんか気にするな。成功さ、ともかく反対側に飛び移ったんだから！」

彼の口からは、血が細い筋になって流れだしていた。ぼくは泣くことができなかった。

信じたくなかった。ジャズが死んでしまったなんて。彼のポケットからは山の絵葉書が一枚、草の中に落ちたけれども、それを読むこともできなかった。救急車の音も聞こえなかった。人々の罵りも、警官の質問も聞こえなかった。水色のシュコダ＝オクタヴィアが橋のふもとを離れて、木の茂みの中に消えたのも、見えなかった。ジャズの葬式には三人しか来ないだろうということも、ぼくは知らなかった。三人というのは、カトリックの司祭と、ビェシュケ氏と、ぼくだったのだが。役人たちがジャズの持ち物を全部押収するだろうとは、夢にも思わなかった。ジャズの持ち物とは、サクソフォーン、楽譜、革ジャンパー、ヘルメット、ゴーグル。それからフムカの成れの果てのスクラップさえも、押収されたのだ。

新しい学年が始まった。再びバーシャを校庭で見かけるようになった。彼女はよく同級生の女の子たちに取り囲まれ、笑っていた。どうやって近づいたものか、わからなかった。バーシャは長いお下げ髪をばっさり切っていた。うなじまでの短い髪をした彼女の姿は、生徒というよりは、若い女教師のように見える。バーシャにジャズのことを話したかった。ぼくたちのトレーニングや会話のことを。湖へのぼくたちの旅行を覚えているかと、聞きたかった。ビェシュケ氏を、納屋でのコンサートを、サクソフォーンを、あの銀色の埃を覚えているかと。「海の瞳」の景色の絵葉書を返したかった。それは土手に倒れたジャズのそばで見つけた絵葉書だ。きみたちの手紙は全部読んでいたんだ、でもこの絵葉書だけは読んでいない、そう彼女に言いたかった。でも、どうにもならなかった。まるで初めて会った人を見るような目つきで、彼女はぼくを見たのだ。

「絵葉書？」バーシャは肩をすくめた。「それがどうしたの？　取っておいて、お好きなように」

「でも、これはぼく宛じゃない」ぼくは説明しようとした。「だってジャズに送ったものじゃないか！」

「ジャズですって？　なんて馬鹿げたあだ名でしょう。ほんとにダサイのね」バーシャは笑いだし、立ち去った。

　ぼくは長いこと、岩だらけの山並みや、深い水をたたえた「海の瞳」の鏡のように滑らかな水面を眺めていた。ジャズがぼくに残してくれた唯一の形見の品をポランキ通りに送り返したものかどうか、長いことためらっていた。そして長いことかかって、バーシャの言葉を読んだ。「わかるでしょう、そんなこと意味がないって。ママの言う通りよ。それからパパだってやっぱり正しかったのよ」長いことかかって、ぼくは山の景色を細かく少しずつ、ずたずたに引き裂いた。自分の心をずたずたに引きちぎった。それは長く続いた。初恋のように。

訳注

（1）戦後人気の高かったポーランド国産のオートバイ。
（2）ポーランドの作家ジェロムスキの代表的長編。ナポレオン戦争に参加したポーランド人の運命を描いた大作。
（3）一九六一年に世界で初めて宇宙飛行に成功したソ連の宇宙飛行士。
（4）チェコ製の自動車。当時のポーランドでは高級車。
（5）ポーランド南部の保養地。
（6）第二次大戦中破壊されてそのままになっていた橋を指す。
（7）ロシア語で「一級のお茶」の意味。

パヴェウ・ヒュレ「初恋」解説

沼野充義

Photo by Artur Andrzej

Profil/Profile　パヴェウ・ヒュレ
Paweł Huelle（一九五七年生まれ）

ポーランドの小説家。苗字はドイツ系で、-ue-の部分はドイツ語のüの音を表すが、ポーランド語には元来この音はないので、「イ」に置き換えられて発音されることも多い（その場合は「ヒュレ」ではなく、「ヒレ」となる）。造船所の町として知られるグダンスクに生まれ育ち、ほぼ一貫してこの町を舞台にした小説を書いてきた。

一九八〇年にこの町の造船所で自主労組「連帯」が結成され、民主化の動きがポーランド全土に波及していくとその動きに加わり、一九八一年にポーランドに戒厳令が敷かれて「連帯」運動が弾圧されると、地下出版活動に携わった。一九八七年長編小説『ヴァイゼル・ダヴィデク』で一躍注目された。これは一九五〇年代後半のグダンスクを舞台に、ダヴィデクと呼ばれるユダヤ系の少年の神秘的な失踪事件をめぐって回想した作品で、著者自身にとってポーランドの失われた過去を蘇らせるとともに、少年時代の神話を呼び起こす試みだった。ヒュレは一九九〇年代にはグダンスクのテレビ局長を一時務めたこともある。

その他の作品に、グダンスクの町での自動車運転の教習について語るうちに、どんどん逸脱してポーランド史を過去にさかのぼるという趣向の長編『メルセデス・ベンツ――フラバルへの手紙より』（二〇〇一年）や、トーマス・マンの『魔の山』の主人公ハンス・カストルプがグダンスクで過ごしたとされる学生時代を描いた『カストルプ』（二〇〇四年）などがある。

Tekst / Text

「初恋」"Pierwsza miłość" は初め一九九五年『カトリック週報』に掲載され、翌一九九六年に短編集『初恋とその他の短篇』に収められた。一九六四、五年頃と思われるグダンスクを舞台とした作品で、中学生の「ぼく」と、サクソフォーンの演奏とバイクに熱中している若く貧しい造船所労働者の「ジャズ」、そしてこの二人とも恋い焦がれる裕福な家の娘バーシャの三人の、甘く切なく、痛ましい関係を描く。ジャズが最後に見せるバイクによる決死の跳躍の場面は忘れがたい。結局それは「ぼく」にとって、「長く続いた」初恋がずたずたに引きちぎられるような経験だった。

一九六〇年代のグダンスクは、かつてこの町に住んでいたドイツ人住民の残したものや第二次世界大戦の傷跡がいまだに消えていない。小説にも出てくるように、この時期、町の中には、ドイツ軍が撤退の際に破壊していった多くの橋（道路や鉄道の線路の上にかかる陸橋）がまだ修復されないまま残っていた。そこに、復興を進める社会主義国ポーランドのまだ貧しい現実や、閉塞感の中でアメリカ文化に憧れる若者の姿が交錯し、この時代の町の雰囲気を魔法のように蘇らせている。

Kontekst / Context

「初恋」の舞台となっているグダンスク Gdańsk（日本では「グダニスク」と表記することも多い）は、ポーランド北部、バルト海に面する港湾都市で、人口約四十六万人（二〇二一年現在）。ドイツ語名をダンツィヒ Danzig という。中世以来、ポーランド王国の港湾都市として栄えたが、ドイツ人の勢力圏との接点にあるため、ドイツ人との入り組んだ歴史的な関係を経て現在に至っている。この町は一八世紀末の「ポーランド分割」後はプロイセン領となり、第一次世界大戦後に自由都市の地位を取り戻したが、そのとき町の住人の大部分はドイツ系だった。

一九三九年ナチスドイツに侵攻されるが、一九四五年ソ連軍によって解放され、ポーランドに復帰した。戦闘によって町の五〇%が破壊されたと言われる。第二次世界大戦後ドイツ系住民の大部分はこの町を追われ、社会主義国となったポーランドで、ポーランド人の町として復興した。こういった町のプロフィールは、大国のはざまで翻弄され続けた中央ヨーロッパの国ポーランドの歴史の縮図にもなっている。

ポーランド人はスラヴ系の民族の中でも、チェコ人、スロヴァキア人などとともに西スラヴのグループに属する。人口は現在約四千万、西スラヴのなかでは最大の民族である。現在は国民の圧倒的多数がカトリックのポーランド人だが、第二次世界大戦前まではドイツ人、ユダヤ人や、ウクライナ人・ロシア人などその他のスラヴ系住民を多く含む多民族国家だった。

ポーランドには、ルネッサンス以来、スラヴ系言語のひとつであるポーランド語による豊かな文芸の伝統がある。そして、西欧と東のロシアに挟まれた「中欧」の国として、様々な外国文化との交流の中で自国の文化を築いてきた。ヒュレの長編『メルセデス・ベンツ　フラバルへの手紙から』は、彼が敬愛する現代チェコの作家ボフミル・フラバルへの手紙という形をとっている。また長編『カストルプ』はドイツの作家トーマス・マンの代表作『魔の山』の主人公のグダンスク（ダンツィヒ）時代を描く。作家ヒュレの創作の背景には、中欧・ドイツ文化圏の豊かな広がりがあった。

第二次世界大戦後、ポーランドは社会主義国家となってソ連の勢力圏に組み込まれたが、国民の生活に対する不満や政権への批判が高まり、ついに一九八九年にいわゆる「東欧革命」の先陣を切る形で政権が打倒され、体制転換を果たした。二〇〇四年にはEUに加盟した。そういった変革の原動力となったのが、グダンスクの造船所で結成された、レフ・ワレサ率いる自主管理労働組合「連帯」（ソリダルノシチ）だった。ヒュレはこのように社会主義体制が崩壊していく流れの中で登場した作家の一人である。彼を始めとするこの世代のポーランド作家たちは、社会主義時代の言論統制や政治的な「大きな物語」の圧力から解放され、政治からも宗教からも一定の距離を置きながら、文学にできるものは何か、追求し続けている。

Do dalszego czytania / For Further Reading

●パヴェウ・ヒュレ『ヴァイゼル・ダヴィデク』井上暁子訳、松籟社、二〇二一年。ヒュレの代表的長編。優れた邦訳が出たばかり。「初恋」が気に入った読者はぜひこの長編に進んでほしい。

●ギュンター・グラス（一九二七―二〇一五）『ブリキの太鼓』池内紀訳、河出書房新社、二〇一〇年。高本研一訳、集英社文庫（全三巻）、一九七八年、原著ドイツ語一九五九年。第二次世界大戦前のダンツィヒを舞台とし、三歳で成長を止めたオスカルという異様な人物が歴史を振り返るという設定の途方もない大長編。ダンツィヒ＝グダンスク文学の先駆として、ヒュレに強い影響を与えた。グラスは一九九九年度ノーベル文学賞を受賞。

●オルガ・トカルチュク（一九六二年生まれ）『昼の家、夜の家』小椋彩訳、白水社、二〇一〇年（原著ポーランド語一九九八年）。チェコとの国境近くのポーランドの地方都市を舞台に、伝説と現実を交錯させながら複数のプロットが絡み合って星座のように広がっていく。トカルチュクはヒュレと並ぶ、現代ポーランドを代表する女性作家。二〇一八年度ノーベル文学賞受賞。

●奥彩子・西成彦・沼野充義編『東欧の想像力　現代東欧文学ハンドブック』二〇一六年。東欧・中欧の国々・民族の大部分を視野に入れて、それぞれの専門家が解説したハンドブック。

Osobiście / On a Personal Note

訳者はグダンスクのテレビ局でヒュレに会ってインタビューをしたとき、書きあげられたばかりの「初恋」の原稿をパソコンのデータからプリントしてもらい、直々に手渡された。その直後、ヒュレの作品にたびたび登場するイェリトコヴォ海岸を訪れ、シーズン・オフのため閑散として人気のない海岸に座り込み、その場で原稿を読みふけった。最後の一行には涙を抑えられなかったという記憶がある。一九九五年の秋風が吹き始めた頃のことだった。

中国

王蒙

木箱にしまわれた紫シルクの服

船越達志・訳

木箱にしまわれた紫シルクの服

これは一着の、古くて、なおかつ新しい、きめの細かいシルクで作られた女性用（中国式）上着である。「古い」と言うのは、様式が時代遅れであるというだけではなく、それの主人の木箱の底に、もう二十六年もの間、押し込められていたからである。そして二十六歳という年齢は、それの女主人からすればむろん、永遠に戻る事のない光輝く青春を意味するに違いないが、一着の衣服からすれば、「老耄《ろうもう》（お年寄り）」と言わざるを得ない年齢である。「新しい」と言うのは、それは未だちゃんと着用されたことがなく、それの主人のために日光や風塵を遮ってあげたこともなかったし、また主人のためにその風采を上げてやる働きをしたこともなかったからである。要するに、一着の美しい婦人服としてとうぜん得るべき風采、与えるべき風采と、なすべき働き、尽くすべき働きは、まだ得られても与えてもおらず、払っても出し尽くしてもいなかったのだ。そしてそれは、もうすでに二十六歳になってしまった。

喜ばしいことに、それは依然としてみずみずしく美しい容姿をしており、二十六年前に工場から出荷されるやいなや人間世界へ、そして女主人の身辺へとやって来たばかりの頃と、変わってはいなかった。

「酸化」……、自分の主人がこの単語を口にするのを聞いても、それにはその意味がよくわからなかった。なぜならそれは、一度着てもらっただけですぐに樟《くすのき》の箱の底に永遠に押し込められてしまい、主人とともに化学の教室に入る機会を得なかったからである。それは、自分の主人が化学の教師であることを知ってはいたのであるが。

「いつも着ないでいると、この服自身もゆっくりと酸化してしまうわね！」あるとき、女主人はこのように独り言を言ったが、彼女が話す声は非常に小さかった。もしこの衣服の生地が、きめ細かく滑らかな柔らかいシルクではなくて、荒く固い亜麻《アマ》であったならば、きっとそれは何も聞き取ることができなかったに違いない。

「酸化」というのはとても嫌な単語であることを、女主人の言葉の調子から、それは聞き取った。

しかしそれは、今に至るまでまだ酸化の危険を感じた事はなかった。それは今もなお依然として紫色で、柔らかでまばゆく、華麗で上品で、穏やかで親しみやすかった。それの表面には、鳳凰と竹の葉のジャガード織りの図案が織り込まれており、それのか細いウエストライン同様に清雅であった。それに使われている生地は確かに特異なもので、もしそれを巻いてみたならば、女主人の小さな手のひらにほぼすっぽりと収まるほどであった。また、もしそれを身に着けてみたならば、綿フランネルのような厚みと重みを醸し出すことができた。それの合わせ襟の上にある中国式の大きなボタンのかけ紐でさえも、並外れて精巧で美しかった。そこには、麗しき蘇州娘の指先の辛労が凝集されていた。

麗珊《リーシャン》がこの衣服を購入したのは一九五七年のことであった。新婚前夜、彼女は魯明《ルーミン》とともに衣料品店に出かけた。魯明は一目でこの服に気づき、彼女に買ってあげようとした。しかし彼女の方はというと、逆に目がかすんでしまい、いろいろ綿密に選んでは、ぐるぐると見て回って、この店を出てはまた別の店に入り、別の店を出てはまたこの店に入り、店のこちらの端からあちらの端へ、あちらの端からこちらの端へと選んで回り、一時間半もの時を費やして、最後に結局、はじめに魯明に気に入られたこの衣服を買ったのだった。もちろん、魯明はまったく彼女に愚痴をこぼしたりはしなかった。それはなんと甘い一時間半だっただろう！　人の一生において、このような一時間半がまた何度ありうるであろうか？

新婚の日のその夜、彼女はこの衣服を着たが、翌日の天気はあまりにも暑かった。それは本当にひどく暑い夏の日だったので、それは脱がされてしまい、慎重にきちんと折り畳まれて、麗珊のお母さんが一人娘に送った唯一の嫁入り道具——古い樟製木箱のいちばん底にしまわれることになったのである。

後に、魯明は去り(1)、一度去ると、何年にもなった。

この夏より後、魯明が去りし後、それにはわかるべくもないいくつかの変化が世界に発生した後には、それはただ静かに箱の底で横になっているしかなくなった。

ついに、麗珊は成功した、遠い辺境のある農村へ赴くこと、魯明の側《そば》へと赴くことに。出発前に、彼女はもともと自分の樟製木箱に大事にしまっておいた沢山の衣服を全て捨ててしまった。ベージュのワンピースであるとか、魯明のダークグレーのスーツであるとか、純白のクロスステッチのペチコートであるとか……そういったものはみな、模様の入った紫シルクの上着の仲の良い仲間たちであった。それらの衣服との別れは感傷的な出来事であり、紫シルクの上着は、寂しさと孤独を感じた。そして箱の中に現れた新しい仲間たちは、よそよそしい無骨な印象をそれに与えた。例えば羊皮のチョッキは、生臭くて傲慢な嫌な匂いを身にまとっていたし、それから、ダブダブの防水ズック製ズボンは、なんとも無礼なことに、まっすぐぴんとしたまま箱に入ってきて、それに向かってちょっと身を曲げることすらもしなかった。

しかし麗珊はどこに行こうとも、それを持って行った。あのとき以来、それはすでに麗珊との縁を永遠になくしてしまったのだけれども。一着の上着にわかるはずもない原因はさておき、少なくともその頃は六〇年代に入っていた。麗珊にはすでにそこらじゅう駆け回る一人の息子がおり、彼女はもはや、二度とウエストラインの細いこの服を着ることはできなくなっていたからだ。

幸いに他にもう一本、コーヒー色のネクタイがおり、これもまた彼らの結婚直前にこの箱の中に入れられたものであったが、それは魯明の首に巻かれたことさえまだ一度もなかった。新婚のその日に魯明が結んだのは、これとは別のバラ色の斜めストライプ柄のネクタイであった。このような一本のネクタイが、なんとも意外なことに、この箱とともに、羊皮のチョッキとともに、ズック製のズボンとともに、ミトンや厚い綿の帽子とともに、そしてまた当然ながら紫の上着とともに遠い辺境の農村へとやってきて、繊弱な紫の上着に少しばかりの慰めを与えてくれていたのだが、明らかにそれは麗珊の不注意によるものであった。このネクタイは、当然のことながら淘汰されるべき類に属するものであった。

一九六六年の夏[2]、いっそうひどく暑いある夏の日、魯明と麗珊は夜が更けて人が寝静まったその後に樟の木箱を開いた。しばらく引っかき回していると、真っ先にネクタイが見つかった。魯明は驚きながら、「どうしてまだこんなものを持ってきてしまったの？」と一言叫んだ。あたかもそれがネクタイではなく、一匹の赤練蛇《やまかがし》(3)でもあるかのように。「わかったから」と、麗珊は言った。しかし彼女の声は、麗珊ではなく誰か別の人の声であるかのようだった。「私が処理するから。……ちょうど、私のベルトが壊れていたの」このように言いながら、彼女はネクタイを手に取り、腰に巻いた。紫の衣服はネクタイが震えているのを目にしたが、嬉しくて震えているのか、苦痛によって震えているのかわからなかった。

魯明は続けて紫の衣服を指さして言った。「じゃあそれは？　それ、どうしようか？　それも『四旧(4)』だよ！」

「私は決して古くなんかないわ！　私はたった一度着てもらっただけなんだから！　私はきちんと保管していただいているの！　樟の木箱には虫が発生しないのよ。私は少しも古くはないわ。まして『四旧』なんかでは、決してないわ！」

紫の衣服はこう言いたかったが、声を発することはできなかった。精霊のような蘇州娘の指先は、それに麗しい身体と鋭敏な神経を与えたのだが、声は授けなかった。それは、ため息一つつく能力さえ備えてはいなかった。

「これは、私とっておきたいの」麗珊の声は非常にきっぱりとしたものであったが、しかしネクタイをベルト代わりに用いたときより、ずっと麗珊らしい声であった。「私、これを隠してしまって、誰にも奪われないようにするから」

「君はもうこの服を着ることはできないだろうけど……」魯明はこのように言いながら、落ち着いた様子に戻って、片方の手を麗珊の肩の上に置いた。

「……私は、これはとっておきたいのよ。もしかしたら……」

「もしかしたら」とは何のことだろう? 紫の衣服は、自分の未来の運命はこの「もしかしたら」と関係があるということを理解したが、しかし「もしかしたら」が何を指すのか全く分からなかった。百グラムの重さの一着の衣服にとっては、「もしかしたら」は、あまりにぼんやりとしており、またあまりに重々しかった。

「いつも着ないでいると、この服自身もゆっくりと酸化してしまうわね」今回は麗珊の独り言だったので、魯明でさえも聞き取ることができなかった。

酸化はイヤ!「もしかしたら」がいいわ! 紫の衣服は無言で、このように祈った。


やがて、多くの日々が過ぎ去った(5)。魯明と麗珊は、快活に彼らにとって二度目の青春を開始し、あらためてそれぞれ元の職場で仕事に励んだ。多くの立派な衣服も日の目を見ることになったが、それと同時に多くの新しい生地、新しい様式、新しい色柄をした立派な衣服が次々に現れた。魯明はしょっちゅう出張に出かけるようになり、あるときは国外にも出かけた。彼は上海から、広州から、青島から、パリ、香港から、麗珊に彼女の身体にぴったり合う衣服を持ってきた。

衣替えの時期になると、こうした衣服は樟の木箱に入れられたが、それらは上機嫌で、憂患など聞いたこともないような嬉々とした様子であった。

新しい衣服は、箱の中に入ってきて紫の衣服を目にすると、思わずぽかんとした。「貴女はお名前を何とおっしゃいますか？」と、それらの衣服は声なき声で尋ねた。

「私は紫と申します」と、それは声なき声で答えた。

「ご実家は？」

「蘇州です」

「おいくつですの？」

「二十六です」

「まあ、おばあさま、なんとご長寿でいらっしゃいますこと！」上海のブラウス、広州のスカート、青島のオーバー、パリのチョッキ、香港のシルク・ストッキングは、口々に驚嘆した。

それらはもう何も、語り続けることはしなかった。なぜなら衣服たちは、紫の衣服の顔に憂いの表情が現れているのを見て取ったからだ。

麗珊にはそれの心情がわかるかのように、新しい衣服を納めて箱のふたを閉じた後、また箱を開いて紫の衣服をさぐり出し、手のひらに載せて繰り返し何度も見返した。紫の衣服には、麗珊の心の声が聞こえた。

「どんなに新しい衣服や立派な衣服が増えようとも、私にとってもっとも大事なのは、やっぱりこの一着だけだわ」

「このさき……」と、彼女は声を出した。

紫の衣服にとって、「このさき」は「もしかしたら」よりも意味が分かりやすかった。それは「このさき」と聞いた時点で、「このさき」の意味を理解した。それは期待と熱望で胸がいっぱいになり、安らぎを得ることができた。それは箱の底で、心地よく優しい気持ちでその時を待った。それは自分の主人を信頼した。それは、麗珊の「このさき」にはたくさんのゆるしが含まれているのを理解したのだ。それはもう二度と自分の運命を嘆くことはしなかった。また麗珊の体温と匂いを身にまとった、新しくやってきた仲間たちに対しても、いささかも嫉妬しなかった。香港産のシルク製ヒールレス・ハイストッキングを例に言うなら、たった一度主人に履いてもらっただけで、すぐに破れて穴ができてしまった。紫シルク服の口元には冷笑が浮かんだが、人に教えられるまでもなく、紫シルク服はすでに香港の流行《はやり》の品物の前で自重するということを心得ていた。

麗珊の言う「このさき」は、彼女の子供を指していた。彼らには娘はなく、例の息子がいるだけだった。彼らの生活は不遇ではあったけれども、息子はだいたいにおいて何もつらい思いをしたことがなかった。小さい頃から、息子の生活の中には十分なたんぱく質と、十分な愛情と、十分な玩具と教科書があった。息子はとっくに、早くから母親のこの箱の底に押し込められている衣服の存在に気づいていた。彼がはじめて次のような質問をしたのは、まだ満八歳にもならない頃であった。

「お母さん、すっごく綺麗な服だね。どうして着ないの？」

麗珊は何も言わずに、ただ静かにちょっと笑っただけであった。彼女は子供に決して、あまり早いうちから、あの自分たち大人を苛んだ憂いや苦しみに触れさせようとはしなかった。

「大きくなったら、お前にこの衣服をあげるよ」母親はときどき、息子にこう言った。

「僕……でも、これは女の人が着る服でしょう！」息子が話す口ぶりは、自分が女の子ではなくこのような服は着られないと残念がっているかのようであった。

母親は笑った、ちょっとズルそうに笑った。

後に息子は、自分自身の興味を持つようになり、自分のカバン、自分の友人、自分の衣服を持ち、もう二度とこの衣服について口にしなくなり、彼は、箱の底に押しつぶされているこの衣服を完全に忘れてしまった。

その後、息子は成長した。その後、息子は大学を卒業し、仕事についた。その後、息子にはガールフレンドができた。その後、息子は結婚することになった。

これこそ、麗珊の言っていた「このさき」が含む意味の一部であった。息子が予約した結婚式の日取りの数日前に、樟の木箱は開かれ、箱の底に押しつぶされていた紫シルク服が慎重に取り出された。

「どう、この服、綺麗じゃないかしら?」麗珊は息子に尋ねた。

「どこからこんな変な服が現れたんだ!」これは息子の心の中の言葉であるが、彼は口には出さなかった。人々が口に出さない心の中の言葉は、他人が聞き取れるものではないが、素材の柔らかな衣服だけには聞き取ることができた。

息子は母の気持ちが分かったので、すぐに笑って言った。「とてもいいね」

「お前のフィアンセにあげようね」麗珊は言った。「私が若かった頃にたった一度着たきりなのよ」同時に、麗珊は心の中で次のように言った。「これは私の新婚の記念、そして私の若い娘時代の記念。私が着られたのはたったの三時間だけだったけれど、でもこれは、私とともにもう二十六年間を過ごしてきたわ」

紫シルク服は、麗珊が口に出した言葉と口には出さなかった言葉を聞き取り、眼が眩むほどに嬉しくてたまらなかった。こんな幸運な衣服は他にあるだろうか？　それは二世代にわたる人々の生活と、青春と、愛情の記念になろうとしているのだ。

息子は紫の衣を受け取ると、フィアンセに渡した。フィアンセが衣服の襟を持ち上げて自分の身体に合わせてみると、ちょうどぴったりで、仕立屋さんに直してもらうには及ばなかった。フィアンセの背丈は母親よりも少し高かったが、現在の流行では、衣服はゆったりしているよりはぴったりしているものが好まれ、長いものよりは短いものが好まれた。この衣服はまるで初めから、息子のフィアンセのために用意されたかのようであった。

紫の衣服は、「私の本当のご主人さまは、なんと貴女だったのですね！　私の本当の青春は、なんと八〇年代だったのですね！」と、歓呼の声をあげたい気持ちだった。それは、破れて穴が開いた香港のシルク・ストッキングに、「おばあさま」と呼ばれたことを思い出し、思わず身体が震えだすほどに笑いだしてしまった。

「いやよ、私いらないわ。新しい服もまだ着終えていないのに、こんな時代遅れを誰が着るものですか」

フィアンセの口ぶりはきっぱりとしており、またとても明晰であった。「もちろん、お母さまのお気持ちには感謝いたします」少ししてから、彼女はこう付け足した。

息苦しい気持ちでいた紫の衣服が、こっそりとのぞき見をしてみると、フィアンセの上着とズボンには、眼がちらつくような数多くの小さなチャックがついており、服装の様式、風格と素材はみな、それが今まで見たこともなければ、また考えついたこともないものだったので、あっけにとられて呆然としてしまった。


最終的に、紫の衣服は麗珊の手の中へ、魯明の側へと戻ってきた。息子の釈明は婉曲的だった。「これはお父さんお母さんの記念の品だから、あなた方の側に置いておくべきですよ」

「これでいいんだ、これでいいんだ」魯明は朗らかに大笑いして言った。「君が息子たちにあげようとも、僕はまだ手離したくない」彼は麗珊に言った。

同時に息子とそのフィアンセは、両親が彼らに送ったこれよりもずっと貴重なその他の贈り物を、心から感謝して受け取った。その中には一台のテレビが含まれていた。フィアンセは、彼のお母さんに毛編みのセーターを編んでさしあげた。八〇年代のセーターは、質素で美しいでこぼこした縞模様があり、上着の中に着ることができるだけでなく、春秋兼用の服として外側に着ることもできた。

紫シルク服はこの晩、麗珊と魯明のダブルベッドの手すりの上に掛けられた。それは彼らの心の声を聞いて驚いた。なんと自分には、温かくて、苦難に満ちた、消えることのない彼らの思い出が、かくもたくさん込められていたのだ。何かしら、これは？　麗珊がベッドの手すりの上に伏せて魯明に語りかけていたときに、それは少し湿っぽく、少ししょっぱく、少し苦いけれど、たくさんの温もりを感じ取った。それはわかった。これは一滴の涙だわ、一滴の麗珊の涙。涙はしっとりと湿り、そして紫シルク服の、いつまでも心待ちにしているその魂を溶かしていった。それは、後悔の気持ちでいっぱいになった。それはなんと一度、年若くて物の分からない女性——息子のフィアンセの懐に身を投じて、あのチャックだらけの流行《はやり》服連中の仲間になろうとすら考えたのだ。それはもう二度と、このような過ちを犯しはしない。それはもう二度と麗珊と魯明から離れはしない。これはもうすでに十分な報償であった。それはすでに、いかなる衣服でさえ得ることのできないものを手に入れていたのだ。どうしてこんなに熱いのかしら？　こんなにも？　涙はまさに酸化の過程を速めているところだった。それははっと悟った。酸化とは、決してすべてが呪うべき事柄というわけではなかったのだ。燃焼は、まさに酸化現象じゃないの？　それは、自分の主人の世代の人たちを理解した。彼らの心の中には、燃焼の光明と温もりが満ちていたのだ。それが彼らの家に来る前から、ずっと、そうであったのだ。そして現在も、やはりそうなのだ。

衣服は人に着てもらうためのものであり、着てもらえない衣服は不幸である。しかしながら、きわめて貴重な衣服はまた、往々にして箱の深いところに押し込められているものだ。香港のシルク・ストッキングのように凡庸なものでも、この点は完全に理解できた。それでも、今の麗珊、魯明、さらに我々のこの模様の入った紫シルク服はみな、新しい悟りを得たのであった。

それゆえ、この物語の中で、麗珊、魯明、模様の入った紫シルク服はみな、何も恨み嘆く必要などないし、何も心残りを感じる必要はないし、さらには別の運命をうらやむ必要などもないのである。彼（それ）らはすでに、歳月による検証と鍛錬を経た。彼（それ）らは、それぞれさんざん心を砕き、骨を折ってきた。彼（それ）らはもっとも純潔な願いを抱きながら待ち望んできた。そして今、彼（それ）らが待ち望んできたものはすでに実現して、模様の入った紫シルク服の上に落ちたただひとつの一滴の涙はもう蒸発し、四方に散ってしまった。彼（それ）らはすでに平静、喜悦、真の和解、そして今後さらに良くなっていくに違いない未来を手に入れた。彼（それ）らには彼（それ）らの温かみのある誇りと幸福がある。模様の入った紫シルク服の価値は、すでに一般的なものを超越していた。そして以上のことを書きしるした後には、木箱深くの模様入り紫シルク服はやはり、ゆっくりと心の深くで酸化していくことであろう。

ということで、それが酸化し消え去るに任せよう。

王蒙「木箱深处的紫绸花服」(『王蒙代表作』一九九〇 黄河文艺出版社)

訳注

(1) 一九五七年以降、「右派」とレッテルを貼られた多くの知識分子が地方に送られ、再教育の目的のために農業労働に従事した。魯明もそのために地方に行かねばならなくなったのである。なお、作者王蒙自身もまた一九五七年に右派のレッテルを貼られ、北京郊外の桑峪村に下放し、労働に従事した。魯明の境遇には王蒙の体験が重ねられている。

(2) 背景には文化大革命の開始がある。一九六六年から約十年間展開された。作者王蒙もこの間、思想改造の為一家をあげて新疆ウイグルに移住し、文革終了までの長い時間、小説執筆から遠ざかった。

(3) ナミヘビ科の蛇。

(4) 「四旧」とは、四つの古い悪。「旧思想(古い思想)」「旧文化(古い文化)」「旧风俗(古い風俗)」「旧习惯(古い習慣)」を指した。文化大革命初期に、打倒されるべき対象として掲げられた。

(5) 一九七六年の文化大革命の終了を指す。

王蒙

「木箱にしまわれた紫シルクの服」解説

船越達志

作者簡介／Profile　王蒙（おうもう、ワン・モン）（一九三四年生まれ）

中国の作家。一九五六年、毛沢東の文学芸術自由化政策にこたえて短篇小説「组织部新来的年轻人（組織部に新しく来た青年）」を発表し、官僚主義を批判した。しかし翌一九五七年にはそのことが原因で激しい批判を被り、右派のレッテルを貼られる。党籍を剥奪され、北京郊外の桑峪村で肉体労働に従事することになった。

一九六三年、自ら辺境での思想改造を申し出て、一家をあげて新疆ウイグルに移住。以後長期間にわたって小説執筆から遠ざかり、新疆ウイグルで生活した。文革終了後の一九七九年に名誉回復。その後、一九八六年から八九年まで文化部長（文部大臣に相当）を務めた。

作品賞析／Text

「木箱深处的紫绸花服」は初め『花城』一九八三年第二期に掲載され、翌一九八四年に短編集『木箱深处的紫绸花服』（上海文芸出版社）に収められた。本作は一九五七、一九六六、一九八三という三つの時期を背景としている。紫シルクの服（紫绸花服）が購入されたのは一九五七年、麗珊と魯明の結婚前夜のことであった。しかし魯明はほどなくして去ってしまう。

作中にはこう書かれているだけであるが、これは同年発動された「反右派闘争」に魯明が巻き込まれ、「右派分子」として職場を追われた（地方に送られた）ことを示唆している。後に妻の麗珊も魯明を追いかけ、夫が強制労働に従事する遠い辺境の農村へと至る。一九六六年夏、二人は夜中にこっそりと木箱の中身を点検するが、その際魯明は紫シルクの服を発見する。紫シルク服のような伝統的衣装は当時批判の対象であったが、麗珊の強い希望により、二人はそれを秘匿する。

　作中明記されてはいないが、この裏には同年開始された文化大革命下の緊迫した情勢が背景にある。そして文革終了後の一九八三年、一人息子の結婚に際して麗珊は、この衣服を息子のフィアンセに贈ろうとするが、新しい流行を好む若いフィアンセは時代遅れのこの服を拒絶する。これは本作が執筆された当時、即ち「現在」の出来事である。

　この物語で注目すべきは、魯明の境遇であろう。上述の如く、王蒙は一九五七年に「反右派闘争」に巻き込まれ、文革中は新疆ウイグルに移住した。魯明の境遇には王蒙の境遇が重ねられている。本作末尾で作者は、魯明、麗珊、紫シルクの服の三者が最終的に平静、喜悦、明るい未来の希望を手に入れた事を述べているが、これこそ八〇年代初期当時の王蒙自身の心のありようを述べたものと言えよう。

　作中で紫シルクの服は、一九五七年以降一度も着用される機会がなく、二十六年もの長い間ひたすら着用される日を待ち続けてきた。この熱い想いは、正に同じ時期、長期にわたって執筆活動から遠ざかっていた作者王蒙の想い（執筆に対する想い）に重なる（翟文铖「体物之妙　功在密附―王蒙短篇小说《木箱深处的紫绸花服》阐释」（『名作欣賞』二〇〇八年十七期）参照）。

　本作は衣服を人格化し、その衣服を語り手として持ち主の人生を叙述するという極めて特殊な構造をとっている。これは中国古典の最高峰『紅楼夢』（清代乾隆年間、曹雪芹による長篇小説）の手法に学んだのではないかと思われる。

　『紅楼夢』は、主人公賈宝玉の胸にぶら下がる「通霊宝玉」が語り手となって、賈宝玉の人生を叙述するという構造をとる（徹底されてはいないが）。両者は同じ構造をとっていると言えよう。『紅楼夢』の「通霊宝玉」は、元来荒山に打ち捨てられた巨大な岩石であった。太古の女神（女媧氏）が天を修復（補天）する際に使い余した一個の岩石、という設定で、岩石は「補天」の役に立てなかったことを日夜嘆き、悲嘆と屈辱の日々を送っていた。この岩石には曹雪芹の不遇感が重ねられている。

　曹雪芹は名門の家庭に生まれながらも、身を立てて世の為に働くことがかなわず、晩年は北京郊外の山村で困窮の中、執筆に没頭していた。荒山に打ち捨てられ悲嘆にくれる岩石の姿は、曹雪芹の分身である。この『紅楼夢』の岩石に、紫シルク服、そして王蒙自身の不遇感（文革期の不遇感）が重なるように思われる。

时代背景／Context

本作は一九五七年から一九八三年までの二十六年間を背景としている（ゆえに紫シルクの服は「二十六歳」なのである）。一九五六年、毛沢東は「百花斉放」「百家争鳴」のスローガンを掲げ、文学芸術自由化政策をとった。

しかし翌年、共産党当局は政策を急転換して「反右派闘争」を発動する。これによって多数の知識分子が「右派分子」のレッテルを貼りつけられ、強制収容所に送られた。王蒙もまたこの運動に巻き込まれ迫害された。

一九六六年には毛沢東の主導下で文化大革命が始まる。中国文学の世界でも、多くの既成作家が厳しい批判を浴び収容所に送り込まれた。この大混乱は約十年間続き、一九七六年の毛沢東の死と四人組の逮捕にいたってようやく終焉を迎えた。その後、多くの作家が名誉回復し、活動が再開された。

参考文件指南／ForFurtherReading

●王蒙『胡蝶』相浦杲訳、みすず書房、一九八一年。文革期におけるある幹部の内面に焦点を当てた小説。

●『現代中国文学選集1王蒙　淡い灰色の瞳・他』市川宏・牧田英二訳、徳間書店、一九八七年。文革期における新疆ウイグルでの生活をつづった文章が収められている。

●曹雪芹（一七一五？〜六三？）『紅楼夢』。中国古典の最高傑作。これを機会に読んでみよう。松枝茂夫（岩波文庫）、伊藤漱平（平凡社）、井波陵一（岩波書店）等の翻訳がある。

●藤井省三『中国語圏文学史』東京大学出版会、二〇一一年。中国現代文学を理解するための必携の書。

译者的话／On a PersonalNote

王蒙夫人（崔瑞芳氏）の回顧録（方蕤『我的先生王蒙』）によれば、この紫シルクの服には実際のモデルが存在する。一九五七年、二人が結婚する際、夫人は友人からもらった美しい生地を使って「紫绸花服（模様の入った紫シルク服）」を作ったが、激動の生活の変化の中で、着る機会を失った。

本作は艱難の時期における夫婦の愛情を描いた小説とも言える。衣服への想いは相手への想いである。コロナ禍で長期間の自粛が求められた現在、心に染みるのではあるまいか。

アイルランド

メアリ・ラヴィン　Mary Lavin

ブリジッド

吉本美佳・訳

ブリジッド

雨が粒になって空から降り出した。そして、まるで小花のようにそっと野に広がった。その一方で、木々の下では雨が一粒一粒の重い雫となって騒がしく落ちた。まるでキャベツを茹でた湯が、コランダーの穴からぼたぼたと流れ落ちるように。

その家は、木々の真ん中にあった。

「あの雨、聞いてよ」と女は夫に言った。「やみそうにないわね」

「ちょっとの雨だ。たいしたことないよ」と夫は言った。

「またそんなことを」と彼女は言った。「自分に関係ないなら、何だってたいしたことないのよね」

「それ、どういう意味だい？　自分に関係ないならって？　見てみろよ。足はびしょ濡れだし、帽子だってずぶ濡れだ」彼が帽子を取って雨をはらうと、火の粉が吹き出す暖炉の鉄柵の上に滴が落ちた。

「やめてよ！」と、女は言った。「見えないの？　灰をまき散らしちゃって」

「灰なんてたいしたことないだろ」

「本当にたいしたことないのか、見せてあげようじゃないの」と女は言いながら、暖炉の上の棚からキャベツとジャガイモを盛りつけた皿を下ろした。「ほら、あなたの夕飯、灰で台無しになっちゃった」黄味がかったキャベツは、うっすらと灰に覆われていた。

「灰は体にいいらしいよ。ほら、ここに置いてくれ！」男は座ってナイフとフォークを手に取ると、ナイフの柄でトントンとテーブルを突いて皿を置く位置を示した。

「ひとかけらの肉もないのか？」と、いかにも文句ありげに、ジャガイモを突き刺しながら男は訊いた。

「町に行けばたっぷりあるんでしょうね」

「町に？　じゃあ訊くけど、なんで誰かさんが町に行かなかったんだい？」

「誰が行けたのよ？　わかってるでしょう？　欲しいものがあるたびに町まで行ける者なんて、この家にはいないのよ」

「我が家のお嬢様のどっちかにちょっと使いを頼んでみなよ。この世の終わりみたいに応えるんだろうな。言っとくけどな、たまにはあの子たちだって、ちょっとでも働いてる姿を見せれば、早く結婚相手を探せるんだよ」

「誰も娘たちの結婚相手探しのことなんて言ってないでしょ」と女は言った。「結婚するには、まだまだ時間があるわ」

「そうなのかい？　じゃあ教えてやろう。誰が見たってわかるんだよ。君が早く娘たちを片付けたくて仕方ないのはね。入ってきた小銭が、あいつらのシルクやらリボンに化けて、すぐに出てっちゃうんだからね」

「あの子たちにだって、わずかな楽しみくらい味わわせてやりたいじゃない。あなたは我が子よりも、他所でお金の使い道があるんだからね」

「他所での使い道って何のことだ？　僕がタバコを吸うのか？　酒を飲むのか？　賭けごとをするっていうのか？」

「私の言ってる意味、わかるでしょ？」

「察しはつくよ」

男は黙った。そして、フォークを降ろした。「またブリジッドのことだろう」と彼は言った。「でも、何度言ったらわかるんだよ。あの子を施設に入れたって、あそこの小さな家に住むのとまったく同じだけの金がかかるんだよ」と、フォークで窓の外を指した。

「こんなこと、話したって無駄よね」と女は言った。「神様が娘たちをお救いくださるよう祈るだけだわ。実の父親のあなたが、我が子の足をひっぱってるんだからね。ブリジッドのことを聞いたら、どんな男性だってあの子たちに近づかないんだから」

「訳がわからないよ。そんなこと聞いたことなかったよ。君が文句を言ってるのは、ブリジッドにわずかな食料をあげてるからだと思ってたよ。初耳だよ。いったい何なんだい？」

「わざわざ言わなくてもわかるでしょう。世の中を見てきたあなたなら。旅をして、ロンドンにいたことだってあるんだから」

「何を言ってるのかさっぱりわからないよ」男は帽子を手に取ると、暖炉の火に近づけていた面が乾いているか、触って確かめてみた。そして反対の面を火にかざして言った。「何が言いたいんだい？　はっきり言えよ」

「あの子たちと結婚する人なんているのかしら？　まぬけで、おつむが弱くて、狭い小屋で一日じゅう暖炉の火を見つめるだけの叔母がいるって知ったらね」

「そんなこと、本人以外の誰に関係あるんだい？　ブリジッドだけの問題だろ？」

「男っていうのはね、あの子みたいなのがいる家の人間とは結婚したくないのよ」

「そうなのかい？　君は僕と結婚するのをためらわなかっただろう。ブリジッドのことは何もかも承知の上でね。あの子に桜草の花束を持って来てくれてたじゃないか。ブリジッドが訳もなく泣き出したとき、帽子についてた飾りの花を抜きとってあの子にくれたのを覚えてるよ。無邪気でかわいそうな子だって、よく言ってたじゃないか。あの子の面倒を見るって、昔は言ってたじゃないか」

「で、面倒見てるでしょ？　私が面倒を見てないなんて、言わせないわよ。ちゃんと世話してくれる施設に入れるように、できる限りのことはやったのよ。違うなんて言えないはずよ」

「違うなんて言ってないよ。でも、結婚してからずっと施設のことばっかりで、君はひとときの安らぎもくれなかったじゃないか。でも僕は折れなかった。これまでも、これからも考えは曲げない。自分の妹を施設に入れて見捨てたとか、その片棒を担いだなんて、誰にも言わせるもんか」

「でも、それがあの子のためなのよ」このとき、女の声は柔らかくなり、暖炉前の柵にかけてある濡れた帽子の向きを再び変えた。

「もう少しで乾くわ」と言うとテーブルへ戻り、男が食べ終えた皿を下げ、テーブルの端にある桶で洗い始めた。「ブリジッドのためなのよ。それがわからないのかしら。だってあなたには分別があるし、ふたりの大きな娘がいるのよ。きっと後悔する日が来るわ。ブリジッドが椅子に座ったまま亡くなってたり、ああ神様、それとも暖炉の中に落ちて、焼け死んでるのを見つけたときにね。どうか、神がそんな災いから我々を守ってくれますように！　ついこの間、買い物の包みになってた新聞で読んだのよ、中部の町でそんな事件があったってね」

「そんなこと聞きたくないよ」と男は言い、足をもぞもぞと動かした。「帽子は乾いたみたいだな」と言うと、帽子をかぶり立ち上がった。

「あなたはいつもそうなんだから。不愉快なことには耳を傾けたくない。正論には聞く耳を持たない。あなたが聞きたくないのは、私の言ってることが正しいってわかってるから。そしてそれに答えられないからでしょう」

「君にはうんざりなんだよ」と男は言った。「この家では、いつだって同じ話ばかりだ。たまには気分を変えて他の話題でもふってみたらどうなんだ」

女は戸口へ駆け寄って、男の行く手を遮った。

「それで決まりなの?」女は言った。「考えを曲げないって」

「曲げないさ。ブリジッドだよ。哀れな妹を絶対によそへやらないって、母と約束したんだ。〈そっとしておいてやって〉って母は言ってたよ。〈ブリジッドは誰の害にもならないんだから〉ってね」

「娘たちの害になってるわ」と彼女は言った。「あなただってわかってるでしょう?」女は男のコートを掴み、彼を見つめた。「昨年、集会場でのダンスで、マティ・モーガンが一晩中ロージーと踊ったあげくにあの子を振ったのよ。知ってるでしょう。なぜ彼がそんなことをしたと思う？　あなたは何も知らないんだから！　メイミーが毎晩泣いてたのを見てないでしょう？　あの子はね、友達と散歩に出かけたときにあれこれちょっとずつ聞いた話をつなぎ合わせて、それで結局わかったのよ。男の子たちが、付き合う相手やその子の家柄を気にしてなんだかんだ話してるってね！」

「ブリジッドを施設に入れたりしたら、もっと噂になるだろうよ。わかってないようだから教えてやるよ。だいたい妹は、誰にも迷惑かけずにひとり静かに暮らしてるんだよ。小径の先の小屋でな。めったに、いや、まったく誰にも会うことさえないんだよ。そんな妹を車で連れて行くなんて、まったく別の問題だろ。そんなことしたら、村じゅうのみんなが窓にへばりついて車が通ってくのを見て、噂し始めるんだよ。それでどんどん噂が広まって、あっという間に妹の症状は倍も悪くなって伝わるんだ。さらに噂は、取り返しがつかないくらいに膨れ上がって、しまいには一家全員が道を歩けば、奇人扱いされるようになるんだよ！」

「考えは曲げないのね？」と妻はもういちど尋ねた。

「曲げないよ」

「かわいそうに。メイミーも、ロージーも」女はため息をついて、洗い終えた皿を戸棚にしまった。

オーウェンは足を引きずって歩いた。「君がそこまで、あからさまに娘たちを片付けようと躍起になってなかったら、あの子たちにだっていいチャンスがあるかもな。いずれにしても、なんであの子たちが結婚したいのか、さっぱりわからないよ。この場所に目を向けて、鶏を育てながら暮らしていけるだけのお金を稼ぐほうが、よっぽど幸せだよ。そうすれば、誰にも頼らず、他人様や噂を気にしなくて済むんだよ」

「あなたはなんにもわかってないのよ。それしか言えないわ」と女は言った。

オーウェンは戸口へと向かった。

「これからどこに行くの？」

「それを言ってどうなる？　哀れな妹の名前を出せば、また君に文句を言われるだけだろう」

女はため息をつくと、立ち上がって暖炉へと歩いた。

「あの子のところに行くなら、この洗ったシーツを持ってってあげるといいわ」彼女は、暖炉の上の棚で乾かしていたひと組のシーツを下ろした。

「何であれ、私はあの子の面倒をみてるんだから」と女は言った。

「君が僕と同じように妹のことを覚えてたらな」と男は言い始めた。「そしたら、妹を施設に入れる話が僕をどんな気持ちにするのか、君にもわかるんだろうな。あの子はまだ幼くて、僕は学校に通う歳になってた。あの子は愛らしい髪をしていてね。咲き終わったタンポポの綿毛みたいだったよ。妹がよちよち歩きをしだして、話し始めるまで誰もあの子の頭の弱さに気づかなかったんだよ。おまけに、それでもただ発育が遅いだけなんだと思ってたんだ。成長するのはこれからだろうってね」

「あなたの気持ちはわかってるわ」と女は言った。「私だってあの子を思って涙するときもあるわ。でもね、あの子は施設にいる方が幸せになれるのよ！　いつだって訪ねられるわ。車を借りて、ドライブがてら会いに行けるわよ。天気のいい日曜日とか、いつだって、みんな揃ってね。いい目的になるわ。お金だって、あの子をここに置いておくほどかからないし」

男が話の終わりまで聞いたのかわからなかった。すでに男は外に出て、庭を抜けると、トネリコの若木でできた杖をついて野を歩いて行ったからだ。

「お父さん、杖をついて野原を歩いてたわよ。私たちが散歩に出かけるときだったわ」とロージーは言った。メイミーと一緒に夕飯のため帰ってきて、外で父を見かけなかったかと母親に問われたのだった。

「じゃあ、ブリジッド叔母さんのところへ行こうとしてたときね。それからは見てないの?」と母親は言った。

「もう三時間も前だよ」心配そうにメイミーは言った。「こんなに長くあそこにいる訳ないよ。でしょう? きっと、ブリジッド叔母さんのために何かしてるんだよ。薪割りとか、何か修理するとか。あそこでただ座って、こんな長い時間過ごしてるはずないよ」

「もう、お父さんが何してるかなんてわかるわけないよ」と母親が言うと、娘たちは顔を見合わせた。その母親のことばで、外出中に両親の間で言い合いがあったと察知したのだ。

「ねえ、あなたたち、どっちでもいいからちょっと出かけて、お父さんが何してるのか見てきてくれない?」

「もう、放っておきなよ」と、メイミーが言った。「叔母さんのところにお父さんが居たいなら、そうさせてあげて。どっちにしろ、子牛を小屋に入れに、もうすぐ帰ってこなくちゃならないんだから。もうほとんど暗くなってるし」

すぐに外は真っ暗になったが、子牛たちは外に出されたままだった。娘たちはまたダンスへと出かけた。そして、オーウェンの妻がコートを着て野原を横切って歩き、ブリジッドの家へと小径を上がって行ったとき、雨が降り出した。

いったいどうやって、あの暗闇であの子は座っていられるのかしら、と女は思った。窓から部屋の明かりは漏れていなかった。しかし家に近づくにつれ、暖炉の残り火が、ほのかに赤く燃えているのが見えた。それでも中にオーウェンがいないことは確かだった。いるなら、ランプかろうそくを灯すはずだから。もはや中に入る用はない。女は戻りかけたが、中に入ってブリジッドの様子を見てやらないのはどうも気まずく感じた。

ブリジッドはいつもどおり、にやにやと薄笑いを浮かべながら炉辺に座っていた。そして、三、四回呼ばれてからようやく顔を上げた。

「ブリジッド、オーウェンを見なかった?」と、あまり返答を期待せずに、妻は尋ねた。ブリジッドは見上げると、「オーウェンは変なやつだよ」と言った。答えはそれだけだった。

「なら、ここにいたんだね！　いつ帰ったの?」

ブリジッドはもごもごと何かを呟いた。

「ブリジッド、何を言っているの?」

「帰ろうとしないんだよ」とブリジッドは言った。「夕飯の時間だから帰るんだよって言ったんだ。でもオーウェンったら、答えないんだ。〈帰りなさい〉って言ったの。〈オーウェン、おうちに帰りなさい〉って」

「じゃあ、いつ帰ったの?　何時だったの?　あんたは気づいたの?」

ブリジッドは扱いにくくなるときがある。まさに、今がそうなのだろうか。

「帰ろうとしないいんだよ」と、再びブリジッドは言った。

そのとき不意に、オーウェンの妻は、トネリコの若木でできた彼の杖がテーブルの上にあるのに気づいた。

「まだここにいるのね？」と女は険しい口調で言うと、戸口をちらっと振り返った。「庭では見かけなかったのよ！　物音だってしなかったのよ」

「オーウェンはしゃべってくれないいんだ」と、ブリジッドは再び頑《かたく》なに言った。

暗がりの中で、女にはブリジッドが見えなかった。暖炉の火はまだらにちらつくばかりで、何も見えなかった。

「でも、オーウェンはどこにいるの？　彼に何かあったの？」女は戸口へと駆け出して、暗闇に向かって呼びかけた。しかし、返事はなかった。その場に立ち尽くし、女は何とか考えようとした。ブリジッドがブツブツと独り言を言っているのが聞こえたが、あえて耳を傾けなかった。家に戻った方がいいと女は思った。彼がどこにいようと、ここにいないことは確かだ。「ブリジッド、あの人が戻ってきたら、私が探しに来たって伝えてね。私は反対側の野原から家に戻るから」と女は言った。

そのとき、ブリジッドが何かつぶやくと、女はすばやく振り返ってブリジッドを見た。

「今なんて言ったの？」

「自分でオーウェンに言いなよ」とブリジッドは言うと、また独り言を始めたようだった。そして暗がりの中、暖炉の前でかがみこんだ。

「何でしゃべらないの？」とブリジッドは言った。「何でしゃべらないの？」

オーウェンの妻は、訳も分からず、暖炉の前にある古い長椅子を引っぱった。だが、耳の中で、眼の裏で、体内の血がドクドクと脈打つのを感じた。

「オーウェン、ここで転んで、動かなくなったの！」とブリジッドは言った。「起きなさいって言ったの。頭が焼け焦げてますよって言ったの。でも、言うことを聞かないんだから。起き上がらないし。なんにもしようとしないの」

オーウェンの妻は目を閉じた。急に恐怖にかられて、直視できなかった。それでも目を開けてみると、オーウェンの眼が、大きく見開いた眼球が、彼女を凝視していた。彼は暖炉の前で、仰向けに倒れていた。

「オーウェン！」と、女は叫んで彼を起き上げようとした。

男の肩は、硬直していて重かった。彼女が掴んだ手は冷たかった。死んでいるのだろうか。女は彼の顔に触れようとした。顔はひどく熱かった。熱くて手を置けないほどだった。死んでいるのなら、冷たくなっているはず。女は今すぐにでも叫んで、家を飛び出したかった。だが、まずできるかぎり男を引っぱって、灰まみれの炉辺から遠ざけようとした。そのとき突然、生命あるブリジッドのの眼が、自分を見ているのに気づいた。そして同時に、死んだオーウェンの眼が、赤く火膨れした顔からまっすぐに自分を見上げているのを見ると、彼女は跳び上がって椅子を倒し、家から駆け出した。そして悲鳴をあげながら小径を駆け下りた。

その悲鳴を聞いた近所の人々が玄関から飛び出してきて、家の明かりが人々の合間から漏れた。言葉を発することはできなかったが、女は丘を指さして走り続けた。とにかく、水汲み場までたどり着きたかった。

水汲み場は暗かった。自分が指さした方へと人々が駆けていくのが聞こえた。それから小屋にたどり着くと、駆け足の音は止み、次第に大きな話し声と悲鳴に変わった。女は水汲みポンプの脇に座りこんだが、両手についた臭いが気になり、必死に身を乗り出してポンプの水で洗い流し始めた。指の間に絡みつく髪の毛を目にすると、彼女はまた悲鳴をあげそうになったが、そのとき、心臓にひどい痛みが込み上げてくるのを感じた。それは夫を失った痛みではなく、しくじりによる痛み、ひどい失態によってしくじってしまったことによる痛みだった。

いつだって夫を失望させてきたと、女は思った。まったく初めから。あの人が自分を愛してくれるほど、自分は夫を愛していなかった。あのときでさえ。昔、帽子から飾りの花を抜き取ったときでさえ。あれはブリジッドを思ってしたことだとオーウェンは覚えていたけれど、そうではなかった。ただ彼が望んでいた思いやりのある自分というものに見せかけたにすぎない。夫のために自分を変えるほど、愛することについて知らなかったし、愛し続けてくれるようにする術《すべ》さえなかった。結局、オーウェンの愛はすべてブリジッドへと向けられた。

愛は、すべてブリジッドへと向けられた。脳卒中で倒れたあの人を、暖炉の火から引っ張り出すことも、助けを呼ぶことも知らない、哀れで無能なあの子に。もし誰か他の人が一緒だったなら、命を取り留めるチャンスはあったかもしれないのに。

いったいどうして、こんなことになってしまったのだろうか。どうして愛が無駄になって、これほどの喪失を生みだしてしまったのだろう。それはまるで子どものころ、カウスリップの花を集めて作ったせっかくの投げ玉が、忘れられて野に置き去りにされ、やがて牛や羊に踏みつけられて糞にまぎれてしまう様子みたいだ。

突然、彼女は近所の人々の重い足音が、床板をヅカヅカと鳴らしながら背後の野原の上の小屋へと入っていったのを思い出した。そして立ち上がって小径へ戻り、駆け上った。

女が、戸口の周りで集まる群れを押しのけて通ると、「ああ、奥さんだよ。不憫だねえ」と誰かが言った。

人々は、夫が横たわる長椅子へと道を開けていった。だが、そこへ向かう代わりに女は人々を押しのけて、キッチンを出たところにある部屋の戸口へと向かった。

「ブリジッドのことなの、私が考えているのは。彼女はどこ?」と女は言った。

「何とかしてやらないとね。あの子が無事に暮らせるように」と誰かが言った。

「私が何とかするわ」と、女は決然として言い放った。その声は、鐘の音のように澄んで、真実に満ちあふれていた。女は部屋の入口までたどり着いた。

「だから戻ってきたの」と言って、女は取り囲む人々を毅然と見まわした。「これから、あの子にはちゃんとした世話がいるの。あの子が急いで助けを呼びにいけなかったことや、夫を少しだけでも引っぱって、火から遠ざけられなかったことを思うとね」女は、ドアを開けた。

ひとりベッドの端に座っているブリジッドが見えた。「さあ、ブリジッド。帽子とコートを取っておいで」と女は言った。「一緒に私の家に帰るのよ」

"Brigid" 1944 Mary Lavin: *The Stories of Mary Lavin Volume 2* 1959

メアリ・ラヴィン「ブリジッド」解説

吉本美佳

Próifíl / Profile　メアリ・ジョセフィン・ラヴィン Mary Josephine Lavin（一九一二―一九九六）

アイルランドの小説家。主に短編小説家として知られている。

アメリカ、マサチューセッツ州にて、アイルランド移民である両親のもとに生まれる。一九二二年、十歳のとき、家族と共にアイルランドに移り、西部にある母親の実家で数カ月過ごしたのち、首都ダブリンで暮らし始める。また週末と休暇はアイルランド中部のミース州に住む父親のもとで過ごす生活を送った。その後ユニバーシティ・カレッジ・ダブリン（UCD）へ進学し、英語とフランス語で学士を取得した後、修士課程を修了する。

母校でフランス語の教鞭を取りながら、博士号論文を執筆する間、短編小説「ミス　ホランド」を執筆する。作品は一九三九年、アイルランドの文学雑誌、『ダブリン・マガジン』に掲載され、その後一九四三年には、初の短編集『ベクティヴ・ブリッジから』が出版され、ジェイムズ・テイト・ブラック記念賞を受賞する。

ラヴィンの短編作品は、アイルランド国内だけでなく、イギリス、アメリカでも高い評価を受け、多くの作品が『ニューヨーカー』などの著名雑誌に掲載された後に、短編集として刊行されている。長編小説も出版しているが、短編小説を主に執筆し、女性の視点を描く作家の先駆者として認められている。

グッゲンハイムフェローシップやキャサリン・マンスフィールド賞など、いくつかの賞を受賞し、一九八〇年代まで意欲的な執筆活動を続けた。一九六八年、母校のUCDから名誉文学博士号を授与され、一九九二年には、アイルランド文芸家協会（Aosdána）より最高栄誉とされるSaoiという会員の称号を与えられた。

私生活では、一九四二年に結婚し、三人の子を授かる。三人目の子が産まれて間もなく、夫が急逝し、ひとりで子育てをする。その後一九六九年に旧友と再婚するが、一九九一年、夫と死別する。夫に先立たれる未亡人は、ラヴィンの作品においてよく扱われる登場人物設定である。

Téacs / Text

「ブリジッド」"Brigid"は一九四四年に『ダブリン・マガジン』に掲載され、その後、短編集 *The Stories of Mary Lavin Volume 2* の一編として一九五九年に出版された。今回の翻訳にあたってはメアリ・ラヴィン財団 The Estate of Mary Lavin のご協力を得た。

アイルランドの田舎を背景に、ある夫婦が夫の妹であるブリジッドについて、相容れない会話をする様子、そしてその日常が一変する様が描かれる。

ごく短い物語からは、慢性的な不満をはらんだ人間関係、閉鎖的な環境がほのめかされる。惰性的な日々の生活の中で、当たり前であった状況が一瞬にしてそうでなくなる絶望感と、その当たり前であった状況を失った後の気づきは、読後に強烈な印象を残す。また、降り注ぐ雨の描写、濡れた帽子を暖炉の火で乾かす様子、雨の中、家の周りに広がる野原を横切って歩く姿など、作品中で表現される湿り気や、温度など、ラヴィンの比喩の技を楽しめる作品でもある。

Comhthéacs / Context

アイルランドは、豊かな文学を育んできた国だ。小国ながら、『ガリバー旅行記』を書いたジョナサン・スウィフト、『ドラキュラ』を書いたブラム・ストーカー、さらには、オスカー・ワイルド、ウィリアム・バトラー・イェイツ、ジョージ・バーナード・ショー、ジェイムズ・ジョイス、サミュエル・ベケットなど、英語文学において代表的な作家を生んだ国である。

しかし彼らの作品を「アイルランド文学」と呼んでもよいのだろうか。そもそも、彼らはアイルランド人なのだろうか。このようなあいまいさが生じるのは、この国が隣の強国、イギリスにより植民されてきた歴史的な背景があるためだ。

十二世紀から始まったイギリスによる植民から、自治領としてアイルランド自由国を確立したのは一九二二年、その後アイルランド共和国が成立したのが一九四九年である。それまでの間、イギリス人の流入、一七世紀から強化された侵略と弾圧政策の強化により、古代からのアイルランド語が衰退し、代わりに英語が広まっていった。

現在では大半のアイルランド人の第一言語は英語となり、アイルランド語と英語というふたつの言語が、国の公用語となっている。言語の二重性は当然のことながら、二種類の言語による文学を生み出した。五世紀ごろまで遡るアイルランド語で書かれたケルト文学と、後にアングロ・アイリッシュ文学として分類される英語で書かれた文学である。

その言語と文学の二重性は、自国のアイデンティティの模索という問題を生み出す一方で、アイルランド人が英語という広域で使用される言語を用いて独自性を表現する可能性をもたらした。メアリ・ラヴィンは、まさに後者を実践した作家のひとりだ。アイルランドのごく狭い共同体や家庭を舞台としたラヴィンの作品は、アメリカの雑誌に掲載され、その作家としての地位を世界で確立したのだった。

自治国を確立した後のアイルランドでは、人々の日常を描く短編小説のジャンルが広まっていった。短編小説家としては、フランク・マッコートやショーン・オフェイロンが有名だが、その中でラヴィンは女性短編小説家の先駆者として認められている。ラヴィンの描く世界では、国家は遠い背景にあり、政治は直接的に触れられることはない。カトリック教は、あたり前のように人々の生活に入り込んでいて、時に無意識に人々を圧迫する存在として描かれるが、登場人物を取り巻く環境の一部分に過ぎない。つまり、ラヴィンの作品では、国家や社会ではなく、その中で生きる個人に焦点が置かれ、ありふれた日常が描かれる。そしてその日常を揺るがす一瞬を入れ、その瞬間に名もないごくありふれた人間の生活が、特別な意味深いものになるのだ。

アイルランドという国が背景として、物語内に必要以上に介入しないため、ラヴィンの作品は普遍性を持つ。同時に、背景には常にアイルランドが存在するラヴィンの作品は、「アイルランド文学」であると言えるだろう。

Le haghaidh Léitheoireachta Breise/For Further Reading

●Mary Lavin. 'Happiness' in *Happiness and Other Stories*. New Island Books: Stillorgan, 2011. 日本語訳は、『砂の城』新版、中村妙子訳、みすず書房、二〇〇七年に「幸福」として収録されている。

ラヴィンの短編作品は、ぜひ原文である英語で読んでもらいたい。あまり難しい単語は使われていないが、日常の会話として表現されたとき、文脈を把握する難しさがあるかもしれない。それでも独特の言いまわしや情景の比喩的な表現は、原文を読んでこそ味わえる。

この「幸福」という作品は、母親の姿を見る娘の視点から幸せとはなにかという問いが表現されている。幸福の意味について多角度から考えるきっかけとなる作品である。

●メイヴ・ブレナン Maeve Brennan（一九一七－一九九三） *The Springs of Affection: Stories of Dublin.* Houghton Mifflin: Boston, 1997. ラヴィンと同時代の作家であり、ジャーナリストであるブレナンの二十一編の短編を収めたこの短編集はブレナンの死後に発売された。

アメリカで生まれ、アイルランドに移り住んだラヴィンとは対照的に、アイルランドで生まれ、十七歳でアメリカへ移り住んだブレナンの書く物語では、異なるアイルランドの側面が描かれるが、そこに住む個人に焦点を当てるという手法において一致している。この十年間で見直され、出版されたブレナンの作品の日本語訳はまだ出版されていない。無駄がなく美しいブレナンの英語表現は読み易いため、ラヴィンの作品と比較しながらぜひ原文で読んでもらいたい。

●風呂本武敏監訳『現代アイルランド女性作家短編集』（白水社、二〇一六）まずは和訳の短編小説から読んでみたい方にお勧めしたい一冊である。

二十世紀後半におけるアイルランドの代表的な現代女性作家である、エドナ・オブライアン、ジュリア・オフェイロン、エマ・ドノヒューら八名の作家による十四編が収録されている。各作家についての解説も付けられているため、作家を知り、さらに読み進めるための手がかりを与えてくれる一冊だろう。

Ar Nóta Pearsanta / On a Personal Note

二〇二一年三月、ダブリンのウィルトンパークにある広場が「メアリ・ラヴィン・プレイス」と名付けられ、式典が開催された。生前のラヴィンはこの界隈に長年住んでいた。

ダブリンの町にはサミュエル・ベケット橋やショーン・オケーシー橋など偉大な作家の名がつけられた橋や、ジェイムズ・ジョイス、オスカー・ワイルドら、作家の像がいたるところに見られる。しかしこれまで女性作家の名がつけられた場所はなく、今回、ラヴィンは初めてその名が公共の場につけられたアイルランド人女性作家となった。

ダブリンの中心から少し離れた場所にあるこの広

場はジョージア様式の建物が並ぶ美しいオフィス街となっていて、少し歩けば大きな公園がふたつもある絶好の散歩コースである。

　そこで、ダブリン中心部の文学散歩コースを考えてみた。バーナード・ショーの生家のあるシング・ストリートから出発し、運河沿いを歩きパトリック・カヴァナの像が座るベンチを通り過ぎるとすぐにメアリ・ラヴィン・プレイスにたどり着く。さらに進んで、メリオン・スクエアのオスカー・ワイルド像とその目の前にあるワイルドが育った家を過ぎ、多くの作家が学んだトリニティ・カレッジで休憩する。その後はジョナサン・スウィフトが眠る聖パトリック教会へ足を延ばしてもよいし、W・B・イェイツの設立したアビー劇場で芝居を観るのもよい。ジェイムズ・ジョイスの母校までも遠くない。小さな都市ダブリンは、文学作家ゆかりの地で溢れている。

ブラジル

ミルトン・ハトゥーン　Milton Hatoum

大自然の中の東洋人

鈴木　茂・訳

大自然の中の東洋人

ドラウジオ・ヴァレーラへ
ルシーニャこと、マリア・ルシア・メデイロスの霊に捧げる

外国人なまりの声が私の名を呼んだ。その人物は、マナウスの日本領事だと名乗った。昼食後に港で会いたい。二時に領事館の船で、そう付け加えた。

お話を進めてよろしいでしょうか。

カズキ・クロカワ。領事は素っ気なく言った。

マナウスにおられるのですか。

今はご説明できません。

領事は礼を言い、挨拶をして電話を切った。

カズキ・クロカワ。今もその男性のことは覚えている。マナウスに滞在した短い間にく

れたプレゼントもまだ持っている。私はリサーチを職とする者で、カズキ・クロカワからファックスを受け取ったとき、アマゾナス大学学術協力課で働いていた。ネグロ川の川巡りをしたい、ただし滞在は二日間だけ、とのことであった。大学や国立アマゾナス研究所(INPA)(1)の研究者との仕事上の会合については何も書かれていなかった。履歴書を見ると、淡水生物の研究者とあり、東京の大学を退職した元教授であることがわかった。旧ポルトガル領アフリカとフィリピンでフィールド調査に携わっていたという。

トロピカル・ホテル(2)に宿泊予約を取り、土曜の午後一時、空港に出迎えに行った。到着ロビーの扉が開くと、暑く湿った熱気で、乗客たちは一様にたじろいだ。その一団の中から赤い袋を担いだ小柄な男性が姿を現した。生き生きとした目を凝らして、自分の名前が書いてあるプレートを探していたが、すぐにその白髪の男性は私に近づいてきた。時差も三回の乗り換えを伴う二〇時間のフライトも、昼下がりの熱気もものともしない風情であった。恭しく木の蓋のついた小さな箱を差し出した。中には何やら漢字が書かれた薄い巻紙が入っていた。

日本のお土産です。なまりのあるポルトガル語で言った。

漢字の意味を翻訳してくれるように頼んだ。

「知らない場所に欲望が宿る」

どう答えてよいか分からず、改めてお礼を述べ、ホテルまでお連れしますと告げた。

このまま港まで行きましょう、そう言った。

一休みしたくありませんか。休憩後、お魚料理を食べませんか。

いいえ。微笑みながら頭を振った。そして、子供の頃からの夢を打ち明けた。ネグロ川で川巡りをすること。職業柄、遠い場所に足を運んできましたが、アフリカやアジアの川に出かけるたびに、アマゾン川最大の支流であるネグロ川を訪れたい気持ちが募るばかりでした。長く旅をする時間がありません。そして、生きている時間も、と付け足した。

ネグロ川で川巡りをするためだけに、遠路はるばるやって来られたというわけですか。

そういうことです。クロカワは短く答えた。

荷物はその袋一つであった。タクシーでエスカダリーア港(3)に向かった。途中、アマゾナス劇場(4)の前を通りかかったとき、クロカワは黙ったまま感嘆していた。港に着くと、川岸で何隻かの遊覧船が客待ちをしていた。そのうちの一つの船頭、アメリコに手で合図した。クロカワは一人で公設市場に行きたいと言い出した。どんな魚を売っているのかをちょっと見て、ついでに人々の様子も眺めてくるだけだと。

サンパウロからかい？　アメリコが尋ねた。

日本からよ。私は答えた。

アメリコと川巡りの順路を相談した。カレイロ水道をムルムルトゥーバまで下り、マネタ島を通って帰りはアマゾン川から。途中、ネグロ川の黒い水とアマゾン川の白い水が並行して流れる場所で小休止。最大で二時間。それで話をつけると、アメリコは唇を突き出して河岸の方を指した。クロカワがカボクラ(5)と話していた。何やら楽しそうだった。生物学者が女性の肩を叩き、ネグロ川の方を指さすと二人して笑った。握手して別れ、早足で遊覧船の方に歩いてきた。頭には麦わら帽子をかぶっていた。他にも擬似餌とナイロン糸のリール、白い縞模様のついた赤いハンモックを買い込んでいた。待たせたことに礼を言い、荷物を船に積んで、自分は甲板に立った。アメリコは、おそらく自慢するために、出航の鐘を鳴らした。

ネグロ川を横切り、パラクウーバ水道に入った。クロカワはカメラもビデオも持っていなかった。半ばほどに達すると、彼はこう言った。

澄んだ水の河跡湖に出るんですね。そこからソリモンイス川をアマゾン川まで下る。違う名前を持つ同じ川を。(6)

アメリコは速度を落とした。どうして知ってるんだい?

クロカワはほとんど目を閉じたまま微笑みを浮かべていた。ちょっとした謎であった。川巡りの間、その謎は深まるばかりであった。やがて、ネグロ川の動植物について少し読んだことがあるので、ドューク(7)、オレリ・ステンブルグ(8)、ヴァンゾリーニ(9)の研究を知っていると言った。そして、科学用語を使いながら、どうしてネグロ川の水は夜の闇のように黒いのかを説明した。その後はずっと黙ってジャングルや河跡湖や川を観察していた。どうやら私やアメリコよりも詳しそうであった。あの川巡りは確認のための旅だったようだ。

港に戻ると、クロカワは船を降りようとしなかった。舳先に腰掛け、河岸の雑踏を眺めていた。それからおもむろに立ち上がり、私に近づいて両手を握りしめた。数秒間、その小さな目で私を見つめていた。あなたにお時間は取らせません。両手を握りしめたまま続けた。

あなたのご迷惑でなければ、アメリコさんの船をお借りして旅に出たい。私の旅です。甲板にハンモックを張って、船の上で夜明かしします。月曜日の朝に船をお返しし、そのまま空港に向かいます。

私は船長に同行してもらうように言ったものの、クロカワは礼を言いながら、一人だけで出かけたがった。

アメリコは承諾した。川巡りの間に話がつけてあったようだ。科学者の老人が一人であの水の世界を巡るのに恐怖を覚えた。しかし、それが彼の望みであり、夢であった。クロカワの決意は固いようだった。船を降りて、私に別れを告げた。アメリコから離れ、低い声で言った。また来ます。……いつかまた来たときには、もう一度ご一緒に川巡りをしましょう。

再び彼に会うことはなかった。ときどき、ネグロ川やアマゾン川の岸辺を夢中になって眺めていた、細身で小柄な姿を思い出すことがあった。数ヶ月後、公設市場でアメリコに会ったとき、クロカワについて尋ねた。約束通りに船は返してくれたの？

時間も場所も約束通り。アメリコは言った。日本人だと分からないくらいだったよ。日に焼けて、白髪のカボクロ(10)に見えた。それに、土地の言葉まで覚えていた。俺に言うんだ。ありがとよ、兄ちゃん。あんたの船は絶品だ。約束の倍の借り賃までくれた。お辞儀をして日本語でお礼を言い、にこりとして去っていった。俺も返したんだ。アリガトウ、サヨナラ、クロカワサン。観光客から教えてもらった挨拶さ。でも、あのクロカワは観光客じゃなかったな。また来るだろうか。

領事と書記官に会ったとき、アメリコに訊かれたことが頭に浮かんだ。二人はスーツ姿でネクタイを締め、重々しい表情だった。領事館の船の船尾には、アマゾナス州旗とブラジル国旗に挟まれて日の丸がなびいていた。

あなたはカズキ・クロカワ教授と川巡りをなさったんでしたね、四年ほど前に。領事が言った。

そうですと答え、消息を尋ねた。

後でご説明いたします。今はご一緒にお越しください。ネグロ川を遡ります。費用は日本政府がお持ちします。

大学の仕事があるので長くはいられません、と答えた。

大使が学長の許可をいただいております。そう言って、領事は学長のサインがしてある大使館の用箋を見せてくれた。

私たちはネグロ川を三時間以上遡った。知らない土地へのあの旅について、だれも何も口にしなかった。アナヴィリャーナスの島々を通り過ぎ、クンプリード島の先に進んで、船はネグロ川のとある支流に入った。ピアサーバ椰子の葉(11)を積んだ船と、熱帯魚を捕まえようとしていた船を見かけたのを覚えている。日が傾き始め、川幅は狭くなり、もう水上家屋もカヌーもなかった。人間の痕跡は皆無であった。夕暮れ間近のジャングルに、大型のインコの大群がけたたましい鳴き声をあげていた。じきに静寂が訪れた。静寂は時間の観念を失わせた。さらに狭い川に入ると、船頭が地図を指さした。パス水道。領事が手で合図をし、船は高く濃密な木々の陰をゆっくりと進んだ。ジャングルの中で行き止まりになっているような湾曲部に差しかかった。船頭はエンジンを切り、木の棒を使って枝や水草の間を進み、淀みに達した。湖ほどの大きな淀みであった。きらめく水をためた湖のように美しい淀み。静かな水のサークル。領事は木箱を船首に運び、中から日の丸に包まれた別の箱を取り出した。厳粛な仕草で日の丸を船室の外壁に吊るし、私のそばに来て言った。

クロカワ教授は遺言状を残されました。二つのお願いをされていました。一つは、遺灰をこの場所に撒くこと、もう一つは、それをあなたにしていただきたいということです。

漢字の翻訳を思い出し、感情が込み上げてきた。ほとんど同時に、クロカワの死の知らせに驚いた。懐かしく思い出した。悲しみをこらえることができなかった。しばらくしてから尋ねた。どうして遺灰をここに？

だれにもわかりません。そう領事は答えた。ご自身にしか分かりません。日本政府を代表してお願いいたします。

領事はポケットからコンパスを取り出した。領事と書記官は体の向きを変え、夕日を背にした。東（オリエント）向きに。

どうぞ、遺灰をゆっくり撒いてください。その間に儀式を行いますので。

二人は直立して君が代を歌い始めた。私は手に遺灰をつかみ、静かな水面にゆっくりと撒いた。科学者カズキ・クロカワの遺灰。二人はもう二回、ゆっくりと君が代を歌った。

儀式が終わったとき、太陽はジャングルの中に消え、赤い夕焼けを残していた。二人は黙って地平線の彼方を見つめ、お辞儀をした。私も真似をして身体をかがめた。

その後、大自然を前にして、漢字の翻訳を思い出し、ネグロ川の水底に沈んだ科学者の遺灰の謎めいた理由についてじっと自問した。すでに光はなくなり、淀みの暗い水面が天空まで達していた。

"Um oriental na vastidão," Milton Hatoum, *A cidade Ilhada* (São Paulo: Companhia das Letras, 2009)

訳注

（1）一九五二年創立のアマゾン地域の国立総合研究機関。
（2）一九七六年、ヴァリグ航空がマナウス郊外ネグロ川畔に開業したアマゾン地域を代表する高級リゾートホテル。二〇一九年に閉鎖後、売却され、現在は別の企業グループによって再開されている。
（3）マナウス市内の旅客船の船着場。
（4）天然ゴム・ブームの時代の一八九六年に建設されたオペラハウス。資材はすべてヨーロッパから輸入した。
（5）先住民系の女性。
（6）アマゾン（アマゾナス）川は、ネグロ川との合流点までの上流部について、ブラジルではソリモンイス川と呼ばれる。ペルーではアマゾン（アマソナス）川のまま。

（7）Adolpho Ducke：オーストリア生まれのブラジルの生物学者、エミリオ・ゲルディ研究所員、一八七六—一九五九。
（8）Hilgard O'Reilly Sternberg：ブラジルの地理学者、リオデジャネイロ連邦大学・カリフォルニア大学バークリー校教授。一九一七—二〇一一。
（9）Paulo Emílio Vanzollini：生物学者、サンパウロ大学生物学研究所長、作曲家としても知られている。一九二四—二〇一三。
（10）先住民系の男性。
（11）葉柄の繊維を使って箒を作る。

ミルトン・ハトゥーン

「大自然の中の東洋人」解説

鈴木　茂

Retrato / Profile　ミルトン・ハトゥーン（ハトゥン）Milton Hatoum（一九五二年生まれ）

ブラジルの小説家・評論家。アマゾン川中流、ネグロ川との合流部にある大都市マナウスに、レバノン人移民の父とレバノン系ブラジル人の母から生まれる。建築家を目指し、ブラジリアの高校を経て、一九七三年、サンパウロ大学建築学部に入学、一九七七年に卒業した。卒業後は一時サンパウロ州内の大学で建築学を教え、詩や評論を雑誌に寄稿していた。

一九八〇年、奨学金を得てスペインに留学し、マドリードとバルセローナで過ごし、翌年、フランスに移ってパリ第三大学（ソルボンヌ）の大学院で比較文学を専攻する。一九八三年に帰国し、故郷マナウスにあるアマゾナス連邦大学でフランス語とフランス文学を教えるかたわら、一九八九年、長編小説『ある東洋の報告』を出版した。この作品はブラジル最高の文学賞であるジャブチ賞（「ジャブチ」は南米原産の大型の陸ガメの一種で、先住民の伝説に不滅の英雄として登場する）を受賞し、注目される。

一九九六年にはカリフォルニア大学バークリー校の客員教授として、ブラジル文学を講じている。

一九九八年に、サンパウロ大学から比較文学の博士号を取得した後、サンパウロを拠点に著作に専念するようになり、二〇〇〇年に『双子の兄弟』、二〇〇五年に『北部の灰』、二〇〇八年に『エルドラードの孤児』（武田千香訳、水声社、二〇一七年）を発表した。

これらの作品は海外でも高く評価されており、そのうち、『ある東洋の報告』は英語、独語、西語、仏語に、『双子の兄弟』は英語、仏語、独語、西語、伊語のほかアラビア語、ギリシャ語、オランダ語にも翻訳されている。

現在、三部作「最も陰鬱な場所」に取り組んでおり、これまでに第一部『待ち焦がれた夜』（二〇一七年）と、第二部『遠近法』（二〇一九年）までが出ている。

この三部作では、一九六〇年代から一九八〇年代にかけての軍政期の青春群像が描かれており、サンパウロ生まれの主人公マルティンは、離婚した父親に連れられて遷都（一九六〇年四月）間もないブラジリアに移り住んで高校時代を過ごし、やがて故郷サンパウロに戻ってサンパウロ大学で建築学を学ぶ。家族構成や出自などは異なるものの、大学時代に学生運動に加わっていたミルトン・ハトゥーン自身の体験にも重なっているようで、興味深い。軍人出身で、軍事独裁体制を礼賛するボルソナーロ現大統領への批判が込められており、大きな反響を呼んでいる。

ミルトン・ハトゥーンは、もう一つの専門である文芸評論の著作に加え、新聞や雑誌のコラム執筆者としても活躍している上に、翻訳も手がけている。フロベールやジョルジュ・サンドの作品のほか、日本でも知られているエドワード・サイードの『知識人とは何か』のポルトガル語の訳者でもある。

Texto/Text

「大自然の中の東洋人」“Um oriental da vastidão”は、二〇〇九年 *A cidade Ilhada* に出版されたミルトン・ハトゥーンの最初の短編集に収められている。

舞台は、アマゾン中流の大都市マナウスと最大の支流ネグロ川である。ある日、突然、大学の付属研究所に勤務する語り手の女性が、マナウスに駐在する日本領事から電話を受け、日本の大学を退職した元教授のガイドを依頼される。

奇妙なことに、空港に現れた「クロカワ」という名の白髪の男性は、お土産に持参したという小さな箱を手渡すと、名物の魚料理のランチに目もくれず、現地の専門家とも会おうとせず、休憩する時間を惜しんで、アマゾン川の船着場に直行するよう頼んだ。マナウス付近でアマゾン川に注ぐ支流ネグロ川の川巡りをすることが、子供の頃からの夢であったというのである。

アマゾン川は無数の支流と合わせて世界最大の水量を誇る大河であり、流域にはこれまた世界最大の熱帯雨林が広がっていて、動植物の宝庫である。さすがに秘境探検の時代は過ぎ去ったが、川巡りやジャングル・ツアーで「野生」を満喫しに来る観光客を世界中から集めている。そうした外国人観光客を見慣れた現地の人々にとって、クロカワなる人物は不思議な来訪者であった。

Context / Context

本作品の主人公「クロカワ」は、東京の大学で長く淡水生物の研究に携わっていた生物学者というのだから、世界最大の河川であるアマゾン川水系に興味を抱いたという設定には不自然なところはない。

クロカワが目指したネグロ川という支流の名は、ポルトガル語で「黒い川」、つまり「黒川」の意味であるが、そのことは日本語を知らないブラジルの一般読者には分からない仕掛けになっている。

おそらく少なからぬ日本の読者は、クロカワの遺灰を撒きに出かけた領事一行が君が代を歌ったことに、何らかの違和感を感じるかも知れない。現在の日本では、個人の追悼の際に、普通、君が代は歌わない。現在のブラジル国民の中で国歌を歌うことに抵抗感を抱く人はほとんどいないので、ブラジルの読者には特に違和感を抱かせることはないかもしれない。

しかし、日本の読者は、君が代に別の歴史があることを知っている。実は、ブラジルでも一九三〇年代から国歌は、統合と同時に排除の装置として利用されてきた歴史がある。とりわけ、一九三七年から四五年までのヴァルガスの独裁体制と、一九六四年から八五年まで二一年間続いた軍事政権では、愛国心を鼓舞する手段の一つとして、学校行事などで国歌斉唱が強制された。それが、一九八四年、大統領の直接選挙の実現をめざした憲法改正運動の中で、国歌が現代風にアレンジされて（当時は法律違反であった）歌われたことによって、民主化のシンボルに変わった。

Leitura / Further Reading

唯一の邦訳である『エルドラードの孤児』にもアマゾン地域のアラブ系移民が登場するが、ストーリーそのものはアマゾンの先住民の神話の世界を下敷きにしたもので、それまでの著者の作品（『ある東洋の報告』、『双子の兄弟』、『北部の灰』）が、アマゾン地域を舞台として、レバノン人移民とその子孫の家族やコミュニティの中の過去の記憶や葛藤を描いているのとは対照的である。関心のある方は、代表作『ある東洋の報告』には英訳があるので、ぜひ手に取っていただきたい。

アラブ系移民は、ブラジル文学の中で行商人や小商店主としてしばしば登場する。ジョルジェ・アマード『丁字と肉桂のガブリエラ』（尾河直哉訳、彩流社、二〇〇八年、原著：一九五八年）に登場する商人ナジブはその代表であろう。

それらの人物像は、ブラジル社会に根強いアラブ系移民をめぐるステレオタイプであることも少なくないのであるが、アラブ系移民の方も、そのようなステレオタイプを「流用（アプロプリエート）」するかたちで独自の「シリア・レバノン系」アイデンティティを構築し、ブラジル社会の中に包摂される戦略をとった。

その一つの結果が、政財界への進出である。レバノン系コミュニティは、すでに大統領や多くの大臣を送り出すなど、政界で大きな勢力を誇っているが、コミュニティの票には頼らずに選挙を勝ち抜いてきた。これは、コミュニティの票に依存してきた日系人政治家とは大きく異なる点である。また、中央銀行総裁や有数の実業家などを輩出して、財界にも大きな発言力を有している。

これに関連して、「シリア・レバノン系」アイデンティティの構築をブラジルの移民政策や国民性との関係で研究した成果として、ジェフ・レッサー『ブラジルのアジア・中東系移民と国民性の構築』（鈴木茂・佐々木鋼二訳、明石書店、二〇一五年）がある。

Uma Nota Pessoal / On a Personal Note

訳者は、二〇〇九年から六年間、シリア・レバノン人移民に関する二つの科学研究費助成研究プロジェクト（基盤B「レバノン・シリア移民の創り出す地域＝宗派体制・クライエンテリズム・市民社会」、基盤A「レバノン・シリア移民の拡張型ネットワーク――自己多面化と空間構想力」、研究代表者はいずれも黒木英充・東京外国語大学アジア・アフリカ言語文化研究所教授）に加わる機会があった。

研究プロジェクトの調査を始めるにあたって、手がかりの一つとして、シリア・レバノン移民コミュニティをテーマとする作品で注目を集めていたミルトン・ハトゥーンに白羽の矢を立てた。書店に勤める知り合いから連絡先をもらってメールでインタビューを申し込んだところ、快諾していただいた。それが著者との最初の出会いである。

サンパウロ大学のキャンパスに近い地下鉄駅から十数分のところにあるマンションの前まで来ると、上の方の階の窓にサントス・フットボール・クラブの大きな旗が垂らされていた。そこが著者の自宅であった。作家へのインタビューというより、サッカーの話に花が咲き、いつの間にか大学教師仲間の気のおけない対談になっていた。ミルトン・ハトゥーンの作品を通して、小説は地域研究の重要な資料になりうることを、改めて実感した。

帰国後しばらくして、当時の同僚の武田千香さんからミルトン・ハトゥーンの作品を翻訳したいという相談があり、ハトゥーン自身も日本に関心があって、機会があれば日本語訳を出したがっていたことを伝えた。それが『エルドラードの孤児』である。

アメリカ

ウィリアム・フォークナー　William Faulkner

ドライ・セプテンバー

梅垣昌子・訳

ドライ・セプテンバー

1

殺伐とした九月の夕暮れどき、雨の降らない日が六二日も続いたそのあとで、乾燥した草にまるで火がついたように、それは一気に広がった。うわさ話というか、打ち明け話というか、なんにせよ、とにかく広がったのだ。ミス・ミニー・クーパーと、ある黒人男性にかんする話。襲われたとか、辱められたとか、怯えきってしまったとかいうのだが、その土曜日の夕方、理髪店に集まっていた男たちのだれ一人として、本当のところは何が起きたのか、知る者はいなかった。店内では、天井に据えつけられた扇風機が、むっとする空気を同じところでかき回し、男たち自身の口臭や体臭、それに鼻をつく整髪剤やローションの臭いを周期的に吹き飛ばしては、また同じところに扇ぎ返していた。

「でも、ウィル・メイズじゃあないね」と理容師が言った。この男は、痩せ型で土色の顔をした気のよさそうな中年で、客の髭を剃っているところだった。「ウィル・メイズのことは知ってる。やつは、いいコクジンだよ。それに、ミス・ミニー・クーパーのことも知ってる」

「どんなことを知ってるって？」と二人目の理容師が言った。

「それって、だれ？」と客が言った。「若い子？」

「いいえ」と最初の理容師が言った。「四十くらいですね。独身の。だから余計に……」

「まったく余計なこった！」と図体のでかい若者が言った。シルクのシャツに汗染みができている。「あんた、ご婦人の話よりも、コクジンのほうを信用するってか？」

「ウィル・メイズがやったとは思えないんで」と理容師が言った。「やつのことは知ってます」

「じゃああんた、だれがやったのか知ってんだな。で、そいつをもう町の外から逃したんかい。とんでもないコクジンびいきの野郎だな」

「だあれも、なんにも、やってませんよ。たぶん、何も起こってはないですよ。ちょっと考えてみてください、ずっと独り身のご婦人がたというのは、男のことがあんまりわかって……」

「これは仰天、あんた、それでも白人かい」と客は言い、ケープの掛かった体をもぞもぞさせた。さっきの若者は、弾かれたように立ち上がった。

「なんつった?」と若者。「あんた、ご婦人のことをうそつき呼ばわりする気か?」

理容師は、なかば体を起こしかけた客の真上で、カミソリをもった手をぴたりと止めた。そしてじっと客を見下ろした。

「このロクでもない日照りのせい」と、もうひとりが言った。「なにをやっちまっても、おかしくない。たとえ相手がミニーさんでもね」

だれも笑わなかった。最初の理容師は、いつもの穏やかな口調できっぱりと言った。「だあれもなんにもやってませんよ。わたしはちゃんと、わかってます。おわかりでしょう、独り身の女性というのは……」

「あんた、ロクでもねえコクジンびいきだな!」と若者が言った。

「ブッチ、静かに」と、もうひとりが言った。「まずはじっくり事実を確かめて、それから」

「だれが? なんの事実を?」と若者。「事実なんか、クソくらえってんだ! オレは……」

「きみは、立派な白人の男」と客が言った。「だろ?」その客の髭は泡だらけで、よく映画に出てくるような、荒野の風来坊みたいだった。「そこの、にいさん」と客は言った。「この町に白人の男がいねえってことなら、あっしを頼んなさい。当方はしがない旅まわりのセールスマン、よそものではありますがね」

「そう、そのとおり」と理容師は言った。「まずは事実を確かめないと。ウィル・メイズのことは知ってます」

「いいかげんにしろってんだ！」と若者は声を張りあげた。「ほんと、情けないぜ。この町の男ともあろうもんが……」

「ブッチ、静かに」と二人目が言った。「急ぐこたあ、ないさ。」

さっきの客が起き直った。そして発言者のほうを向いた。「あんた、コクジンがご婦人に手を出すなんて、なにがあってもそんなこと、許されると思ってんのかい？　あんた、そんなことを許して、それでも自分のことを白人の男だっていう気かい？　そんなやつはな、北部へ帰っちまえ。この南部ではな、あんたみたいなやつ、願い下げだい」

「北部がなんですって？」と二人目が言った。「自分は生まれも育ちもこの町ですよ」

「いいかげんにしろってんだ！」と若者は言った。そしてぐるりとあたりを見回したが、ゆがんだその顔には、途方にくれたような表情が浮かんだ。まるで言いたいことがなんだったのか、やりたいことがなんだったのか思い出せない、そんな様子で。彼は腕をあげ、シャツの袖で顔にふき出た汗をぬぐった。「まったくとんでもねえ。白人の女性ひとり、このオレが守れ……」

「まったくだよ、にいさん」とセールスマンが言った。「言ってやれよ。もしその……」入り口の網戸がバンッと開いた。ひとりの男が理髪店に入ってきて、ずっしりとした体躯をピタリと止め、仁王立ちになった。シャツの胸元をはだけ、中折れ帽をかぶっている。その険しく血走った目で、店内の男たちを見回した。この男の名はマクレンドン。フランスの前線で部隊を指揮した経験があり、武勲章を受けていた。

「お前ら」と彼は言った。「そんなとこに座ってる場合か？　コクジンのやつに、白人の女をレイプさせとくのか？　このジェファソンのど真ん中で？」

ブッチがまた飛び上がった。頑丈な両肩に、シャツのシルクがぺったりはり付いている。両脇の下には、汗で黒ずんだ三日月ができていた。

「それ、まさにオレも、それを言いたかったんだ！　オレもまさに……」

「それって実際、あったことなんかね？」と三人目が言った。「今回が初めてじゃあないよな、あの人が男に怯えたって話は。ホークショーも言ってたよな。なんでも男が下の台所の屋根にいて、着替えてるところをのぞかれた、とかいう。一年くらい前だったかな？」

「え？」と客が言った。「なんだって？」理容師は、さきほどからゆっくりと力をかけて、客を理容椅子の背中に押し戻していた。客のほうは押し戻されつつも反作用でバランスをとり、ぐっと首をもたげていたが、理容師はさらに続けて押し戻す。

マクレンドンは三人目の発言者に食ってかかった。「実際、だと？　実際がなんだってんだ？　お前、コクジンのやつらをこのまま野放しにしとく気か？　そのうちやつらが本当にやらかしちまっても、いいってのか？」

「それ、まさに、オレもそれを言ってんだ！」とブッチが叫んだ。そして長々と絶え間なく悪態をついたが、その中身は意味不明だった。

「おいおい」と四人目が言った。「声、大きすぎ。そんなに大きな声だすなよ」

「まったくだ」とマクレンドン。「声だす必要、なし。俺はもう言うことは言ったからな。俺についてくるのは？」彼は両足のかかとを心持ち浮かせて伸び上がり、目をぎょろつかせた。

理容師はセールスマンの顔を押さえつけ、カミソリを持つ手を止めた。「みなさん、まずは、事実確認です。わたしはウィル・メイズを知ってんです。あいつはやってない。保安官を呼んで、ちゃんと調べてもらいましょう」

マクレンドンはそれを聞くなり、怒りでこわばった顔を振り向けた。理容師のほうも、目をそらさなかった。ふたりはまるで、人種が違う者どうしのように見えた。ほかの理容師たちもそれぞれ、平たく横になっている客たちの真上で、ぴたりと動きを止めた。「あんたまさか」とマクレンドンは言った。「コクジンの野郎のほうを信用するってか。白人の女よりも？　まったくなんてやつだ、このコクジンびいきの……」

三人目の発言者が立ち上がり、マクレンドンの腕をぐっとつかんだ。この男も、戦争帰りだった。「ちょっと落ち着こう、整理してみようじゃないか。本当のところ、なにがどうなってるのか、少しでも知ってるやつは？」

「整理する、だと！」マクレンドンは乱暴に腕を振り払った。「俺と一緒に来るもんは、立て。そうでないやつは……」そう言って目をぎょろつかせ、シャツの袖で顔をぬぐった。

三人の男が立ち上がった。セールスマンは椅子から起き上がった。「おれも」と彼は言って、首にまきついたケープをひっつかんだ。「こいつをとってくれ。おれも一緒にいく。ここじゃ自分はよそもんだけど、もし、まんがいち、自分のおふくろや嫁や妹が、なんてこと考えたら……」そう言ってケープで顔をぬぐい、ぬぐった先からパッと床へ投げつけた。マクレンドンは仁王立ちのまま、残りの男たちにむかって毒舌を吐いた。ひとりが立ち上がり、進み出た。ほかの男たちは座ったまま、決まり悪そうにしていたが、互いに目を合わせようとはせず、そのうちにひとり、またひとりと立ち上がって、マクレンドンに合流した。

理容師は、床のケープを拾い上げた。そしてきっちりとたたみはじめた。「みなさん、どうかやめてください。ウィル・メイズはやってない。ほんとに」

「行こう」とマクレンドンは言った。そしてくるりと背を向けた。その尻ポケットから突き出ていたのは、重量感のある自動拳銃の台尻だった。男たちは出て行った。そのあとには網戸のドアが、乱暴に閉められた反動で激しく前後に揺れ、生気のない空気に残響を生んでいた。

理容師は、注意深く速やかにカミソリの刃を拭き、それを片付けると、店の奥に走っていって、壁にかけた帽子を取った。「できるだけ早く戻るよ」と、彼はほかの理容師たちに言った。「どうしてもなんとかしないと……」彼は走って出て行った。残されたふたりの理容師は玄関口まで見送り、跳ね返ってきたドアを受けとめて、身を乗り出し、道を駆けていく彼の姿を目で追った。空気は澱み、生気がなかった。金属の味がして、舌の根元に残る。

「どうなるかな?」ひとりが言った。二人目の理容師は息をひそめて、「ちくしょう、なんてこった、ちくしょう、なんてこった」と呟いた。「ウィル・メイズと同じくらいやばいよ、ホークショーも。マクレンドンの逆鱗にふれちまうなんてな」

「ちくしょう、なんてこった、ちくしょう、なんてこった」と二人目が声を殺して言った。

「やつが本当に、あの人になんかしたと思うかい?」と最初の理容師が言った。

2

彼女は年の頃、三十八か三十九。こじんまりとした木造の家で、病弱な母親と、痩せて土気色の顔をした、しっかり者の叔母との三人暮らしだ。毎朝十時から十一時ごろになると、彼女はベランダにでてくる。レースの縁飾りをあしらった部屋用の帽子をかぶり、ベランダのブランコにすわってゆらゆらしながら、お昼ごろまで座っている。食事のあとは少し横になって、昼下がりの熱気をしのぐ。そのあとは、夏ごとに新調する三、四着のボイルのドレスのどれかを選んで袖を通し、町へ出かける。町ではいろんな店に立ち寄り、ほかのご婦人がたと一緒に、あれこれ品定め。きびきびと手きびしい様子で、値段がどうのこうのと言いながら、何を買うつもりもなく午後の時間を過ごすのだった。

彼女の暮らし向きは、悪くなかった。ジェファソンの上流階級というわけではなかったが、それでも何不自由なく暮らしていた。容姿はおよそ人並みで、朗らかさのなかにうっすらと、やつれた感じが漂っている。その感じは、着ている服にもあらわれていた。若いころの彼女は細身で神経質な印象だったが、ある種、頑強なバイタリティがあったので、一時期は、たとえば高校のパーティや教会の青年会など、町の社交の場をリードするほどの目立つ存在だった。ただしそのころは皆ほんの子供で、階級意識にまだ目覚めていなかったのだ。

　やがて形勢が怪しくなってきたことに、彼女だけが最後まで気づかなかった。彼女は周囲のだれよりも、若干輝いて目立っていたはずだったが、いつしかその周囲の者たちが、男の場合は見下し、女の場合は仕返し、という蜜の味をしめるようになったのだ。ちょうどそのころから、彼女の朗らかな表情にやつれが出はじめた。それでもまだ彼女は、まるでお面か旗印のようにその表情をはりつけたまま、豪邸の夜会や、夏の昼下がりのピクニックに出かけていった。しかし、その目の奥には困惑が浮かんでいた。事実から必死に目をそむけようと、もがいていたのだ。ある夜、パーティの席で彼女は、同級生だった三人の男女が話しているのを聞いてしまった。それを境にぱったりと、パーティには出なくなった。

　同級生たちは結婚して家庭に入り、母親になっていった。それを傍で見ている彼女はといえば、男性から声がかかることもなく、そのうちに同級生の子供たちから、「おばちゃん」とよばれるようになった。果たして母親たちは、朗らかな声で語り聞かせるのだった。ミニーおばちゃんは若いころ、とっても人気があったのよ、と。そんなふうにして数年が過ぎたころ、町の人びとは日曜日の午後になると、ミニーが銀行の出納係とドライブにいくのを見かけるようになった。彼は四十がらみの男やもめで血色がよく、いつもうっすらと理髪店かウイスキーの匂いをさせていた。彼が乗っていたのは、町で最初の自動車だった。真っ赤な小型のオープンカーだ。ミニーは町で最初に、ドライブ用の帽子とベールをつけた。だれも見たことのないファッションだった。すると、町ではこんな声が聞かれはじめた。「かわいそうなミニー」「でも、さすがにもう大人なんだし、大丈夫でしょ」という者もいた。ちょうどそのころ彼女は、昔の同級生たちに対して、子供には自分のことを「おばちゃん」でなく、「おねえさん」と呼ばせるように釘をさしたのだった。

十二年ほど前だったか、彼女が男と良からぬ関係に陥っているという見方が町中に広がり、八年前にはその出納係が、メンフィスの銀行に移ってしまった。その後、男は年に一度だけクリスマスシーズンに戻ってはくるものの、それは独身仲間と一緒に、川辺の狩猟クラブのパーティに出かけるためだった。窓辺のカーテンをちらりと開け、この一行が通っていくのを眺めた隣人たちは、クリスマスの訪問でミニーの家に立ち寄っては、彼が元気そうだったとか、向こうでは羽振りが良いらしいとか、ミニーの朗らかでやつれた顔をのぞき込みながら、朗らかで密やかな眼差しで、彼女に話して聞かせるのだった。そのころには、彼女の息からウイスキーの匂いがするようになった。ウイスキーを提供したのは、近所のカフェバーの若者だった。「そうだよ、ぼくがおばさんに買ってあげたの。あのひとだって、少しくらい楽しむ権利はあると思うし」

彼女の母親は、今では部屋にこもりっきりになり、痩せぎすの叔母が家を切り盛りしていた。そんな環境で、晴れやかなドレスに身を包み、日がな一日無為にぶらぶら過ごしているミニーの姿は、ひどく現実離れした様相を呈していた。夕方になると彼女は、もっぱら近所の女性たちと連れ立って映画を見に行く。午後は毎日、新品のドレスを着て、一人で町の中心部に出る。そこには彼女の「いとこ」たちも繰り出しており、優美で艶やかな髪、きゃしゃな腕にぐっとひきしぼった腰つきで、くっついて歩いたり、きゃあきゃあ、くすくす、カフェバーの若者たちと群れたりしている。彼女のほうは足を止めずに、立ち並ぶ店の通りへと歩いていくが、出入り口のあちこちでたむろしている男たちは、もう彼女の姿を目で追うことすらしなかった。

3

理容師は道を急いだ。まばらな街灯の明かりには虫がぐるぐるたかり、生気を失った夕闇の中で、ひたすらじっと宙吊りの光を放っていた。日は暮れて、不吉な夜のとばりが降りた。暗くなった広場一帯は塵埃の経帷子《きょうかたびら》で覆われていたが、上空はまるで、真鍮の釣鐘のように澄みわたっている。東の地平線の向こうからは、ブルームーンの気配が感じられた。

理容師が一行に追いついたとき、マクレンドンと三人の男たちは、裏通りに停めた車に乗り込むところだった。マクレンドンはでかい頭を車の屋根の下におさめ、ちらりと外を見た。「来る気になったか」と彼は言った。「そいつぁよかった、ほんとにな。さっきあんたが言ったこと、もし町中に知れわたったらどんなことになるか……」

「まあ、まあ」と、あの元兵士が言った。「ホークショーは大丈夫。ホーク、さあ飛び乗れ」

「ウィル・メイズは、やってませんよ」と理容師は言った。「絶対ない。ねえ、あんたがたも知ってるでしょう。うちらのコクジンは、ほかの町とは違う、いいやつらなんです。それにご婦人ってのはときおり、意味不明のことを言ってくるんです、男のことでね。とくにミス・ミニーの場合は……」

「わかったわかった」と兵士は言った。「ちょっくらやつと話しにいくだけだよ。それだけ」

「話だと！」ブッチが言った。「オレらは今からあんちくしょうを……」

「だまっとけよ、まったく」と兵士が言った。「町のみんなに知れたらどう……」

「言ってやれよ！」とマクレンドンが言った。「みんなに言ってやれ、一体どうなるかってことをな、もし白人の女がこんな……」

「はやくはやく。もう一台来たよ」二台目が軋んだ音をたてながら、土煙の向こうから現れて裏通りに入ってきた。マクレンドンはエンジンをかけ、先頭を切った。土埃が霧のように道を覆っていた。街灯の明かりが滲み、水の中の光みたいだった。一行を乗せた車は町の外へ出た。

でこぼこ道が直角に曲がった。その先にも土埃が、あたり一帯に漂っていた。製氷工場の建物が、空を背景に黒くそびえていた。黒人男性のウィル・メイズは、ここの夜警だ。「この辺で停めるか？」と兵士が言った。マクレンドンは無言だった。乱暴にアクセルを踏んでからぐいっと停車すると、ヘッドライトが空っぽの壁をぎらりと照らした。

「ねえ、ちょっと聞いてください」と理容師は言った。「もしやつがここにいるんなら、やってない証拠でしょ？　ちがいますか？　やったんなら逃げますすよ。そうでしょ？」二台目が到着して、停車した。マクレンドンが外に出た。ブッチが勢いよく飛び出して並んだ。「ねえ、聞いてください」と理容師は言った。

「明かりを消せ！」とマクレンドンが言った。死の闇がさっと降りてきた。静寂のなかで、ぜいぜいという肺の音だけが響く。男たちは空気と一緒に、カラカラの土埃を吸い込んでいた。こんな気候が、もうふた月も続いているのだ。ザッ、ザッ、と次第に遠のくマクレンドンとブッチの足音。しばらくすると、マクレンドンの声。

「ウィル！……ウィル！」

東の地平線に、青白く出血した月の光がじわじわと広がってきた。月は丘のうえにぬっと出て、あたり一面、土埃の世界を銀色に染めた。男たちがいるのはまるで、どろりと溶けた鉛の鉢の底みたいだった。夜鳴き鳥も虫の声もなく、ただ男たちの息の音と、車のボディが冷えるカチカチという金属音だけが、かすかに響いた。体が触れ合って熱くほてるのに、乾燥が激しすぎて汗も出ない。「ちくしょう！」とだれかが言った。「外に出ようぜ」

だがだれも動かなかった。まもなく前方の暗がりの向こうから、なにかの音が聞こえてきた。すぐに男たちは車を降り、息苦しい闇の中で目を凝らした。するとまた、別の音がした。殴る音、押し殺した息の漏れる音、悪態をつくマクレンドンの低い声。男たちは、もうひと呼吸待ってから、走り出した。まるで何かから逃げるように、前のめりで転げるように駆け出した。「やっちまえ、そいつをやっちまえ！」だれかの低い声がした。マクレンドンが男たちを乱暴に押し戻した。

「ここじゃない」と彼は言った。「車に乗せるんだ」「やっちまえ、そいつをやっちまえ！」低い声が繰り返した。男たちはその黒人男性を引っ張って、車のところに連れてきた。理容師は車のそばで待っていた。汗が体を流れ、吐き気の予感がした。

「だんな、どういうこってすか？」と黒人男性は言った。「おれはなんもやってない。ほんとです、ジョンのだんな」だれかが手錠を差し出した。男たちは、黒人男性がまるで地面に立つ柱であるかのように、そのまわりをぐるぐるとせわしなく回った。押し黙って一心に、互いにぶつかりあいながら。手錠をかけられた黒人男性は、暗くてよく見えない顔に囲まれて、きょろきょろと素早く見回した。「だんな、どなたさんですか？」と彼は言って身を乗り出し、周囲の顔を次々にのぞき込むと、その吐息や発汗のにおいが男たちの鼻をついた。彼は名前をひとつふたつ、口にした。「ジョンのだんな、おれがなにをしたってんですか？」

マクレンドンは乱暴に車のドアを開けた。「乗れ！」と彼は言った。

黒人男性は動かなかった。「おれをどうしようってんですか、ジョンのだんな？　なんもしてねえよ。白人さんたち、だんながた、おれはなんもしてねえ。神にかけて誓います」と言って、さっきとはまた別の名前を叫んだ。

「乗れ！」マクレンドンが言った。彼は黒人男性を殴った。他の男たちは、しゅうしゅうと息を吐いて乾いた音を出しながら、手当たり次第に殴った。黒人男性はもみくちゃにされてわめきちらし、手錠のかかった腕をふり回すと、それが男たちの顔に当たり、理容師の口をさっとかすめた。理容師も彼を殴った。「こいつをぶちこめ」とマクレンドンが言った。男たちが黒人男性を押さえ込んだ。彼は抵抗をやめて車に乗り、腰をおろして口をつぐむと、男たちが乗り込んできた。彼は理容師と兵士にはさまれて座り、ふたりに触れないように身を縮めて、きょろきょろと素早く周りの顔を見回した。ブッチはサイドステップに足をかけ、外から車につかまった。車が走り出した。理容師はハンカチでそっと口を押さえた。

「ホーク、どうした？」と兵士が言った。

「べつに」と理容師が言った。車は幹線道路に戻り、町とは逆の方角に向かった。次の車がひと足遅れて、土埃の向こうから姿を現した。二台はスピードを早めた。人家の最後の並びが背後に飛び去った。

「こいつ、強烈に臭いやがる！」と兵士が言った。

「いまになんとかするさ」と助手席のセールスマンが、マクレンドンの隣で言った。サイドステップのブッチは、熱い風を切りながら悪態をついていた。理容師は突然、身を乗り出してマクレンドンの肩をたたいた。

「降ろしてください」と彼は言った。

「じゃあ飛び降りろよ、このコクジンびいきが」とマクレンドンは、振り向きもせずに言った。彼はスピードを出した。その後ろでは、姿の見えない後続の車のヘッドライトが、土埃の中でぎらりと光っていた。まもなくマクレンドンは、ハンドルを切って狭い道に入った。荒れ果てたでこぼこ道だ。その先には煉瓦の廃窯があり、赤茶けた粘土の盛土や、雑草とか蔦が生い茂った底なしの廃坑が点在している。この土地はいっとき牧場として使われていたが、ある日、ラバが行方不明になった。牧場主は、長い棒でついて廃坑の中を注意深く探したが、どこに底があるのかさえわからなかった。

「お願いします」と理容師が言った。

「だったら飛び降りろ」とマクレンドンは言い、乱暴にアクセルを踏んだ。理容師の隣で、黒人男性が口を開いた。

「ヘンリーのだんな」

理容師は前傾姿勢をとった。まるで細いトンネルを突き進むように、夜道がビュンビュン後ろへ飛んでいった。火の消えた高炉から噴き出す、生温かいけれど生気のない爆風さながらに、車は大きくバウンドしながら荒れた道路を疾走した。

「ヘンリーのだんな」と黒人男性は言った。

理容師は、必死でドアに体当たりをはじめた。「おい、あぶないぞ!」と兵士が言ったた先から、理容師はドアを蹴り開けてサイドステップに踏み出した。兵士は黒人男性の体越しに、身をのり出してつかまえようとしたが、彼はすでに飛び降りたあとだった。車は減速せずに走り去った。

放り出された反動で、彼は土埃にまみれた草地をつっきって溝に転がり落ちた。土埃が舞い上がり、カラカラに干からびた細い枯れ草が、パキパキと体につきささった。息をつまらせ、吐き気を感じながら地面にじっと横たわっていると、二台目の車が通り過ぎていった。彼は起き上がって、足を引きずりながら幹線道路に戻り、両手で服をはたきながら町の方角へ歩き出した。月は空を高く昇り、やがて土埃をはるか下に見下ろした。そうすると町は、土埃の膜の下で輝きはじめた。彼は足をかばいながら歩き続けた。まもなく遠くから車の音が聞こえ、振り返ると土埃の向こうからヘッドライトが近づいてきた。彼はいったん道を降りて、土手の雑草のなかに体を沈め、一台をやり過ごした。もう一台、今度はマクレンドンの車のほうが、後になってやってきた。中に四人が座っており、ブッチはサイドステップにはいなかった。

車は彼方へ遠ざかって土埃の中に飲み込まれ、ヘッドライトとエンジンの音も消えた。舞い上がった土埃はしばらく宙を漂っていたが、それもまた、しばらくのうちに永遠の塵埃に同化した。理容師は土手を登って道に戻り、足をひきずりながら町の方へと歩いて行った。

4

同じ土曜日の夕方、彼女が食事にでかける前に着替えようとしたら、体が熱っぽかった。手は震えてホックが留まらず、目はかっかと血走り、髪の毛は跳ねて軋んで櫛が通らなかった。着替え終わらないうちに、友人たちが訪ねてきて家にあがり、彼女がレースの下着やストッキング、そして新しいボイルのドレスを身につける間、座って待っていた。「出かけても大丈夫なの？」と友人たちは言い、暗い輝きを秘めた朗らかな眼差しを向けた。「ショックから立ち直ったら、話してね、何があったのか。何を言われて、何をされたのか、詳しくね」

落ち葉の舞う夕暮れ、町の中心部の広場をめざして歩きながら、彼女は深く息を吸いはじめた。まるで、これからプールに飛び込もうとする水泳選手みたいに。すると彼女の震えはとまった。友だちと四人でゆっくりと歩みを進めたのは、ひどい暑さと、友人たちの気遣いゆえだった。しかし広場に近づくと、彼女はまた震えはじめた。頭をぐっと上げ、体の横で両の拳を強く握りしめると、周りの声がぼやけていき、周りの視線も熱さと輝きが強まるようだった。

新しいドレスに身を包み、弱々しく歩く彼女を真ん中にして、四人は広場に入った。彼女の震えはひどくなった。歩みもどんどん遅くなる。子どもがアイスクリームを舐めるときのような感じだ。頭をぐっと上げ、眼差しは朗らかながら、やつれた表情を旗印のように、顔にはりつけている。そんな彼女がホテルの横を通り過ぎると、上着を脱いだセールスマンたちは、歩道の脇に並べた椅子に座り、首《こうべ》をめぐらして彼女を目で追うのだった。「あれだよ。な？　ピンクの服、真ん中の」「あれがその？　コクジンのほうはどうしたんだ？　あいつらがもう……？」「そ。やつはもう大丈夫」「だいじょうぶ？」「そ。ちょっくら旅に出た」ドラッグストアの前では、入り口のところにたむろする若い男たちでさえ、彼女が通ると、帽子の縁に手を添えて挨拶し、彼女の腰や足の動きに視線を注ぐのだった。

四人が歩いていると、男性陣はひょいと帽子を上げて挨拶し、おしゃべりの声はぴたりと止んで、気遣いと配慮の空気が流れた。「ね、見て」と友人たちは言った。その声は、ひそやかな満足にあふれた長いため息のようにも聞こえた。「いないわ、黒人のひとたちが、ひとりも。この広場にはひとりもね」

四人は映画館に到着した。館内はコンパクトなおとぎの国のようだった。ロビーは明るく照らされ、壁に飾られた色鮮やかなポスターには、悲しくも美しい人生の栄枯盛衰の場面が、さまざまに描き出されていた。彼女の唇が、うずきだした。明かりが消えて映画が始まったら、大丈夫。ぐっと抑えられる。急にたくさん、笑いだしたりしすぎないように。

だから彼女は足早に進み、次々に振り向く顔や、驚いたようにささやく低い声をものともせず、いつもの座席へ急いだ。席に座ると、明るく光る銀幕を背景に、若いカップルが次々と通路を入ってくるのが見えた。

明かりがぱっと消えてスクリーンは銀色に輝き、やがて美しく情熱的で、悲哀に満ちた人生の物語が繰り広げられた。その間も、若い男女は引き続き入場し、薄暗がりで香水の匂いをふりまいては、ひそひそ声で言葉を交わす。ふたりくっついたシルエットは、華奢でほっそり。スマートでしなやかな体躯はぎこちなくもあり、神々しいほど若々しい。そんな彼らの背後では、銀色の夢の世界がいやおうなく、いやましに膨れ上がっていくのだった。彼女は笑いだした。止めようとすればするほど、笑いはますます大きく響いた。人びとが振り向きはじめた。笑いはまだおさまらず、友人たちが彼女を抱えて外へ連れ出した。彼女は歩道に立ったまま、甲高い声でずっと笑い続けた。ようやくタクシーが来て、友人たちは彼女を乗り込ませた。

友人たちは、ピンクのボイルのドレスや、レースの下着とストッキングも脱がせ、彼女をベッドに寝かせた。氷を砕いて額にのせてやり、医者を呼びにやった。すぐには医者がつかまらなかったので、奇声をなだめながら、氷まくらの中身を取り替えたり、パタパタあおいだりしつつ、彼女を介抱した。替えたての氷が冷たいあいだは笑いがおさまり、若干うなりながらも少しのあいだ、静かになる。しかしまたすぐに笑いが湧き出して、甲高い叫び声となるのだった。

「しぃぃぃぃぃぃぃぃぃぃぃぃ！　しぃぃぃぃぃぃぃぃぃぃぃぃ！」と彼女たちは言って、氷まくらを新しいのに取りかえ、ミニーの頭をなでてやる先から、その手で白髪を選り分けるのだった。「かわいそうな子！」それから顔を見合わせて、「どう思う？　そもそも、本当に何かあったのかしら」彼女たちの目の奥にはひそやかな情熱が宿り、きらりと暗い輝きを放った。「しぃぃぃぃぃぃぃぃぃぃ！　かわいそうな子！　かわいそうなミニー！」

5

真夜中になってやっと、マクレンドンはこぎれいな新居に車で帰ってきた。こじんまりとした家はさっぱりとして、まるで鳥籠のようだった。狭いところもそっくりで、きれいに緑と白に塗られていた。彼は車のドアをロックし、玄関ポーチに上がって家に入った。妻が椅子から立ち上がった。その横にはランプの明かりがついていた。マクレンドンが、部屋に入るなり足を止めてにらみつけると、妻は視線を落とした。

「あの時計を見ろっ」と言って彼は腕を振り上げ、指をさした。妻は雑誌を抱えたまま、夫の前に立ってうなだれた。青ざめた顔はひきつり、疲れが滲みでている。「何回言ったらわかるんだ？　なんでまだ、起きて待ってんだ？」

「あなた」と彼女は言った。そして雑誌を置いた。彼は両足のかかとを心持ち浮かせて伸び上がると、妻をにらみつけた。目は血走り、顔からは汗が吹き出している。

「何回言わせんだ？」彼は詰め寄った。妻は顔を上げた。彼はその肩をつかんだ。妻は抵抗せず、夫のほうを見た。

「ごめんなさい、あなた。眠れなかったの……暑さのせいか、わからないけど。許して、あなた。そんなにつかんだら痛いわ」

「何回言わせんだ？」彼は妻にかけた手をゆるめ、なかば打ちつけるようにして彼女を椅子に投げつけた。乱暴に放り出された彼女は、部屋を出ていく夫を無言で見つめていた。

彼は家の奥のほうへ歩きながら、引きちぎるようにしてシャツを脱ぎ、網戸を取り付けたベランダに出ると、暗がりでシャツを丸め、頭や肩を何度も拭って放り投げた。尻ポケットからピストルを抜いて、ベッド脇のテーブルに置き、ベッドに腰をおろして靴をぬぎ、立ち上がってズボンを脱ぎ捨てた。早くもまた汗をかいてきたので、彼は獰猛にかがみこみ、さっきのシャツを探した。やっと見つけるともういちど体をふき、土埃にまみれた網戸にその体を押しつけて、喘ぎながら立ち尽くした。あたりは微動だにせず静まりかえっていて、虫の一匹さえ見当たらなかった。暗黒の世界が痛手を負って、横たわっているかのようだった。頭上には冷たい月がのぼり、星たちはまばたきひとつせずに光っていた。

ウィリアム・フォークナー「ドライ・セプテンバー」解説

梅垣昌子

Profile ウィリアム・フォークナー
William Faulkner（一八九七ー一九六二）

アメリカ南部のミシシッピ州オールバニーに生まれ、幼い頃に同州オクスフォードに移り住んで以来、生涯を通してこの町を活動の本拠地とした。

六五年の生涯において、詩・短編・長編小説を中心とする著作を一五〇編以上残しているほか、映画の脚本の仕事も数多くこなした。初期の実験的手法の作品から、モダニズムの作家として注目されたが、商業的成功には直結しなかった。批評家マルカム・カウリーの編集による『ポータブル・フォークナー』（一九四六年）の出版は、フォークナーの再評価を広め、一九五〇年のノーベル文学賞の受賞へと結びついた。

フォークナーは、同年代のスコット・フィッツジェラルドやアーネスト・ヘミングウェイとともに、「失われた世代」の作家と称される。

人生のもっとも多感な時期に、第一次世界大戦を目の当たりにした若者の一人として、フォークナーは英国空軍に入隊するが、実戦に出る前に終戦となった。帰国後は生まれ故郷に腰を据え、アメリカ南部の架空の土地を舞台とした作品を次々に発表した。フォークナーはこの舞台の上で登場人物を自在に操り、アメリカ南部の抱える問題に直面しながらもたくましく生きる人々の葛藤を独特の手法で描き出した。その作品群は壮大な物語世界へと成長し、ヨクナパトーファ・サーガと呼ばれている。

その中には、「意識の流れ」や「内的独白」の手法を駆使した『響きと怒り』（一九二九年）、南北戦争と深く結びついた悲劇『アブサロム、アブサロム！』（一九三六年）、人種問題に深く切り込んだ『行け、モーセ』（一九四二年）などが含まれるが、第一次世界大戦中の伍長にイエス・キリストを重ねた

『寓話』（一九五四年）など、ヨーロッパを舞台とする大作も執筆している。

Text

「ドライ・セプテンバー」"Dry September"は一九三一年一月、月刊の文芸誌『スクリブナーズ』（*Scribner's Magazine*）に初めて掲載された。フォークナーはそれ以前にも、"Drouth"というタイトルで『アメリカン・マーキュリー』や『フォーラム』などに原稿を送ったが受理されず、かなり書き直したうえで『スクリブナーズ』に送ったのである。その後改訂を加え、一九三一年出版の短編集『これら十三篇』に収録された。これと同じものが、のちに一九五〇年出版の『短編集』に再録された。『短編集』では、二番目のセクション「村」に配置されている。

　この作品につけられていた元のタイトルは、日照り、すなわち長い期間にわたって雨が降らず、乾燥が続いて農作物などに影響の出るような天候の状態を指す言葉である。

　この尋常ならぬ気候を背景に、閉鎖的なコミュニティの内部で、ある「うわさ話」が一気に広がり、一人の黒人男性と独身の白人女性、第一次世界大戦の元兵士や、理髪店の客と従業員たちの日常が、大きく揺れ動く。物語は対位法的に展開し、読者は多角的な視点から事件の諸相を観察することになる。

Context

フォークナーの多くの作品の舞台となっているのは、彼の故郷であるミシシッピ州北部のラファイエット郡をモデルとする架空の土地である。

　現実のラファイエット郡の設立は、南北戦争前の一八三六年。フォークナーが暮らした郡庁所在地のオクスフォードは、タラハチー川の南、ヨクナ川の北に位置する。『フォークナーの故郷――ヨクナパトーファの歴史的ルーツ』の著者、ドン・ドイルによれば、先住民のチカソーたちはその昔、この川を「ヨクナパトーファ」と呼んでいたという。フォークナーが自らの創作の小宇宙を「ヨクナパトーファ」と命名した背景には、合衆国建国以前に遡る、悠久の時間の流れがある。フォークナーの幼少時代、ラファイエット郡の人口は約四万二、〇〇〇人で、その半数近くが黒人だった。

　「ドライ・セプテンバー」では、白人たちによる黒人男性への暴力行為の結末が、場面と視点の切り替えにより示唆的に表現されている。

　上述のドイルは、アメリカ南部の状況とリンチの発生について、次のように解説している。南北戦争前の奴隷制の時代においては、黒人奴隷がリンチを受けたという事例は確認されていない。奴隷の所有者がそれを許さなかったからである。しかし奴隷制が廃止されると、解放された黒人たちが規律を失うのではないかという恐怖が南部の白人の間に広がる。とりわけ、黒人男性が白人女性を性的欲望の対象にするのではないかという危機感が強まった。

そのような漠然とした社会不安のなかで、南部再建時代にはクー・クラックス・クランなどが暗躍し、暴力とテロリズムに訴えて、黒人や政治的に敵対する白人を威嚇した。その後、十九世紀後半になると、さらに新しいかたちの暴力がアメリカ南部に蔓延する。一八七七年に北部の連邦軍が南部から撤退するのと時期を同じくして、黒人の参政権が停止となるが、この時を境にアメリカ南部において、リンチによる制裁が「共同体の慣習」となった。

南部のなかでもミシシッピ州では特に多くの黒人がリンチの犠牲となったが、最もよく知られているのは、一九〇八年九月に起こったネルス・パットンの事件である。フォークナーが十代はじめの頃だ。「ドライ・セプテンバー」が発表された一九三〇年代の後半からは、リンチの数が減少しはじめ、一九四〇年から一九四五年の間にはほとんど起こらなかった。全米黒人地位向上協会（NAAC）等がキャンペーンを行い、合衆国政府の介入を視野に入れて、リンチ撲滅を世論に訴えたのである。

For Further Reading

●ウィリアム・フォークナー『響きと怒り』（上・下）平石貴樹、新納卓也訳、岩波文庫、二〇一二年・二〇一四年。実験的手法の難解な作品だが、巻末に「出来事年表」や屋敷の「見取り図」等が付されており、読解の助けとなる。

●ウィリアム・フォークナー『魔法の木』木島始訳、冨山房、一九六八年。結婚相手の連れ子だった八歳の女の子の誕生日に贈られた童話。アッシジの聖フランシスのイメージなど、『響きと怒り』に結びつくモチーフが現れる。

●『フォークナー事典』日本ウィリアム・フォークナー協会編、松柏社、二〇〇八年。フォークナーの全体像を知るために必要な項目を網羅した事典で、八〇〇ページを超える膨大な情報のなかには、全著作の背景と概要をはじめ、人物や地名、文化的事象に関する説明などが含まれている。

●ジョエル・ウィリアムソン『評伝ウィリアム・フォークナー』金澤哲、相田洋明、森有礼監訳、水声社、二〇二〇年。日本語で読めるフォークナーの本格的な伝記は、本書が初めてである。ウィリアムソンはアメリカ南部史を専門とする歴史家で、フォークナーの父方の曽祖父に遡り、そのシャドウ・ファミリーについて記している。

A Personal Note

フォークナーが三〇年あまり家族と暮らした家が、今もオクスフォードに残っている。毎夏に開催されるフォークナー・コンファランスでは、その庭が昼のピクニック会場となる。

スコットランドの伝説に因み、魔除けの力があるナナカマドの名前をとって、フォークナー自身が「ローワン・オーク」と名付けたこの屋敷に、訳者も何度か足を運んだ。『響きと怒り』に出てくるコンプソン家の屋敷の描写に重ね合わせると、辞書を頼りに原書を読むだけでは理解できなかった謎が、いくつか解けた。現実とフィクションが交錯する空間に足を踏み入れた、幸福な時間であった。

韓国

イ・ヒョソク　李孝石（이효석）

蕎麦の花が咲く頃

斎藤　絢・訳

蕎麦の花が咲く頃

夏の市は、はなから焼けるような暑さで、陽はまだ空のてっぺんにあるというのにもう市場は行き交う人たちの影もまばらで、暑い陽射しが、露店に掛かる日よけの下に背中をじりじりと焼きつけるようだ。村の者はおおかた家に戻り、売れ残った薪売りたちが道でうろうろしていたが、石油の入った瓶か魚を数匹かを買えばこと足りる人たちをあてにして、いつまでも店を広げている手はない。しつこくたかってくる蠅の郡れも、悪ふざけばかりの餓鬼たちも煩わしい。あばた顔で左利きの反物屋の許生員《ホセンウォン》は、とうとう相棒の趙《チョ》先達《ソンタル》に声をかけた。

「そろそろたたもうか?」

「それがよさそうだな。蓬坪《ホンピョン》の市じゃ一度だって思うように売れたことなんてあったか? 明日の大和《テファ》の市じゃ一儲けしないと」

「今夜は夜通し歩かにゃいかんよ」

「月が昇るだろ」

じゃらじゃらと音を立てながら趙先達がその日の儲けを勘定するのを見て、許生員は杭から幅の広い日よけを外し、広げてあった売り物をしまいはじめた。木綿の織物が一疋《いっぴき》と絹織物が二駄《にだ》でぎっしりだった。むしろそれらの上には布切れがごちゃごちゃと残った。

他の連中もすでにほとんど店を片づけていた。抜け目なく去っていく連中もいた。塩魚売りも鋳掛屋《いかけや》も、飴売りも生姜売りも、姿が見えなかった。明日は珍富《チンブ》と大和に市が開かれる。そのどちらかの市まで一夜通し六、七十里歩かなければならない。市場は宴のあとのようにぐちゃぐちゃに散らかり、飲み屋では喧嘩がはじまっていた。酔っ払いの罵声にまじって女のとげとげしい怒鳴り声が鳴り響いていた。市の日の夕暮れは、女の金切り声でいつも始まるのであった。

「生員、とぼけたふりして、全部わかってるのさ。忠州屋《チョンジュチブ》のこと」

女の声でふと思い出したように趙先達がにやりと笑った。

「絵に描いた餅だよ。面役場の奴らを相手に手柄を立てられりゃいいんだが」

「そうとも限らんぞ。奴らが忠州屋のことに目がないのは確かなんだが、いくらそうだとしても、なんで童伊《トンイ》なんだか。あいつもうまくやったもんだな」

「なに、あの小僧が。物で釣ったんだろ。まじめな奴だと思ってたんだが」

「その道だけは分からんものだろう。……そんなに気にせんで、行ってみようや。俺がおごってやるから」

あまり気が進まなかったがついていくことにした。許生員は女には縁がなかった。あばた面を下げてはにかむばかりで女に言い寄る勇気もなかったが、女の方から惚れられたこともなく、寂しくねじまがった半生だった。忠州屋のことを考えただけで、しょうもなく顔が赤くなって足もとが震え、その場ですくんでしまうのであった。忠州屋の戸をくぐり、いざ童伊に会った時にはどうしたことか、真っ赤な火が噴き出すようだった。酒台の上で赤い顔で女をからかっている姿を見れば、我慢ならなかった。あいつがなかなかの遊び人なのが気に食わなかった。小僧っこが昼間から酒にがっついて女と冗談交じりでじゃれついてるたぁ、市廻りの恥をさらしてるってもんだ。その様《ざま》で俺たちとつるもうってのか。童伊の前に立ちふさがると、いきなり叱り始めた。世話焼きだと言わんばかりにじっと睨みつけるのぼせ上った目玉とぶつかると、頬を一つ、ひっぱたかずにはいられなかった。童伊もカッとなり、ぱっと立ち上がりはしたが、許生員が少しも動じないのを見ては大声でまくしたてた——どこのふざけた小僧か知らないが、こん畜生、おめえにも親がいるだろう。そのみっともない様を見たらさぞかし喜ぶだろうな。商売は地道にやらなきゃいけないもんだ。女が何だ。出ていけ、今すぐ、失せろ。

しかし、一言も口答えせずむなしく出ていく姿を見ると、むしろ可哀そうに思えた。まだ気心も知れない間柄なのに、強く言い過ぎたのではないかと心がざわついた。さしでがましい、同じお客なのに、いくら若いからって自分の息子ぐらいの子をつかまえて叱りつけるなんて。忠州屋は口をとがらせて酒をそそぐ仕草が荒々しくなったが、若い者にはあれが薬になるのだと言い、趙先達はその場を取り繕った。お前は女に惚れてるんだな。小僧をしゃぶっちゃ罪だよ。しばらくして騒ぎが落ち着いてからのことだった。ことは収まったかのようであったが、何故か深酔いしたい気もあり、許生員は注がれた酒はほとんど飲み干した。酔っぱらってくるにつれ、女のことよりも童伊のことがひときわ気になった。女を横取りしてどうするんだと、無様な姿を激しく責め立てる気持ちも一方にはあった。そのため、しばらく経ってからか、童伊が息を切らせて慌てて呼びに来た時には、飲みかけの盃をその場で放り出し、あたふたしながら忠州屋を飛び出していった。

「生員の驢馬《ろば》が網を切って暴れてるんだよ」

「餓鬼《がき》たちのいたずらだ、きっと」

驢馬のこともさることながら、童伊の気持ちに胸が打たれた。後を追って市場を駆け抜けていると、とろんとしていた眼が熱くなるようだった。

「手荒な奴らだから、どうしようもないですよ」

「驢馬に手を出す奴らはただじゃおかねぇ」

半生を共にした驢馬だった。同じ寝床で寄り添い、同じ月明りを浴びながら市から市へとめぐる間に、二十年の月日は人にも獣にも老いをもたらした。擦り切れた鬣《たてがみ》は主人の髪のようにしなび、しょぼしょぼと濡れた目は主人と同じように目やにで濡れていた。先の擦り切れてた筆のように短くなった尻尾は、蝿を追うために必死で振り回してみても、足までは届かなかった。擦り減った蹄《ひづめ》を削りえぐっては、新しい鉄を何度つけかえたか分からない程だった。蹄はこれ以上のびることもなく、擦り減った鉄の間から血がにじみ出ていた。においで主人を嗅ぎ分けた。訴えかけるような声でいたずらに鳴いてみては、主人を喜んで出迎えた。

子供をあやすように首筋をなでてあげると、驢馬は鼻をひくひくさせて、唇をぶるぶると震わせた。鼻水が飛び散った。許生員は驢馬のために随分と気をもんだ。餓鬼たちのいたずらが過ぎたのか、汗ばんだ体をぶるぶる震わせ、なかなか興奮がおさまらない様子だった。羈絆《きはん》がとれて冷静ではなかった。この悪餓鬼どもめ、と許生員は大声で怒鳴りつけると、子供たちは広がって逃げては、残った何人かの子供たちは怒鳴り声にびっくりしてよろよろと遠のいていった。

「俺たち、いたずらをしたんじゃないよ。めすを見てたらひとりで暴れだしたんだ」

鼻たれ小僧が遠くから怒鳴った。

「そこのお前、なんて言い方だ」

「金僉知《キムミョムジ》の驢馬が行ってしまったら、土をぜんぶ蹴り飛ばして泡を吹きながら、狂った牛のように暴れまわったんだ。そいつが面白くて俺たちは見ていただけだ。腹を見てみろよ」

小僧はひねくれた声で、声を出してけらけら笑いこけた。許生員はみるみるうちに顔が赤くなっていった。まわりの視線からかばうように、彼は驢馬の腹の前にはだかった。

「老いぼれのくせに。あの獣め」

小僧の笑い声に許生員はためらいながらも我慢ならず、鞭を持って小僧たちを追いかけた。

「追いかけるものなら追いかけてみろ。左ぎっちょが人を殴れるもんか」

一目散に走り回る小僧たちにはとてもかなわなかった。左ぎっちょは、子供一人も殴ることができない。なすすべもなく鞭を投げ捨てた。酔いもまわり体がかっとほてってった。

「いいかげん、行くか。あいつらに付き合っていたらきりがない。市場の餓鬼どもときたら、大人より恐ろしいもんだからな」

趙先達と童伊は、それぞれ驢馬に鞍をつけて荷物をのせ始めた。陽がずいぶんと傾いたようだった。

反物屋の市廻りをはじめてから二十年も経つが、許生員は蓬坪《ホンピョン》の市を欠かしたことはめったになかった。忠州《チュンチョン》や堤川《チェチョン》などの隣の郡にも行き、遠くの嶺南《ヨンナム》地方にも出回ることがあったが、江陵《カンヌン》あたりに仕入れに行く以外には、はじめから終わりまで郡内を歩き廻った。五日目ごとの市の日には、月よりも正確に面から面に歩き渡っていく。故郷は清州だと自慢げに言っていたが、故郷に帰ろうとしたことはあるようには見えなかった。市から市へと渡る道の美しい山河が、彼にとってはそのまま懐かしい故郷であった。半日もこつこつと歩いて市の立つ村にようやく辿り着いた時、疲れた驢馬が力強く一鳴きすると――なおそれが夕刻になり、灯火が夕闇のなかをちらちらと揺れる頃であれば珍しいことでもないが、許生員はいつも胸が躍った。

若い頃はまめに働き小金を稼いだこともあったが、邑内《ゆうない》に出し物が開かれた年に、派手に遊んで銭打ちをして三日で使い果たしてしまうのであった。驢馬まで手放さなければならないところまできたが、それだけは譲れまいと歯を食いしばって思いとどまった。結局、木阿弥《もくあみ》にもどってまた一から稼がなければならなかった。驢馬を連れて邑内を逃げ出してきた時には、お前を売らずによかったと、道端で泣きながら驢馬の背中をなでたのであった。借金をしはじめると、財産を築こうとする思いはすぐに消え、どうにか糊口をしのいで市から市へと巡り歩いた。

派手に遊んだとしても、女ひとりものにすることはできなかった。女というのは、冷たくつれないものだった。生涯縁のないものだと、自分の人生が哀れに思えた。一番身近なものは、いつも変わらず一匹の驢馬であった。

そうではあっても、あの出来事は忘れることができなかった。後にも先にもない一度きりの縁！　蓬坪に通い始めた若かりし頃の出来事であったが、それを思い出す時ばかりは、彼も生きる喜びを感じた。

「月夜だったが、どうしてそんなことになったのか、今考えてみても、まるで分からない」

許生員は今夜もまたその話を持ち出そうとする。超先達は相棒になって以来、耳にたこができる程にその話を聞いてきた。そうだといって嫌な顔をするわけにもいかず、許生員はとぼけて繰り返すだけ繰り返し、話を持ち出しのであった。

「月夜の晩にはこんな話がよく似合うんだ」

趙先達の方を見たが、それはもちろん気の毒に思ったからではなく、月明りに感動したからであった。欠けてはいたが、十五夜を過ぎた月は柔らかい光で満ち溢れていた。大和までは八十里の道のりで、峠を二つ越え、野川を一つ渡り、野原と山道を歩かなければならなかった。道は今にも長い山腹にさしかかっていた。真夜中を過ぎた頃だろうか、死んだような静けさのなかに、獣のような月の息づかいが手に取るように聞こえ、大豆やトウモロコシの葉っぱが、月明りでひときわ青く濡れていた。山腹は一面に蕎麦畑が広がり、咲きはじめの花が塩を振りまいたようで、心温まる月明りに息が詰まるようだった。赤い茎の香りのようにほのかに漂い、驢馬の足取りも軽い。道が狭いので、三人は驢馬に乗って縦一列に並んだ。鈴の音が心地よく蕎麦畑に流れていく。先頭に立った許生員の話し声は、一番後につく童伊にはっきりと聞こえなかったが、彼は彼なりに爽やかな気持ちで、寂しくはなかった。

「ちょうどこんな日の夜だったかな。宿屋の土間は蒸し暑くて眠れたもんじゃない。夜更けまで一人で起きて小川に身体を洗いに行ったんだ。蓬坪は今も昔も変わらないんだが、見渡す限り蕎麦畑で、川べりはどこもかしこも白い花だ。川原で脱いでもよかったが、月があんまり明るいから、服を脱ぎに水車小屋に行ったじゃねえか。不思議なことって多いものだろ。そこでいきなり成書房《ソンソバン》であの娘と出くわしたんだ。蓬坪じゃ一番のべっぴんでな――縁ってやつだな」

陶然と答えながら話の先を惜しむように、しばらくたばこを吸うばかりであった。香りだった赤紫色の煙が、夜の気配の中へと溶け込んでいった。

「俺を待っていたわけじゃなかったが、かといって、他の男を待ってたわけじゃなかったんだよ。あの娘は泣いていた。おおよそ見当はついていたが、成書房はその頃、随分と困っていてな。家のことだから、娘だって心配しないことはないだろ。いいところがあれば嫁にやっただろうが、死んでも嫌だってんだから——でも女ってのは、泣いてる時ほど情をひかされるものはない。はじめは驚いた素振りだったが、心配ごとのある時にゃ気持ちもほぐれやすいようで、いつの間にやら口を利くようになってよ——考えてみれば、恐ろしくとも楽しい夜だった」

「堤川《チェチュン》だったか、出歩いたのは次の日だったかな」

「次の市の時には、一家で消えちまった後だったよ。市じゃ引っ切りなしに噂になってて、飲み屋に売り飛ばされるだろうと、くだらない話でやかましいったらありゃしない。堤川の市を何度探し回ったか分からねえ。娘の姿はどこにもなかった。あの日の夜が、最後の夜になっちまった。それからというもの、蓬坪が気に入っちまって、半生の間通い続けてんだ。一生忘れられるか」

「運が良かったたな。そんな不思議な話はめったにない。大抵、どうしようもない女と一緒になって子を持って、心配ごとばかり増えて、考えただけでも身震いすりゃあ——だが年をとってきて市廻りで暮らすのも一苦労よ。市廻りは秋までにして、この暮らしともおさらば。大和あたりに小さな店でも一つ持って、家の奴らを呼ぼうと思ってな。年がら年じゅう歩きまわるのは並み大抵のことじゃない」

「昔の女にでも出会えば一緒になろうが――俺はへたばるまでこの道を歩いて、あの月を眺めるんだ」

山道を抜けると道幅が広くなった。しんがりの童伊も前に出て、驢馬は横一列に並んだ。

「お前も若い、今がいい時だ。忠州屋では馬鹿なまねをしてその様だが、悲しむな」

「と、とんでもない。かえって恥ずかしいよ。女に構うなんて、今はそんな身分じゃねえのに。寝ても覚めてもおっかあのことばかりなのによ」

許生員の話でしんみりしたので、童伊の口調もいくらか穏やかだった。

「おっとお、おっかあのことを言われた時には、胸が張り裂けそうだったけど、俺には父親がいねえんです。血がつながった者はおっかあ一人しかいねえんです」

「亡くなったのか」

「はじめっからいねえんです」

「そんなばかな……」

生員と先達が冗談交じりにからからと笑うと、童伊は真顔で言い張るしかなかった。

「恥をかくから黙ってたんだが、本当なんだ。堤川の村で月も満たない赤ん坊を生んで、おっかあは家を追い出されちまった。笑い話のようだけど、そんなことがあって今までおやじの顔を見たこともねえし、居場所も分からねえまま過ごしてきたんだ」

峠の前にさしかかり、三人は驢馬を降りた。丘は険しく、口を利くのも耐え難く、話はしばらく途切れた。驢馬は時に滑りやすかった。許生員は息を切らせて幾度も足を休めなければならなかった。峠を越えるたびに老いを思い知らされた。童伊のような若者が、なんとも羨ましかった。汗は背中がぐっしょりと濡らし、したたり落ちた。

峠を越えるとそこは川だった。長雨に流された板橋がまだ掛けられていないままだったので、服を脱いで渡らなければならなかった。ズボンを脱いで帯を背中にくくりつけ、半裸のこっけいな姿で水の中に飛び込んだ。汗を流したばかりだったが、夜の水は骨までしみた。

「そんで、いったい誰に育ててもらったんだい」

「おっかあは仕方なく再婚して、飲み屋を始めたんです。強酒《ごうしゅ》でならず者の義父とはうまくいかなくて。物心ついてから殴られ始めて、一日だって気が休まる日なんてあったもんか。おっかあは止めようとしたが、けられたり殴られたり、刃物で脅かされたりして、家の中はひどいもんだった。十八になって家を飛び出してから、今に至るってわけだ」

「童伊は、歳のわりにしっかりしていると思っていたんだが、聞いて見れば、気の毒な境遇だったんだな」

水は深々と腰までひたった。川の底の流れも思ったよりも強く、足の先の石ころもつるつるして、今にも流されそうだった。驢馬と趙先達は素早くほとんど渡り切ったが、童伊は許生員をつかもうとして、二人は遠く離れていた。

「母親の里は、もともと堤川だったのかい」

「いいや。はっきりと話してはくれなかったけど、蓬坪ってことだけは聞いたよ」

「蓬坪？　じゃあ父親の姓は何だい」

「知ったこっちゃないです。まるっきし聞いたこともないですから」

「そ、そうだろな」とつぶやき、曇った目をちらつかせた許生員は、うかつにも足を踏み誤ってしまった。前につんのめると思ったら、身体ごとどぶんと穴に落ちた。もがけばもがくほどに、身体は手のつけようもなく、童伊が声を上げて近くまで来たときには、すでにかなり流されていた。

服ごとすっかりずぶぬれになり、水に浸かった犬よりもひどいあり様だった。童伊は水の中で大人も軽々と背負うことができた。びしょ濡れになったとはいえ、痩せた身体は若い男の背にはむしろ軽かった。

「こんなことまでしてもらっちまって、情けねえな。今日の俺はどうかしてるみてえだ」

「気にしないでくだせい」

「そうか。母親は、おまえのおやじを探しちゃいない様子だな」

「ずっと、一度会いたいと言ってるんですけど」

「今どこにいるんだ」

「義父とも別れて堤川にいますよ。秋には蓬坪に連れてこようと思っているところです。歯をくいしばって稼げば、どうにかこうにか生きてはいけるだろうと」

「もちろんだとも。頼もしい限りだな。秋って言ったな」

童伊の力強い背中が骨にしみて暖かく感じた。川を渡り終えた時には、むしろ寂しく、もう少しおぶっていてもらいたい気もした。

「一日中しくじってばかりで、どうしたんだい、生員」

趙先達は見つめながら、とうとう笑いがこみあげてきた。

「驢馬だよ。あいつのことを考えながら足を踏み外しただけだ。言わなかったか、あの様だが、意外とよ、仔を生ませたんだ。邑内の江陵屋《カンヌンチブ》の雌によ。耳をぴんと立てて、ことっことっとそそっかしく走るのが、可愛いったらありゃしねえ。それを見に、俺は邑内に立ち寄る時があるぐらいだ」

「人を見ずに陥《おとしい》れるたあ、なるほどたいした驢馬だい」

許生員は、びしょ濡れになった服をざっとしぼって着た。歯ががちがち鳴り、身体が震えてなんとも寒かったが、心は何故かふわりと軽かった。

「宿までせっせと急がないか。庭に火をたいて、温まろう。驢馬には湯を沸かしてやってよ。明日、大和の市を廻った後は堤川だ」

「生員も堤川に……？」

「久しぶりに行ってみたくなってな。ついていくるか、童伊」

驢馬が歩き始めると、童伊の鞭は左手にあった。長い間気が付かなかった許生員は、今度ばかりは童伊の左利きが目に入らずにはいられなかった。

足取りも軽く、鈴の音が、夜の野原にひときわ清々しく鳴り響いた。月がだいぶ傾いていた。

李孝石

「蕎麦の花が咲く頃」解説

斎藤 絢

저자소개／Profile　李孝石　이효석（イ・ヒョソク）（一九〇七－一九四二）

朝鮮半島の中東部に位置する江原道《カンウォンド》の平昌《ピョンチャン》郡《ぐん》・蓬平里《ポンピョンリ》に一男三女の長男として生まれた。孝石は京城で教師をしていた父と、熱心にキリスト教徒として教会に奉仕する母のもとで勉学に励み、京城第一高等普通学校を卒業後、京城帝大予科に進学した。

詩や短編小説などを執筆するようなった孝石の文才が開花しはじめたのはこの頃で、朝鮮人学生会「文友会」に参加して以降、学生会で詩を発表するようになった。一九二八年に刊行された「朝鮮之光」には、匿名で「都市と幽霊」を発表し、注目を集めた。

一九三〇年に京城帝大法文学部英文科を卒業した翌年、創作集『露領近海』で作家として知名度を上げ、自然のなかで育まれる人間と動物との愛着や、のどかな朝鮮の農村の風景を描写した作品を発表した。躍動感がありながらも、繊細な心の動きを表現することが得意だった孝石の代表作には、「豚」（一九三三）「山」（一九三六）「粉女」（一九三六）がある。

작품 해설／Text

一九三六年一〇月、「朝光」に掲載された「蕎麦の花が咲く頃」"메밀꽃 필 무렵"は、李孝石の佳作といわれ、朝鮮文学を代表する作品の一つである。

小説の舞台である蓬平は、孝石の故郷で、秋になると一面に広がる蕎麦畑が白一色に染まる風景は、読者を魅了する一場面でもある。「蕎麦の花が咲く頃」が発表された一九三〇年代、朝鮮半島に暮らす大半が農民であり、植民地支配によって土地を奪われ、故郷を離れた者たち、貧しさのなかで生き抜く力強さを表現したプロレタリア文学が盛んであった。

一方で、それとは一見逆行しているように見える、素朴で包み込まれるような自然のあたたかさを表現した作品が、生み出された時代でもある。

プロレタリア作家として有名な孝石は、植物や人間、動物を題材とした作品を数多く手掛けている。「蕎麦の花が咲く頃」は厳しい社会環境のなかで、人間らしさとは何かを再考させ、苦しみや悲しみのなかで照らされる生命への愛を感じさせる作品である。日本では、孝石が自ら日本語に訳した「蕎麦の花が咲く頃」が『朝鮮文学選集』に収録、一九四〇年三月に赤塚書房から刊行された。

문맥／Context

植民地支配が進行し、日韓併合に至った一九一〇年以前、朝鮮では日本による保護国化が推し進められていた。清朝と日本の、力関係の狭間に置かれた朝鮮では、開化期と呼ばれる朝鮮の近代化初期に、西洋文明と新学問によって国の開化を目指した開化派たちの存在がある。

朝鮮近代化の幕開けにおいて、開化期小説、あるいは新小説と呼ばれる、新しい時代のなかで生まれた小説たちが、朝鮮固有のハングルで書かれた。これらは、朝鮮文学の初期に位置づけられ、様々な文芸思潮とともに開花していくこととなる。

一九一〇年八月、朝鮮総督府官制のもとではじまった武断政治の徹底によって、朝鮮民衆は、抗日運動の続行が難しい状態にあった。しかし、弾圧的な支配に対する民族の自主独立と、愛国啓蒙の精神の高まりは衰えることなく、宗教誌や文学雑誌の刊行を普及させるための活動が行われていた。

当時、民族主義的な傾向を帯びた作品が、新文学運動によって創出された。それらは「少年」（一九一〇）、「青春」（一九一四）、「朝鮮文学」（一九一七）などを通じて文学作品が紹介された。

言論活動は、総督府機関紙として発行された「京城日報」以外、民間誌の創刊は禁止されたが、時事的で政治的志向の高い内容を除いては許可されていた。雑誌の創刊は、武断統治下にある民衆への憂慮を若干与えた程度で、文化活動に統制がある状態には本質的に変わりないものであった。

朝鮮全土で繰り広げられた三一運動（一九一九）は、朝鮮民衆による最大規模の民族解放運動であった。熾烈な社会情勢を背景に、孝石が勉学に励み、書き物をするようになった一九二〇年代は、朝鮮文学の世界において「文学への目覚め」と呼ばれる。

写実主義・自然主義といった傾向文学の時代、朝鮮文学の目覚めは、独立運動前後にみられた作家たちの民族的思考の広がりや、抵抗の精神、美学が、作品のなかで表現されるようになった、言わば文学発展のいしずえを示している。

一九三〇年代、朝鮮文学は開花の時代を迎える。西洋文学の影響を受けた小説家の一人であった孝石の作品は、異国的な雰囲気が漂うもの、西洋文明を意識した近代的指向が感じられる作風が特徴であった。また、自作を日本語訳で刊行するほど、日本語に長けていた。

孝石の世界観は広く、朝鮮文化の新しい方向性を感じさせる作家の一人として評価されてきた。一方で、「緑の塔」「薊の章」を除いた数々の短編小説が「国民文学」や「国民新報」に日本語訳で掲載されたことで、孝石が内地での評価を受けようと意識したり、朝鮮総督府の肩を持っていると批判されたりしてきた側面もあった。

しかし、朝鮮の美しい自然風景や、人間の心を描写した李石の作品は、植民地支配のなかで生き続ける朝鮮らしさを感じさせるものとされ、読者の心を掴んできたのであった。一九四〇年代の孝石の作品は、朝鮮の自然観を感じさせる作品が発表されるようになり、「蕎麦の花が咲く頃」は、彼の代表作の一つとして朝鮮文学を彩っている。

문헌 안내／For Further Reading

●李孝石の代表作の一つである「ハルビン」（一九四〇年一〇月「文章」）は、妻の死後に渡った満州での旅が終わり、発表された作品である。

主人公の朝鮮人男性がショーガールのユーらと出会い、ハルビンの市内を散策する。作品のなかで描きだされた、ハルビンの街並みや都市から感じられる華やかな世界と、時代の変化とともに変わりゆくものに対する複雑な心情との対照性、また、登場人物が抱く故郷への思いは、「蕎麦の花が咲く頃」から感じられる人間と自然の関係性や、人間関係から見える心の繋がりを見ることができる。

●「蕎麦の花が咲く頃」が日本で掲載された一九四〇年代、李孝石と同じく、日本語で作品を発表した李無影を紹介する。

農村小説作家として有名な無影の代表作「土の奴隷」（一九四〇年四月「人文評論」）は、小説家及び記者を目指した農民の息子が、困難な農作業を通じて、土地に誠実に向き合ってきた父親の姿を見て学ぶ。そして、父親が残してきた土地への思いと、他人の手に渡ってしまった土地を取り戻そうとする。その他にも、日本語の作品として『青瓦の家』（一九四三）や『情熱の書』（一九四四）などがある。

●波田野節子・斎藤真理子・きむふな（編）『韓国文学を旅する60章』（二〇二〇、明石書店）には、古典から現代小説までの六〇名の作家の作品が挙げられている。

韓国・朝鮮文学を学ぶ上で、同書が魅力的と感じられるのは、作家と縁のある場所や作品内で登場する場所を、旅するような気持で読めるところにあるだろう。

독자에게 보내는 메시지／On a Personal Note

近代の朝鮮文学を代表する「蕎麦の花が咲く頃」は、韓国人であれば、一度は読んだことのある作品と言われる。その理由の一つには、朝鮮半島にある自然の美しさと郷土に対する愛情、また、人と人との触れ合いから感じられる温もりが、厳しい時代背景のなかで読者の心を潤したことにあるのではないだろうか。

近年**K-pop**の勢いが増し、韓国文学に関心を寄せる者も多いだろう。時代を遡り、文学を通じて、韓国社会の移り変わりをぜひ感じてもらいたい。

ロシア

ヴェリミール・フレーブニコフ
Велимир Хлебников

虜囚

亀山郁夫・訳

虜囚

　三日月形に伸びた半未開の島クラルィ、その波打ち際からさして遠からず、かつて野生馬たちがさまよい歩いた雑草の生い茂る砂山の間《あわい》にひとつ漁師小屋が立っていた。折りたたまれた帆とオールは、小屋が海の漁師たちの仮の宿であることを物語っていた。暮らしていたのは、漁師のイストマとその父親。上背があり、日焼けした巨漢の父親の顎ヒゲには、すでに白いものが混じっている。冬、二人はアザラシの天敵となった。海面からひょいと顔を突きだし、人間さながら好奇の目でぐるりとあたりを見まわすアザラシの姿を認めるや、二人はすばしこい針のついた槍を投げつけるのだ。

　今や彼らは、春の漁に向けて準備に余念がなく、柳の老木の傍らに建つ、杭上の家屋への出入りをくり返していた。その柳の枝からは魚網が垂れ、根もとには脂がじんわり滲み出ていた。いくつもつぎが当たった帆、新たにタールを塗り直した黒い艀《はしけ》、波間、タールで黒光りするボートのへりに煌めく陽光、地面に尻尾を垂らしながらボートに長々と横たわる巨大なチョウザメ、浅瀬に降り立ったオジロワシたち――そのうち一羽だけが砂の崖の頂に黒い点となってたたずみ、カモの群れはひゅっと音を立てて上空から降下し、上下にうねる波頭をかすめていく――それが周囲の光景だった。

早朝、ボートは楽しげに船出した。当時、ステンカ・ラージンの栄光に包まれていた町をめざして。漁師たちの頭上で、風をいっぱいにはらんだリンネルの帆が楽し気にさざめいている。世界がにぎやかで親しげに感じられてきた。

岸辺にはラクダが楽に身を隠せるほどの丈の高い草が生いしげり、水面に傾いでいた。二人はそこで、もう一艘のボートを目にした。漁人がひとり一本のオールを操っている。ブヨになすがまま刺しつくされたその顔は、天然痘のあばた面と変わりがなかった。男はほとんど目が見えなかった。死んだイノシシがボートの上でごろりと横たわっていた。

いつもは動きののろい海ガメが驚いたように首をもたげ、水のなかに飛びこむ。すると、赤と金のまだらのヤマカガシがすばやくその傍らをすりぬけていった。

時としてその数のあまりの多さは、おびただしい海草が水の流れにゆらめいているのかと思わせた。風をはらむ帆のざわめきにあわせて、漁師たちのボートは水面をすばやく滑っていった。ボートはクトゥムの港に着き、砂地に重い錨を投げおろした。そこは赤茶けた髪に覆われた柳の古木が茂る場所で、そのために古木はなぜか逆立ちしている人間を思わせるのだった。透きとおった枝のいたるところでサギが巣づくりをしていた。

二人の漁師は岸に上がった。

城塞《クレムリン》の傍らを過ぎ、ベールイ・ゴロドとジートヌイ・ゴロドをぬけ、ヴォズネセンスキー門、カバツキー門を通りぬけると、二人の漁師は肩にかけたチョウザメの重さに体を屈め、漁具が延々とならぶ通りの脇を歩きだした。めざすは、昔なじみの古儀式派ロシア人の館。

途中、二人は、美しい野牛の群れに行く手を遮られた。馬にまたがった牧童たちが野牛を追って狭い通りを進み、曲がった角が川の波のように犇めきあっている。その群れのまんなかに、緑がかった白いチョウザメを積んだ重たげな荷馬車が割りこんできた。むこうでは、放浪の草原人たちが唸り声をあげるラクダの背に、こちらでは、行商の旅人たちが白いウクライナ産の牡牛に、それぞれまたがっていた。

海岸に銀錦の帆をかかげた船が停泊し、そのまわりに、目にもあざやかな美しい東洋の女たちが立っていた。通りのあちこちに、大粒の真珠をちりばめた高価な冠をかぶり、銀ラシャの上着をはおったドン自由民の姿が目につく。コサックの英雄ラージンの名が〈原文欠落〉。

刺繍をほどこしたブラウスを身にまとう黒い瞳のコサック女たちが、〈原文欠落〉粘土の網垣《あみかき》のそばにたたずみながら、こぼれんばかりに晴れやかな笑みをふりまいていた。黒のヴェールを着けたタタール女が、脇を過ぎていった。白い衣装に身をつつんだ遊牧の女たちが、ラクダにまたがってのろのろと通り過ぎていった。

古儀式派の老ロシア人は、藁と泥の垣根に囲まれた土小屋の敷居に立って二人を出迎えた。猛暑と火事を避けるため、当時のロシア人はそんなふうな暮らしをしていたのだ。

階段を下りる際、あまりの暗さにしばし何も見えなくなった。しかしやがて東洋の絨毯に覆われた土の台や、テーブルの上におかれた重そうな杯のいくつかが目に入ってきた。

大柄でいくらか肥満した女が出てきて、二人の客人を迎えた。その顔は細かい皺の網目に覆われていたが、老女なりの愛らしい顔立ちをしていた。上座に腰を下ろしたのは、インドから来た客人。黒い目に宿る何やら透明な光や、双方の肩になだらかに落ちかかる長い黒髪が、異国人らしい風貌を添えていた。客人は、最近インドからもたらされたニュースを一同に伝えた。インドといえば、かつてはあれほどにも穏やかな、大空にむかって花を供えるだけの国だったはず。それが今は、バラモンの支えであり希望の星でもあるヒンドゥ指導者のシヴァージーが、狡猾なムスリムのアウラングゼーブに抗し、マラーター人の国家をすみやかに打ち立てるべく蜂起しているという。他方、こうしてヴィシュヌ神の崇拝者とムハンマドの崇拝者が激烈な戦いを繰り広げるなか、シーク教の導師《グル》ナーナクと、詩人カビールの教えが広がりをみせはじめていた。そこでは、普遍的な友愛とすべての人間の平等を唱える弟子《シーク》たちが、彼らの予言者として初めにゴヴィンダを選び、そののちテグ・ボハドゥラに乗りかえたという。背信的なアウラングゼーブが、毒物やら雇い入れた殺人鬼たちの手を借り、容赦なくシーク教徒たちを迫害しているとのことだった。さらに中国では、近年、張献忠《ちょうけんちゅう》の農民反乱が終わりを告げたこと、全世界に自由の息吹が燃えさかっているなどの話が伝えられた。

インド人たちが恐れる閻羅王《ガラ・ガライ・ヤーマ》の話も出た。中国の話をする男の口ぶりは、たいそう腹立たしげだった。かの地の貧しき人々が、家族に手渡された五十コペイカそこらの金のために、他人の身代わりとなって死刑台に赴くことに同意し、皺だらけの首と白い弁髪に覆われた頭を、刑の板の上に載せる様子を話して聞かせた。かと思えば、穀物の実りなど望むべくもない手のひら大の土地さえ見つけることができない話、耕すべき土地がおよそ人の近寄りがたい高台にあって、翼がなければとてもそこへは辿りつけない、などといった話、昆布を収穫するとき、土地の人間は大海原の耕作に取りかかるという話も出た。

インドの客人は、ほかにもいろんな話をした。夜も更け、客人たちはそれぞれの寝ぐらに散っていく。イストマは、穴に放り込まれた囚人のことを思いながら眠りについた。囚人の顔をヒキガエルが這っている。くり抜かれた目玉をいっぱいに盛った捧げものを受けとる支配者のこと、死ぬまで砂を飲みこませる死刑のことも思った。朝、イストマは市場にくり出した。

道々、イストマは行進に行く手を遮られた。部隊の先頭では、かがり火に焼かれるイノシシの像を描いた大きな旗が翻っていた。フェルトの黒マントに身を包み、性悪な痩せ馬にまたがった騎兵たちが、あとに続く。てっぺんが赤い、黒い帽子があちこちに見え隠れしていた。

ザジャールスキー銃兵連隊だった。群衆のなかからますますひんぱんに、ラージンの名が聞こえてきた。

血気にはやる人々が、ベールイ・ゴロドの七つの門を出入りしていた。七つの門、それはマチャーゴフスキー門、レショートチヌイ門、ヴォズネセンスキー門、プロロームヌイ門、カバツキー門、アガリャンスキー門、スタロイサツキー門だ。

イストマはここで再び、昨晩顔を合わせたインド人、クリシュナムルティと出会った。クリシュナムルティは朝早くから町の外に出ていた。そこは、静かな水の流れを見下ろすように緑の庭園が広がる川のほとりで、インド人は驚きに声もあげず、立ちつくしていた。

「アウム」――青い花びらの穂に身を屈めながら、彼は呟くように言う。

「どうした？　神の世界に驚いておるのか？　驚くがいい、驚くがいい！」彼の肩越しに、よぼよぼの老人の声が響いた。草鞋《わらじ》をはき、青いズボンに白いシャツというういでたちで、老人は杖にもたれながら立っている。百歳になんなんとする古老だ。頭上では、時《とき》の白鳥カラハンサが、古老の白髪と戯れながら羽ばたいていた。白鳥もまた年老いている。老人とクリシュナムルティはたがいに理解しあった。そしてクリシュナムルティは子どもの手をとり、二人して歩きだした。野生の、寄る辺のない犬たちに餌をやるために。

イストマは、カバツキー門に近い市場をめざして歩きだした。市場では、略奪を生業《なりわい》とする自由民の女が、露店のテーブルの間をうろついていた。途切れがちな言葉と、歓呼の声が聞こえてくる。

「お客さん、ちょいと寄ってらっしゃいな！　肉だって肉がなくちゃ生きてけないよ！　好きな人がいなけりゃ、好きな人だって生きてけないよ、原っぱがなけりゃ、鶯《うぐいす》だって生きてないってもんでさ！」

「おい、一杯どうだ！　景気づけに！」

浅黒い顔の兵士たちが、戸外で酒盛りを開いていた。

「よく聴け、ヒキガエルのやつめが見ておった、馬蹄つけるとこをさ、で、馬も足を差しだした。『鍛冶屋さん、おいらにもつけとくれ！』とばかりにだ。あんただって同じだろ」

ほとんど真っ黒に日焼けした褐色の顔の男が、テーブルに褐色の手を打ちつけながら叫んだ。腕のまわりはロープさながら、はちきれんばかりに血管がぐるぐる巻きになっていて、彼が剛力の兵士であることを如実に物語っていた。
「ええい！　その話、もううんざりだぜ？　メロンにするか、スイカがいいか？」

話し手の声々をどっと高笑いが覆いかくす。とそのとき、するどい呻き声が、がやがやいう群衆の声を切り裂いた。白シャツに真っ赤な長袖の上着をはおった長身の若者が、群衆の間を通り抜けていったのだ。彼は両腕に、縄できつく羽をしばった野生の白鳥を抱きかかえていた。

「白鳥だ、生けどりした白鳥を抱えている！」だれひとりその声に耳を傾けるものはなかったようだ。インド人は、裸のまま暮らし、『太陽を着る』ことを弟子たちに求めたシュヴェーターンバラの一派には属していなかった。だが彼の信念とは、生きとし生けるすべての存在にたいし、いっさいの例外なく善をなすことを求めるものだった——その白鳥には、彼の父親の魂が乗りうつっているかもしれないではないか。彼はそこで、この美しい獲物を解き放ってやろうと決心した。

ヴォルガの切り立った岸で、バラモンは野生の白鳥の縄をとき、やがて白鳥は、これでおさらばとばかり青空のなかにきらりと白銀の点を煌めかせた。

バラモンはあいかわらず、暗い水を見下ろしながらたたずんでいた。

何を思っていたのだろうか？

毎年、ラクダたちがガンジスの聖なる水を運んでくるさまか？　祈りの声々に囲まれ、二つの川の結婚の儀式がとり行われるさまだろうか。それともガンジスの水が、神官の手で、細い首の水差しから北方の花嫁ヴォルガの暗い水に注がれるさまだろうか？

イストマはようやく彼に追いついた。

「白鳥を解き放つことぐらい、べつにどうという話じゃありませんよ！　いえ、あなたは、すべての民に自由を与えてやるのです」彼は言った。

インド人は口を開かなかった。彼はそのとき、遠き師《グル》がインドから彼の理性を導いてくれるさまを思っていたのだ。そしてふいにイストマのほうを振り返って言った。「きみはじきにわたしの故郷を見ることになる」――それからくるりと身を翻し、立ち去った。濃い緑色のガウンをまとい、燦々と降りそそぐ太陽の光を浴びながら。

インド人の話を思い、手のうえを這う蟻を思いながら、イストマは考えをめぐらせていた。

《この蟻は何者か？　兵士か？　司令官か？　みずからの民の大いなる師か？　賢人か？》

あたりには、花嫁のヴォルガが水音を立てていた。

翌日、漁師たちは仕事の道具を片づけ、昔なじみの古儀式派の老人とも別れをつげて、来た道を引き返していった。

道半ば、彼らは巨大な枯れ枝の束が山とそびえ立ち、細長い滑り木のかたちに配置された一群のボートを見た。原始的な帆さながら、鬱蒼《うっそう》と茂る緑の葉の白樺をくりつけた艀《はしけ》が目にはいった。そして風は、緑の帆のボートを沖合に運んでいった。雌の小鳥たちが少し離れたところで投網を引き上げている。その大きな嘴のあいだで、まだ生きている魚たちがしきりに体をくねらせていた。二人は、頭にカボチャを乗せ、生きたカモの脚を手でつかむ狩人の姿を目にした。

あたりが暗くなると、彼らは夕食のために岸辺に出てかがり火を焚いた。

二人は夜を徹し、あの恐ろしい「網病《あみびょう》」について語りあった。その「網病」とやらにかかると、わずか一昼夜のうちに、特別な水草を編んだすべての魚網が使いものにならなくなるという。二人の話題は、人間がチョウザメを煮るのではなく、チョウザメがかがり火を焚いて、捕まえた人間を煮る恐ろしい夢の話にまで及んだ。レベージヤの夜空に、緑がかった星々が煌めいている。ヴォルガは水音を立てながら、何千という細かい小川と化して海に流れこんでいった。深い森の木立は静寂と眠りに捕獲されていた。朝、眠りから覚めたイストマは、ボートのまわりの奇妙な茂みの変化に気づいて驚いた。

ふいに茂みがうごめき、油を体に塗りたくった裸の男どもが、木の枝を振り払いながら飛びかかってきた。

「生け捕り《エシール》だ！」――エシールとは、虜因にして奴隷のことだ――猛々しい叫び声が、なんども空中にこだましている。

同時に、ボートはよそ者たちに占拠された。彼らはすばやくオールを操り、岸辺から船出した。屈強な拳でなぐられ、イストマの頭は朦朧となった。覚えていたのは、目の前に迫る、まるで板切れのようにのっぺらした鼻のない顔。

われに返ったイストマは、両手両足を縛られ、武装した草原の騎士たち――組織集団《ソヴィエト》――に取り囲まれていた。

石や燃えかすや人骨のあいだに、草原の村はあった。砂と、かがり火に焼かれた人骨の灰のはざまに、古めかしい緑色のタイルが横たわっていた。まばらな草が幅広の刷毛のように小刻みに震え、孤独なヒバリが砂漠の波のあいだを、山猫のようにすばしこく飛びすさっていった。

やがて彼は立ちどまり、水差しの青いかけらの上に腰を下ろした。ここはキプチャク汗国《はんこく》だったが、そのことを思わせてくれたのは、暗青色の釉を塗った塔の残骸とタタール語の文字を刻む古い石だけだ。

そして、蛇が音もなくその碑文のまわりをくねくねと這いまわっていた。《神はあらず、神のほかに》。黒い髪をした土地の娘が、おさげ髪に銅貨を編み込んだまま歩きまわっていた。古きハンの碑文《われはあり――わが名は高く》は、その黒絹のようなおさげ髪のなかに沈んでいる。少女はいまかがり火を焚き、世界の中心にある山シュメール・ウラを思いながら地面に腰をおろした。そこは、死せる先祖たちの魂が雌馬の乳を飲みに集まってくる場所だ。

年老いたカルムイク人がボゾ――カルムイク人たちの黒ウオッカ――を飲んでいた。カルムイク人は、聖なる盃に犠牲のウオッカを注いだ。草原の神への捧げものの儀式――。

「チンギス・ボグド・ハンのお慈悲を賜れますように」頭を垂れ、厳かな調子で彼は言った。彼は、その双肩に人類の運命の晴れ着をまとった偉大なチンギスを、屈託ない戦《いくさ》の神のように考えることがあった。草原の歌を愛する彼は、これまでも草原に暮らし、その誉め歌は草原を吹きぬける風とひとつに交わっていた。

最初の一杯を火にかけ、二杯目を空に放ち、三杯目は敷居のうえにぶちまけた。炎の神オクイン・テングリは、その捧げものを受けいれた。千の手が彼を取りまいていた。暁に囲まれ、神は炎から飛びだした。その赤い顎は、人間の耳には耐えがたい、がくがくかつかつという響きを立て、次々と跳ね上がり、死人のような白い目が、死すべき人間を恐ろしげに凝視していた。幾千もの手をした暁が、彼を取りまく。白く泡立つ海に浮かぶ黒い帆のごとく、凶暴な瞳が目を斜めに横切った。恐ろしい白目が、縛り首にあったおさげの死人の頭のように、眉のほうに吊りあがっていた。一陣の突風がおさまると、彼は姿を消し、再びかがり火から、深紅の霊にかわって黒い釜が出てきた。

娘のコクーが近づいてきた。絹の切れはしで束ねたおさげが胸もとまで垂れている。娘が頭をくるりとこちらに向けると、中国の愛くるしい趣きがその暗い顔にあまねく現れた。黒い日焼けの下から草原の赤い血が浮かび、生きた目が、二つの黒い月のように知性と喜びに輝いていた。金の刺繍をほどこした暗赤色の帽子が頭上に載っていた。

娘というものは、魚の鱗のように清らかで、草原の煙のように静かでなくてはならない、彼女はそう心得ていた。そしてだぶだぶのズボン姿のまま音もなく地面に腰をおろした。

すると娘の頭はふたたび、さながら熾火のように地面に傾いだ。

カルムイク人はまどろんでいた。

空想のなかの彼は、思考よりも腕の長さほど早く馬にまたがり、チンギスの大いなる狩猟隊に加わって草原を疾駆していた。狩猟に加わったのは、チンギスに征服された全民族で、中央アジアのほぼ全域が大いなる勢子《せこ》の環に包囲された。ここでは野生馬の群れが疾風のように走りぬけ、彼方では、野蛮な雄牛を思わせる羚羊が大地に倒れ伏していた。さらにべつの場所では、人間の背丈と同じ高さをもつ弓の弦が、巻き毛の赤い子牛をめがけて矢を放っていた。半裸の女騎士たちは、荒々しい叫び声をあげて草原を駆け、彼女たちの射る弓音がそこここに響きわたっていた。

腕に鷲を乗せた騎士が近づくと、老いたカルムイク人はさらに一杯ボゾを飲みほした。老人は捕虜を伴って近づいてくるキルギス人の話を伝えた。彼らは、二人して捕虜を迎えに出た。馬たちは威勢よく小川を渡っていった。

朝、戦いにそなえてアザラシの油を体に塗りたくっていた裸の男たちが、いまでは服を着こみ、何ごとか大声で議論していた。彼らは、手と頭が出せるようくりぬいた小麦粉入りの袋をイストマに背負わせ、鞍に座らせて両足を縛ると、自分たちの野営地に向かって馬を駆った。

野営地では、老人がキルギス人に近づいてきて短く言った。「この捕虜はわしのもの」イストマは、この言葉の恐ろしい意味を隅々まで知っていた。灼熱の痛みをともなうはげしい鞭打ちが、その意味するところだった。

暮れ方、彼らは旅立った。

キルギス人は『クダトク・ビリク』を、流れるような調子で歌った。イストマはアフメトの後から駆けていった。

白いフェルトの帽子と、色鮮やかなガウンを身に着けたアフメトは、鞍のうえで体をゆらしながら、捕虜のことなど忘れ果てたように鞭をふるっていた。

草原の荒馬は軽やかな足どりで走っていった。イストマは、両手を縛られたまま後から駆けていった。

悪鬼の歌にも似て、絶えまなく荒馬の尻尾に打たれつづけているため、目は眩み、ほとんど何も見えなかった。縛られた両手と首に垂れた上着の麻布は裂け、引きちぎられた。体じゅうびっしり留まったアブの群れが、貪るような緑色の、目のつまった緑の網のようにその両肩をおおっていた。べつのアブの一群もうるさく彼にまといついていた。体は、刺し傷や、炎熱や、猛暑で膨れあがった。両足は血の塊に覆われている。ズボンはぼろぼろの帯と化していた。

キプチャクハン国にたどりつくと、浅黒い子どもたちの群れがイストマを取り囲んだ。だが、キルギス人は鞭を振りあげ、子どもたちを追い散らした。哀れみに似た影が、銅色の顔に浮かびあがる。キルギス人はかぶりを振り、縄を緩めた。イストマにミルクを与え、はじめて言葉を口にした。「さあ、飲め」。親切な老婆が柄杓の水を差しだすと、イストマは天与の恵みのようにそれを飲みほした。アフメトはこの囚人を十三ルーブルで売りはらった。新たな商人はアフメトよりもはるかに親切だった。このときから楽に息ができるようになった。浴場に連れていかれ、クマチ織りのシャツをあてがわれた。「ヤクシ・ルース（なかなかのロスケだ)」。イストマにほれぼれと見入りながらアフメトは言った。アフメトは三日間、酒場で憩いのときを過ごした。

山岳民の老人は彼と言葉をかわし、じぶんのチーズのかけらを分けあたえ、足の治療を施した。

フェルトのマントを羽織って地面に腰をおろし、そのマントのうえに、刈り上げられた頭蓋骨が熊鷹のようにゆっくり持ちあげられると、イストマは気が楽になってきた。隣に、じぶんと同じ捕虜がいるような気がしたからだ。

まもなく奴隷たちの大キャラバン隊が、彼らに追いついた。グルジア人、スウェーデン人、タタール人、ロシア人、そしてイギリス人がひとり一行に混じっていた。新たに、ロシア人奴隷たちからなる選りすぐりの、個人的な護衛隊が組織された。中国皇帝《ボグドハン》のみならず、トルコのスルタン、インドのムガール帝国皇帝の衛兵とも見まごう隊列だった。やがて、奴隷たちのキャラバンはふたたび動きを開始し、ラクダたちがちりんちりんと鈴の音を立てはじめた。

むきだしの砂地のなかに、道は続く。ひばりやトカゲだけが灌木のあいだを走り回る土地。ときたま遠くから、オオカミにも似た、火のように真っ赤な目の鷲《わし》みみずくが飛びたち、逞しい脚でつかまえた子ウサギを力づよく運び去っていった。イストマは、ラクダの後について、白い塩土と延々とつづく砂地を歩いていった。あるキャラバン隊では、同道する相手がポーランド娘のヤドヴィガひとり、というときもあった。ヤドヴィガは、ブロンドの長い髪を垂らし、その空色の目には水の精霊ルサールカが宿り、――青いまつ毛のルサールカ――いつまでも笑い、彼をじらすのだった。

ハネガヤの茂みが覆いつくす、砂山を思わせるラクダの瘤のあいだに、彼女のための特別の天幕が設えられた。彼女は足から頭まで真っ白いショールをまとっていた。

「まるで海の上のよう！　ほんとうに海の上のよう！」彼女はときおり叫んで、天幕から小さな手を差しだした。

ヤドヴィガはときおり、トルコ提督について、根ほり葉ほり尋ねるのだった。

「提督ってどんな人？　白髪かしら？　恐ろしい人？」

そこで彼女はしばし物思いに沈んだ。

ヤドヴィガの頭に花冠が巻きつけられた。するとたちまちラクダにまたがる愛らしいルサールカに変身した。

青い目に金色の髪、半透明の亜麻布の皺《しわ》にくるまれたルサールカ。

ヤドヴィガが思いを馳せているのは、穀物の神を讃えるヤリーラの夏祭りだろうか、春のリャーリャの祭りだろうか？　とそのとき、風に吹き寄せられた大きな蝶が、彼女の頬をかすめた。ヤドヴィガにはそれが、故郷の家の窓をノックし、皺だらけの母親の顔をかすめる一匹の蝶のように思えた。

「わたしも同じ蝶になって飛んでいくわ」彼女がささやく。

やがて山々が姿を現し、一行はその麓で夜の宿りをとった。

そこからは水牛にまたがっての移動となった。水牛は、うなじにそって伸びる幾重にも枝分かれした角の雄牛で、暗青色をしたその目には、人間への敵意が炎のように果てしなく煌めいていた。

体毛をなくし、つるつるになった皮膚のそこここに、まばらに毛が突き出していた。ステップの黒い泥のシャツをびっしり体に貼りつかせるためだ。疫病神アブの大群を逃れるには、そのシャツを手放すわけにはいかなかった。水牛たちは、粘土の上着を人間よりも早く身にまといはじめたのだ。水牛たちのいちばんの好みは、水。いったん水が目に入るや、その中に深く身を投げだし、鼻孔と目が見えるだけとなった。水牛たちはそのまま、まる一昼夜の時を過ごすことができた。

ペルシャ風の白衣をまとい、だぶだぶのズボンをはいたヤドヴィガは、水牛の黒い背中にまたがり、屈託なげに花冠をあざない、花弁をつみながら占いをしていた。「愛している、愛してない？」道は山々をこえ、延々と続いていた。荒涼たる連峰の頂きに雪をいただく絶壁が時おり神の目のように光りかがやき、その頂きからは、その青さが天上のものとも思える海の青い球がのぞき、そのうえを孤独な帆が斜めに滑っていった。

マンスールは優しく言葉をかけてやった。あれやこれや冗談を飛ばし、ひっきりなしに言い寄っては、ヤドヴィガのショールの乱れを正す。

「アッラーは偉大なり」彼はイストマに向かって言った。「わたしがおまえを買ったのは、アッラーの思し召し、わたしはおまえの主、アッラーがさらにお望みになるなら、わたしもおまえの手にキスをして差し上げよう」

イスファーハンでキャラバンは二手に分かれ、イストマはそれ以後、二度とヤドヴィガにまみえることがなかった。いくつもの大きな休止を経て、ほぼ一年の後、イストマはインドにたどり着いた。案内人クンビはシーク教徒だった。イストマが、師に「わたしもシーク教徒だ」と名乗ったのもさして驚くにはあたらない。

クンビは、喜ばしげに改宗者を迎えた。あるとき、イストマとクンビが二人して逃亡をはかったのも、さして驚くにはあたらない。

クンビはイストマに教えてやった。追いたてられた象が、木立を踏みつけながら傍らを走りぬけていくのをアシの茂みで平然とやりすごす術を。顔をしかめてサルが走りぬける木々の広い枝の上で眠るすべも教えてやった。やがて彼らは、さながら二人の蛇使いのような放浪生活に入った。彼らのそばにあった、くり抜かれたカボチャの藁籠では、ガラガラ蛇がけだるげに眠っていた。隠れる術を学んだ白い飼いネズミが、クルミの殻のなかで暮らしていた。

幾重にも連なる神殿の住処を目にし、ブロンズのブッダが人間より何倍も大きいサイズであることを知った彼は、松の棘でできた蟻塚の何たるかを合点した。あるとき彼は、洞窟や森のなかに暮らす裸の隠者を見た。顎鬚《あごひげ》が彼の足もとにまで落ちていた。老人はすでに何年にもわたって、ひからびたパンをその両手にたずさえてきたため、今では長い曲りくねった爪が、乾いたパンを刺しつらぬいていた。老人は姿勢を変えることがなかった。そのため両手の動きがとれず、指の爪は白くくねった植物の根のように、パンを貫いて伸びていったのだ。その姿は、見るも恐ろしかった。《インドの民のすべてが彼の前にいるのではないか?》イストマは思った。そして、影のように暗い神々は、彼のまわりで夜の蝶の暗い羽根をふるわせていた。賢人は人間界を去り、あらゆるところから自分の足跡を消し去ることを夢見る。人々も神々も、わが身を見いだすことができないように。

消えてしまえ、消えてしまえ。おのれの師とひとしく神になるという、内なる誇り高い願いを克服しなければならない。そして、だれかが驚きのあまり、彼を神呼ばわりしようものなら、賢者は荒々しく叫ぶだろう。「ありもしないことを!」

儀礼を避けよ、おまえは四つ足ではない、おまえには蹄もないではないか。ひたすら自分であれ、自分自身を超え、自分自身に沈潜せよ、賢い光に照らされよ。アマツバメさえ飛翔をためらうほどの高み、恐ろしい断崖のうえのツバメのように、大気の神殿がぶら下がるのをイストマは見た。断崖の麓《ふもと》を、紺碧の海が打ち寄せている。目がみずから体に冠を置くように、人間のこの仕事は、自然のしわざを穏やかに終え、近づきがたい崖のうえでただ厳しく立ちあがる。

原始の岩の深みにえぐられた、おびただしい数の地下洞窟のような神殿を、イストマは目にした。黄昏の光が、いつまでもその場を支配し、そこかしこで小川が単調なせせらぎを響かせていた。岩石を削りとった華やかな衣装の偶像たちが、水滴のしたたる壁ぎわにひしめきながら、あまねく穏やかな笑みを浮かべ、地下神殿の旅人を出迎えていた。

岩を削った象たちの暗い群れを、イストマは目にした。象たちは空中に牙をふりかざし、切り立った崖の頂につづく果てしない階段へ、巡礼者を導いていた。

突き出た建物のそこここに、純白の孔雀が羽根を休めていた。人々に愛されながら、人を嫌う鳥。荒れ果てた神殿の住人である野猿の群れが、陰影にみちた不満げな声を荒らげ、挨拶がわりに、クルミの実を雹《ひょう》のように彼らに投げつけている。

石の象たちの鼻が道沿いに長く延びていた。あまたの神殿があった。壁の紗幕《レース》の蔭に恥ずかしげに身を隠した神殿、雲の彼方ともみまごう近づきがたい崖の頂きへと、みずからの信条《クレド》を運びさる神殿、その、ひたむきに上をめざす姿が、肩に水差しをかけて運ぶすらりとした山の女性を思わせる神殿、壁が川の青みと雲の白粉で作られた神殿、天の深みへ、冥界の深みへとつづく厳しい階段——それらはみな〈原文欠落〉。

森の洞窟の奥深くに、不動の誓いを立て、天に両手を差しだしている隠者たちの姿があった。彼らのあいだには、すでに久しく蜘蛛の巣が張っていた。不敵なネズミどもが、彼らの足のうえを走りまわり、ぼうぼうに伸びた白髪の頭で鳥たちが翼を休めていた。見習い僧たちが、長老たちに食事を与えていた。

そしてその傍らに、陰鬱な女神、カリを崇拝する人々の姿があった。太く滑らかな幹のまわりの、黒い木立の無言の深みで、彼らは絹の罠で犠牲者たちを生け捕りにし、謎めいた死の女神に敬意を表すべく、彼らの首の骨を、音もなく回転する梃子《てこ》で次々と打ち砕く。

その近くに、神殿をもたない信徒たちの姿があった。至高の書とは——白いページ——雲のはざまに記された自然の書であり、至高の祈りとは生から死へといたる道である、というのが理由だった。イストマは、神殿の門で、ひとりの聖人の姿をみとめた。苦い薬を口にするごとく、彼はいかにもまずそうにお布施《ふせ》の杯の水を飲んだ。彼は疫病の死人から剥いだ衣装を身に着けていた。そして言った。「われわれが生まれるときは、泣き、われわれが死にいくときは、笑わなければならない」そう言って彼は、死人から剥いだマントをふたたび身にまとった。神殿の傍らで、イストマは悪魔憑《つ》きたちの姿を目にした。彼らは、自分にかけられた縄を、尋常ならざる力で振りほどき、森のなかに逃げこもうとしていた。

毎朝、イストマは、暁時に祈りを唱えるバラモンの姿を見た。バラモンは片足で立ち、もう一方のつま先をくるぶしに当てていた。東に顔を向け、大きく両手を広げたその姿は、空をかき抱いているかと見えた。黒々とした体は身じろぎだにしなかった。両手は、すらりとした木の枝のように左右に広げられていた。音もなく唇をうごめかせながら、バラモンはささやいていた。「タト、サヴィタル、ヴァレニアム、ブハルゴ、ドママヒ、ドヒオ、イオ、ナフ、プラコダイタト、ダバジア（太陽神に想いを馳せよう、太陽神は、われわれの理性を照らし出すために昇った）」。

同時に目を覚ました孔雀の声が静かな祈りを火で覆い、鳥の羽をいろどる緑青色の星々は、枝葉のあいだに暗青色の空の目のごとく煌めいていた。

廃墟と化した古い神殿の上に広がる緑の園、階段の白い石に食い込む木々の枝や根は、バラモンの教えに似ている。空《くう》の空《くう》、すべて迷妄なり。人間の手が重い表紙の古い書物に描く、美しくも虚《うつ》ろな顔は、そのようなものではないだろうか？

おまえが目で見るものすべて、おまえがおまえの耳で聞くものすべては、世界の幻影、すなわちマーヤーであり、死すべきものの目にも、死すべきものの耳にも世界の真理は与えられていない。

マーヤー、それは、世界霊魂、すなわち梵天《ブラーマ》。

マーヤーは夢のヴェール、幻影という銀色の織物で顔をぴたりと覆っていた。そして人間のまずしい理性で見られるものなどは、真実そのものではなく、真実の外被《ベール》だけなのだ。インド人の魂から『すべてはマーヤー！』の呻きがほとばしるとき、イストマには、この国が真理の探究を体現する国、いや、真理の探究と絶望を体現する国のように思えるのだった。彼は、緑の木立を歩いていたころをはっきりと記憶していた。ふいに翼のざわめきが沈黙を破り、緑に覆われた宮殿の白い柱から孔雀が飛びたった。白雪のような羽根の風が、大小の目の奔流が、すなわち満天の星空に覆われた銀色の身体、凍てつく白い星々が、冷たい星の吹雪となって流れ落ちていくとき、イストマにはそれが、大小さまざまなこの国の、神々の目の集まりのように思えるのだった。

イストマは、インドで五年を過ごした。彼はジャワを訪ね、輝かしい宮殿、人間より何倍も大きな微笑むブッダ像や、アリよりも何倍も大きな人間を、滝の下の石の象たちの石塊を見た。はげしい郷愁の思いにかられた彼は、とあるキャラバンとともに帰還し、故郷の島を訪れた。しかし彼はそこに、かつて漕いだことのある壊れたオール以外、何も見つけることができなかった。

懐かしい波を見下ろしながら、しばし悲しげに佇んだあと、イストマは先へと歩みだした。

どこへ？――それは彼にもわからなかった。

語句の説明

(1) 虜囚（エシール）――アラビア語語源（asir）で、「捕虜、奴隷、囚われの身」の意味。この小説が誕生するきっかけとなったのは、A・N・シトゥイルコによるパンフレット「アストラハン交易史」（一八八四）ないし、彼の『アストラハン地方ペトロ府スキー研究者協会の年次報告　一八九四年』（一八九六年）とみられている。いずれもフレーブニコフの蔵書に残されていた。全体として本作は、アジア、ヨーロッパ（スラブ）の神話的モチーフを独特のモンタージュ手法によって再構成した作品とみることができる。
(2) クラルイ――カスピ海北部に浮かぶ島。
(3) クトゥム――ヴォルガの支流。
(4) シヴァージー――マラーター王国の創設者で、理想的君主として崇拝された。敬虔なヒンドゥ教徒としてムガール帝国に対抗、文人としてもすぐれた才能を発揮した――ムガール帝国の支配者。
(5) ナーナク（一四六九～一五三九）――インドのシーク教の設立者で、最初のグル、一神教を唱道する。

(6) カビール（一四四〇？～一五一八？）――詩人、神の前の人間の平等を唱えたヴェーダの教えを広める。

(7) ゴヴィンダ、テグ・ボハドゥラ――シーク教のグルたちの名前。

(8) アウム――仏教徒の「アム・マニ、バデメ・ホム」の最初の聖なる音節を映したものと思われる。

(9) 「カラ・ガムザ」――「時間の鴨（ないし白鳥）」の意味。時間のシンボル。

(10) 「肉は肉なしじゃ……・」モンテネグロ地方の諺。

(11) 「ヒキガエルのやつは見ていた」――ウクライナの諺。

(12) 「『太陽を着る』ことを求めたシュヴェタムバルの分離派」――フレーブニコフの間違いで、この要求は苦行・禁欲主義をもって知られたインドのジャイナ教の一派、ディガンバラ（裸行派）に由来している。フレーブニコフがここで書いているのは、同じジャイナ教でも「白衣派」（シュヴェーターンバラ派）と呼ばれる一派。

(13) 「白鳥に転生していたかもしれない」――ジャイナ教の伝統の基礎に置かれていたのが、魂の移行である。

(14) 「ここには、キプチャクハン国があった」――おそらくサライ・バツー、ないしはサライ・ベルケのどちらかだと思われる。いずれもヴォルガ最大の支流アフトゥバ川の左岸にあった。

(15) 「世界の中心にある山シュメール・ウラ」――仏教神話に出てくる、世界の中心にそびえ、半分が水に隠されたシュメール山のこと。

(16) レベージヤ――「白鳥の国」の意味があり、広くは古代ルーシ（ロシア）を指す場合がある。

ルサールカ――水の精のこと。長い亜麻色の髪をし、旅人をおびき寄せてはくすぐり殺すとされた。

(17) 「最初の一杯を火に」――ここでフレーブニコフは、ウオッカを煮立てるというカルムイク人たちの儀礼を描写し、その呪文を引用している。

(18) 「オクイン・テングリ」――ラマ教の一神格。ただしこれを「炎の神」としているのは、フレーブニコフが依拠した文献中の誤りに基づく。

(19)「クダトク・ビリク」――チュルク語文学の金字塔、ユスファ・バラサグンスキー『恵み多き知識』（十一世紀）。

(20)「カリ」――シヴァ神の妻。

(21)「サヴィタル、ヴァレニアム……」――『リグ・ヴェーダ』より。太陽神サヴィタル賛歌の引用だが、引用そのものは不正確とされている。

(22)「マーヤー」――ヴェーダ神話における幻影、欺瞞。

(23)「ブラーマ（梵天）」――ヒンズー神話、三大至高神の一つ。

ほか、本来であれば注釈を施すべき固有名詞等があるが、調べがつかなかった。

ヴェリミール・フレーブニコフ
「捕囚」解説

亀山郁夫

Профиль/Profile　ヴェリミール・フレーブニコフ
Велимир Хлебников（一八八五―一九二二）

本名は、ヴィクトル（Виктор）。ロシア未来派を代表する詩人の一人。カルムイクの草原にある村落マルデルベトゥイにて生を享ける。父親は鳥類学者で、後にヴォルガ地域にソ連最初の保護区を創設した人物。幼少期から動植物学に熱中し、カザン大学では数学を学んだ。

日露戦争でのロシアの敗北に衝撃を受け、その後の一七年間にわたって「時間の法則」を発見する営みに没頭。一九〇八年にペテルブルグに上京し、ペテルブルグ大学に一時籍を置いた。在学中から詩を書きはじめ、ザーウミと呼ばれる「意味のない言葉」や、新造語を用いた前衛的な詩で同時代の詩人に衝撃を与えた。

一九一〇年に出た詩集「裁判官の生簀」、一九一二年に出た未来派文集『社会の趣味への平手打ち』に発表された原始主義的な詩と言語実験は、同時代の画家たち（ウラジーミル・タトリン、パーヴェル・フィローノフ、ミハイル・マチューシンら）に大きな影響を及ぼす。初期の作品は、おおむねスラブ異教やアジアの文化への共感に満たされているが、革命後は、ユートピア的な「地球代表者」の理念を唱え、プラトン風の哲人国家に似た「時間国家」を夢想した。ボリシェヴィキ軍に従ってイラン遠征に同行し、イランをテーマにした優れた詩を残した。帰国後まもなく、イラン放浪中に罹患したと思われる風土病が原因で死去。享年三十七歳。代表作として、散文詩「カー」、超小説『ザンゲジ』が知られる。なお世界史のサイクルを解明しようとした「時間の法則」の発見の営みは、『運命の板』（全三部）に結実した。

Текст / Text

「虜囚」“Есир”。一九一八年から一九年頃の執筆と見られる。物語の舞台は、カスピ海に臨む町アストラハン、さらにはイラン、中央アジア、そしてインドと広大な範囲にわたる。時代は「ステンカ・ラージン」が栄華をきわめた一六七〇年前後。ちなみに、ラージンのアストラハン入城は、一六七〇年六月のことである。主人公のイストマは、カスピ海に浮かぶクラルィ島に暮らす漁師で、チョウザメの売買のためにアストラハンにやってきたが、帰路、カルムイク人の人さらいに拐われ、何度かの人身売買を経てインドに辿りつく。本作は、いわば、主人公のイストマを介した東方見聞録の趣をなす。ちなみにイストマにはロシア語で「倦怠」の意味がある。この意味が示唆するとおり、主人公は、物語全体を通して一貫して受動的であり、自発的に捕囚となったかのような観さえある。インドへの接近にともない、イストマは純粋に見るものの立場に化し、永遠回帰的、かつ東洋的な無の観念の支配下に置かれる。

Контекст / Context

ヴェリミール・フレーブニコフが登場する背景には、近代西欧の崩壊というゆるぎない現実と、帝政ロシアの崩壊という歴史的な事実があった。同時代のロシアの芸術家は、ヨーロッパ世紀末のデカダン主義に影響を受けるグループと、同時代の最先端の芸術運動の影響を受けるグループの二つに分かれたが、二十世紀に入り、両者に共通して際立ちはじめたのが、非キリスト教文化圏への関心である。オリエンタリズムもその一環としてであり、ヨーロッパ近代の隘路からの脱出口の一つとみなされた。

　この時代、非キリスト教的文化への関心に立脚した新しい流れを、もっとも象徴的に示す例が、ストラヴィンスキーの三大バレエ（『春の祭典』など）や、プロコフィエフの『アラーとロリー』といったバレエ音楽だが、フレーブニコフは詩のジャンルで彼らに先んじ、スラブ異教、アジア回帰へと傾く同時代の原始主義（プリミティヴィズム）の運動を先導した。

　ちなみに文学のジャンルにおける新潮流は「未来派（フトゥリズム）」の名称で呼ばれ、ダヴィッド・ブルリューク、アレクセイ・クルチョーヌイフ、ウラジーミル・マヤコフスキーといった詩人が名前を連ねた。ただし彼らは、イタリアの未来派（フトゥリズモ）と一線を画すため、ロシア語源に根ざした「ブージェトリャンストヴォ」や「クボ・フトゥリズム（立体未来主義）」を名乗った。彼らは総じて、イタリア未来派における言語実験がオノマトペの段階を出ないことを理由に、これを徹底して批判した。それに対し、ロシアの未来派が志向したのは、現存する言語の解体と新造語の創造である。

　ただしフレーブニコフは、クルチョーヌイフが志向したアナーキーな言語創造とは一線を画し、独自の語源学をもとに、すべてのアルファベットは固有の「意味」をもつと考え、一種の普遍言語の創造をめざした。

　ここに訳出した「虜囚」において、新造語は使用されていないが、おびただしく登場する外来語が、その役目を果たしていたと見ることができる。付言すれば、彼の普遍言語の礎となったのが、あくまでもスラブ諸語であった点に大きな特色があった。十月革命後、詩人は革命政府を肯定的に受け入れたが、その中心からははるかに隔たった地点に身を置き、放浪を重ねた。同時代の詩人オーシプ・マンデリシタームがフレーブニコフを評して書いている。「フレーブニコフは全歴史の市民であり、言語と詩の全システムの市民である」と。

Для дальнейшего чтения / For Further Reading

●フレーブニコフ『シャーマンとヴィーナス』（工藤正廣訳、未知谷、二〇〇三）日本を代表するパステルナーク研究者にして詩人による翻訳。フレーブニコフの原始主義的な世界観と、多神話的志向をみごとに結晶させた作品。

●亀山郁夫・大石雅彦編『ロシア・アヴァンギャルド 5 ポエジア 言葉の復活』（国書刊行会、一九九五）ヴェリミール・フレーブニコフを中心に、ロシア・アヴァンギャルドの運動に関わった詩人たちの詩業が網羅的に収められている。

●亀山郁夫『甦えるフレーブニコフ』（平凡社ライブラリー 二〇〇九）。「捕囚」の作者フレーブニコフの評伝であり、部分的ではあるが、この作者の他の多くの作品に接することができる。

Личная заметка / On a Personal Note

　ヴェリミール・フレーブニコフは、私が二十代から三十代の終わりまでの約十七年間にわたって、主な研究の対象としてきた詩人である。同時代の文学のなかで彼を広く知らしめた言語実験そのものに、私自身つよい関心をもつことはなかったが、彼の原始主義的な世界観には大いに惹かれるものを感じた。また世俗的な関心をいっさい持たず、完全に無防備のままロシア国内からイランを放浪する姿にも魅了された。一九九四年夏、彼の故郷やアストラハン、そしてヴォルガを訪ねたときの記憶が今も懐かしく甦える。蓮の花の咲き乱れるヴォルガの入江に立ち、仲間たちと蓮の葉にウオッカを注いで祝杯を上げた。密猟者から手に入れたキャビアとバターを塗った黒パンがつまみだった。今にして思えば、私にとって人生最良の時の一つということができる。

今回翻訳した「虜囚」は、彼の作品のなかでも最も好きな作品の一つである。人間と自然が一体となった世界、近代の知性からはグロテスクとしか映らない原始的な風景には、私たちが決してたどりつくことのできない悠久の真理が垣間見えるようである。

フランス

ジュール・シュペルヴィエル　Jules Supervielle

女の子

大 岩 昌 子 ・ 訳

女の子

家族に囲まれて、煉瓦づくりの小さな勤労者住宅に住む十六歳の娘は、近ごろ、経験したことのない何かに脅《おびや》かされているのを感じ、なんとかこれに立ち向かおうと考えていた。そうしたなかでも、娘は姉と同じようにあれこれ家事をきちんとこなしていたので、だれもが彼女の優しさとつつましさは信頼できるものだと思った。

ところがある日、娘が父親にコーヒーをつぐと、なんということか、スプーンが消えてしまった。それで母親は、幽霊の見えない人差し指がそれを狙っているとでもいうように、コーヒーには手をつけないよう父親に懇願した。彼は肩をすくめてひといきに飲みほしたが、何ごとも起きなかった。

またあるときは、娘がざっと目を通した新聞を両親に渡そうとしたとたん、新聞が消えてしまった。

二週間が何ごともなく過ぎたが、今度は皿に事件が起きた。女の子の手から皿が台所のタイルの床に落ち、音もなく割れた。それがあまりに奇妙な静けさだったので、まるで怪しい物音を聞いたかのように、一瞬父親が振り向いたほどだった。

おそらくこうした出来事は、往々にして無関心と無秩序で満ちる裕福な家庭でなら、見過ごされていたであろう。だがいくらか貧しいこの家では、どうしても目立ってしまうことだった。彼らはフランス北部のL…近郊の町にいたが、このあたりの人々のまじめさと勤勉さには定評がある。

とりわけ胸を痛めていたのは母親だった。彼女の顔は、家族のささいな心配事までことごとく記録するいわば「証人」の役割を果たしていたので、すでに多くの皺が刻まれ、新たな皺を迎える小さな場所すら見つけだすのが困難だった。

この地域で配達用馬車の御者をつとめる父親はといえば、過ぎ去ったことをいつまでも引きずるような人物には見えなかった。

見るからに無骨でひげだらけの男と、辛い生活のさまざまな気苦労から離れられない妻との間から、どうして、このところ運命に魅入られている娘が生まれたというのか。運命の奇抜で執拗な関心は、つつましい家の空気の中にまで痕跡を残すように見えた。そう、真っすぐなひとりの男とひとりの女が結びついて、ひとつの家庭を築きあげるのだ。だれがそれを邪魔することができるだろう。この夫婦はこれまで一度たりとも、日ごろの態度や言動で近隣の人々を驚かせたことがなかった。しかし、だからといって彼らの子供のどちらもが、人に宿る不思議を自分の内に留めておけるとは限らない。それは我々にとりつき、何かのはずみで外へあふれだそうとするものだから。

少女は、自分自身でも認めたくないことを両親に隠していた。何週間も前から気づいていたのだが、朝ていねいに整えたはずのベッドがほぼ毎日乱れていた。それから、タンスの中にきちんと整理しておいた衣類もぐちゃぐちゃになっていた。たいていの場合、自分では入念にやりとげたと確信していたのだが、物のほうではそこになんの気づかいもないように見えた。

二人の姉妹のうち、姉はいささか手を抜いても内容のある料理を作るのだが、妹はしばらく前から非現実的な料理をこしらえるので、家族は時おりほんとうに自分は食べているのだろうかとか、口が夢を見始めたのだろうか、などと訝《いぶか》っていた。そこでとうとう父親がこう切りだした。「若鳥のローストが仔牛の胸腺のアスパラガス添えの味であってほしくないね」。それでも「なんともいい味だ」と認めてはいた。

ある日、父親は職場の厩舎長（彼がお世話になる人物で、食い道楽として評判だった）を自宅でもてなした。母親は姉にその料理をつくらせたがったが、父親はきかなかった。「妹のほうが月並みじゃない料理を作ってくれるぞ。きっとそうだ。あの子にまかせなさい」

娘は父親の野太い声に震えてしまい、この晩餐をひきうけるのをどれほど恐れているか、口に出す勇気がなかった。そこで、彼女は身震いしながら夕食の用意をした。それほど、このつつましく小柄なわが身とふるまいが、運命にもてあそばれていると感じていた。

食事は前菜から始まったが、このうえなく洗練された味わいだけが客の関心をひいた。とにかく量が少なすぎたようだった。次に、みごとな鯉《ローチ》のオーブン焼きが運ばれた。見たかぎりでは、そうした料理だった。

ところが、ご満悦の表情を隠し切れない父親が自ら客にふるまおうとしたとたん、魚はぜんぶ窓から跳ね出て、家の下を流れる川へと飛び込んでいった。しばらく窓ガラスに貼りついていた一匹も、喜びいさんで清流の仲間たちにたちまち追いついた。だれもがぼうぜんとするなか、ソースは分解し、皿の熱がこっそり竈《かまど》へと戻っていった。その途中で、父親と招待者の手にすこしだけ火傷を負わせた。皿は空っぽで、洗われたばかりのように光っている。父親は苦々しく思いながら、いそいで客に缶詰を食べさせなければならなかった。

「おまえ、恥を知らないのか?」客が帰るとすぐ、父親は娘に厳しく言った。娘はエプロンで顔をかくした。

「ならば、安心しろ、おまえにはもう料理はたのまんから」

さらに、はっきりと咎《とが》めておくべきだと感じて、こう付け加えた、「おまえは気位が高すぎるんだ。だからやることなすこと、うまくいかんのだ」

「しかたないわ、人生ってそんなものよ」少女は一人になるとこう思った。

「ねえ」妻は夫に言った。「あの子にはもっとやさしく話してやらなきゃ。あなたの前では震えているじゃないの」

「なんだと！　悪いのはわしだとでも言いたいのかい」

またある日のこと。

「あの子、そろそろ結婚させたほうがいいでしょうね」妻が言った。

「いったいだれがあの子を望んでくれる？　あの子がなんの役にも立たないってことが、うわさになり始めてるんだぞ。まともな働き手がもらってくれるとでも思うのか」

「そうは言っても、とっても気立ての良い子ですよ」

「たとえ性格が悪くても、腹持ちのいいスープが作れる娘のほうがよほどましだ……」

「……それに、窓から逃げ出してしまう夢のような料理じゃなくて」胸にいだいたことをいつも二度に分けて口に出す父親は、こう付け加えた。

少女は自分のふるまいにがっかりし、もう泣くことすらできなかった。そう、泣くというのは、まだ人生に絶望しきっておらず、涙の効力と情熱をなにかしら信じているということだ。つまり、人間の内にある核のようなものが、目に見えるかたちで外の世界の問題に身をさらそうとすることではないか。

彼女は痩せてしまった。痩せて、顔色も悪くなった。

「あとにはなにが残るのかしら」おびえたように母親が言った。「そのうちあの子に声をかけても、返事をするのはぶかぶかになった服とか、やっとのことで開いている大きな二つの目だけになってしまうわね」

まわりはできるだけ少女を慰めていたが、いまではすっかり神経質になっていたので、だれかがそばに近づくだけで心臓は張り裂けんばかりになった。

娘は、両親の厄介になっていることをひどく気にしていた。気にする必要はないとわからせたくて、母親は娘のナイト・テーブルの引き出しに、ときおり五〇サンチーム硬貨を数枚、ときには二フラン硬貨すら一、二枚、入れてやった。

「これはおまえのものよ。だからとっておきなさい」彼女はある日、娘に言った。

だが少女は、その金に触れようとはしなかった。

ときおり、彼女は厩舎のそばをぶらぶらしていた。父親の馬たちに近寄り、気高く神秘的な動物たちと過ごすのが好きだった。黄昏どきにやってくると、仕事から戻った馬たちが餌をむさぼっていた。歯の間でカリカリと響くオート麦、ピンと立った耳、そしてまぐさ桶のえさがなくなると、黙り込む彼らの内界の底から戻ってくるそのまなざし、こうしたすべてのものに感じ入った。馬たちが、長いあいだ首を向けて少女の存在を確かめてくれていたのが、いっそう嬉しかった。

ある日のこと、とくべつな理由もなく、ある馬がほかの馬の首に咬みついた。厩舎の隅に隠れて自分の惨めな境遇を反芻していた少女は、まるで馬たちに打ち明け話を聞かれたように感じた。

「こんなに馬を興奮させたりして、どうしたんだ」ある日、父親がとつぜん厩舎の扉を開けて言った。「ほかに居場所がないのかね。動物たちの邪魔をしにくるなんて、ひどいじゃないか」

また別の日、父親は中庭で娘を見つけたのでこう言った。

「おい、おまえは、ほんとうに治ろうと努力をしているのかね。それとも、いい家の子供みたいに怠けているのかい」

彼女は答えなかったが、すぐさま父の家を出ていこうと決心した。

翌朝、夜明け前の暗がりのなかで着替え始めた。自分と同じく、部屋でじゃまものに見える靴下をはき、いつもの服を身に着けた。そのあいだも、姉が急に目を覚まして「いったいこんな時刻にどこに行くの」と聞きはしないか心配だった。

少女は通りに出た。

貯金箱から持ち出したのは五〇サンチームと二フラン硬貨ほどで、この八七フランがあるうちは生きようと覚悟を決めた。そのあとは……そう、川は鯉のためにだけあるのではないわ。

長いあいだ、彼女は歩いた。流れを見失わないよう川沿いを歩いているうちに、十時ごろ、大通りからかなり外れた一軒の宿にたどり着いた。そこで、大柄のわりに優しげで愛想の良い女性に迎えられた。

「お名前はなんとおっしゃいましたか」これまで一度も会ったことがないのに、丁重にこう訊いてきた。

少女は部屋にあがってかばんを開き、不安を感じながらも、身のまわりの品をきちんとタンスに片付けた。十五分たち、さらに三十分たっても、すべてはきちんと整ったままだった。こんなふうに身のまわりのものが自分と和解してくれたことに勇気づけられ、嬉しさのあまり、彼女はすぐさま宿の主人に手伝いを申し出た。

女主人は、それまであんなにおだやかだったのに、声も態度もがらりと変わった。

「あんたはここにお客としてきたのかい、それとも使用人としてきたのかい？　はっきりさせとくれ！」

「持ち合わせが百フランほどしかないので……」

「じゃあまず、その百フランを食べきっちまえばいいんだ。あとのことはいずれわかるさ」

彼女は食人鬼のように残酷に言った。

そこで少女は心に思った。「マダム、こんなことぐらいで怒らなくても。不具な人は自分の不幸を隠したがるってこと、ご存じのはずなのに」

七日目の前夜、少女が一週間分の宿代を支払うと、根っから意地悪でない女主人はこう切り出した。

「あなたを調理場で使ってあげるわ。ちょうど人手が必要なのよ。とにかく何が作れるか知りたいんだけど。魚は調理できるの？」

「飛び出していった魚の話はここまで届いているのかしら」少女は自問した。すぐさま料理にとりかかると、女主人が言った。

「どうしてそんなに震えているの？　皿を割ってしまうでしょう。もしかして、アルコールのせい？」

「ご心配なく。生まれつきなんです」

「働いているところを見られたくないのね」

夕食はなかなか美味しかったので、外国人を交えた二、三人の宿泊客が調理場までやってきて、少女の腕をほめたたえた。

彼女は、もう父親のことを考えまいとしていた。離れてきたあの人のもとに帰らないと決めたのが本心かどうか、自分でも知りたくなかったからだ。父親の厳しい態度は、当然ではなかったろうか。夕刻、女中部屋にひとりでいるとき、たびたび自分に言い聞かせていた。

「お父さんのことは忘れる。なんとしても忘れる。もうあの人のことは考えたくない」

父親のほうは、子供の家出にひどく心を痛めていた。何に気が咎めるのかはっきりとはわからないが、気分が晴れなかった。どうやって娘を見つけ出したらいいのだろう。彼も妻も、警察にはもちろん、隣人にさえ知らせるべきではないと考えていた。

「娘はいとこたちのところに行ってるんですよ」そう彼らは言った。これまで話題に上ったことのないこの親戚について詮索するほど、隣人らは無礼ではなかった。

とはいえ、家族の友人たちはときおり、真っ暗な川のほうに問いただすような視線を投げかけるのだった。

毎朝、父親は馬たちと出かけていた。一頭は「嵐のあと」、もう一頭は「静けさ」という名前だった。御者の父親はこの二頭とも同じように愛していて、区別がつかなくなるほどだった。力強さとやさしさ、それがこの二頭のモットーであり、娘が家出してからはとりわけそうなった。

「ああ！　人でも動物でも道具でも、何かを信じきっていられるのが、働くものの喜びというもんだ」と父親は思った。

そして彼は、堂々とした街路樹と同じほどに、自分の輓馬《ばんば》を信頼していた。

「娘はどこにいるのだろうか。どんどん遠くに離れてしまっているのだろうか。あの子、嘆かわしいほど不器用なあの子はどこにいるのだろう。もう死んでいるかもしれない。あの子を受け入れてくれる人なんているのだろうか」

それでも、この哀れな男は、娘には二度と会わないほうがいいとも思っていた。

ある日のこと、どうしたわけか少女が働いている宿のすぐそばで、父親の馬たちが暴走した。彼がこちらに来たのは、おそらく初めてのはずだった。

御者の父は馬車からほうり出され、宿の玄関階段のすぐそばで額から血を流していた。人々が駆けつけ、少女は包帯とガーゼを取ってきて、父親の頭に包帯を巻いた。けが人の手当をする彼女の手ぎわのよさに、だれもが感心した。そのあいだ馬たちは、暴走したことなども忘れて五月の芝草をむさぼっていた。

「かわいそうな子だ」父親は思った。「やっぱり死んでいなかったんだ。そしてこんなふうに包帯を巻き、わしをあの世に送ってくれる。ああ、耐えがたいことに、お前はそのなんの役にも立たない自分の手を信じきっている。その手で間違いなく、わしは命を失ってしまうというのに、この出血のせいで……」

彼は気を失い、思いを終えることはできなかった。だれかが彼にコニャックを飲ませた。意識が回復すると、包帯がしっかり巻かれたままなのを認めないわけにはいかなかった。非の打ちどころのない巻き方だった。包帯をとめる安全ピンには、小さな飾り玉すらついている。

少女は、自宅に戻った夜、自分の声がこのうえなく陽気なことに驚き、ひとりだけで食事の支度をしたいと言い出した。

「やらなくていいのよ」母親は言った。「おまえはいろんなことで疲れているはずだからね」

それでもこの女の子は、もうエプロンをつけて、自信たっぷりに台所へと入った。

「夕食の材料は何かしら。あら、鯉だわ！　宿のお客さんたちにはこれを料理したけれど、みなさんが美味しいって喜んでくれたの」

母親と姉は、ためらうことなく調理を始めようとする彼女を手伝おうとした。父親はふたりのスカートをつかんで引きとめ、台所の外に連れだして妻にささやいた。

「ひとりでやらせておこう。まかせきって大丈夫だって、言っているだろう。もう、一人前なんだ。やるべきことはみんなわかっているさ」

家族団らんの中での長閑《のどか》な夕食は、この世のほかの多くの夕食となんら変わることがなかった。ランプの下で円卓を囲む父親、母親、そして二人の成長した娘たち。もどってきた幸福のおかげで、どこか厳粛さを漂わせる四人を、等しくランプの光が包みこむ。

ジュール・シュペルヴィエル
「女の子」解説

大岩昌子

L'Auteur en bref / Profile

ジュール・シュペルヴィエル
Jules Supervielle（一八八四―一九六〇）

シュペルヴィエルは、二十世紀最大の詩人のひとりである。フランス人の両親が銀行や農場を経営するため移住した南米ウルグアイの首都モンテヴィデオで生まれた。生後八か月で一家はフランスに帰国したが、両親が緑青中毒により相次いで亡くなる。二年間祖母に育てられたのち、ウルグアイの叔父夫婦に引き取られた。一八九四年、叔父夫婦とともにフランスに戻るが、このあと生涯を通じてフランスとウルグアイを行き来することになる。

一九一九年（三五歳）、三つ目の詩集『悲しきユーモア』を刊行。この頃から、ジッドやヴァレリーと文通、ジッドの紹介で、ガリマール刊行の雑誌ＮＲＦ（『新フランス評論』）関連の文学者たちと交流をもつ。

一九二二年刊行の詩集『栈橋』でようやく名声が高まり始める。一九二四年、ベルギーからパリに来たアンリ・ミショーを秘書として雇うが、その後、同じ詩人として深い交流を図ることになる。

その後も詩集、短編・長編小説、戯曲、エッセイなど、さまざまなジャンルの作品を世に送り出した。健康を害した晩年も創作意欲は衰えず、亡くなる前年の一九五九年、七五歳で最後の詩集『悲劇的肉体』を刊行。七六歳、パリの自宅で死去。

主要作品に、詩集『万有引力』（*Gravitations* 一九二五）、短編集『海に住む少女』（*L'Enfant de la haute mer* 一九三一）、などがある。

Le Texte / Text

訳出した「女の子」"L'Adolescente"は、一九三八年、シュペルヴィエルが五四歳で刊行した短編集

L'Arche de Noé『ノアの方舟』の一編である。

原題のadolescent(e)は、直訳すれば、「思春期の人、ティーン・エイジャー」という意味。収録された全七編は、シュペルヴィエルの独特の優しさによって、超自然的な夢想やふんだんなイメージなどを通して、さまざまな生と死の形や人間の抵抗が描かれている。

「女の子」では、ある家族の日常的な生活に焦点が当てられている。舞台はおそらくフランス北部の街リール（Lille）だが、本文にはL…としか表記されていない。時代設定は本作品が執筆された二十世紀初頭と推定されるものの、当時としてもやや古めかしさと同時に、普遍性が感じられる記述となっている。裕福とは言えない家庭で、馬車の御者をする父親、生活の心配に追われる母親、そして姉と一緒に住む一六歳の少女に、次々と奇妙な出来事が起きる。

全編を通して、思春期の娘の不安定なこころと肉体、彼女が成長していく過程が、この詩人らしい寓話的な手法と表現で美しく描かれており、まさに思春期とは「ケアされる時期」から「ケアする時期」への移行過程であることを実感させられる。

なおここで、作品を読んで抱いた「謎」について述べたいと思う。それは、登場人物には名前が与えられていないということである。出てくるのは、家族関係を示す「父」「母」「娘」という呼称のみ。この事実は、果たして何を意味するのだろうか。タイトルの「思春期」とかかわりがあるのだろうか。

またシュペルヴィエルの短編には、とりわけ少女たちが多く登場する。共通するのは、彼女らが自分の置かれた不条理な状況からなんとか脱却しようと、真剣に考え、戦う点である。

今回の作品でも、子供と両親との関係が、「娘」の行動や成長を通して変化していくことはおわかりいただけると思う。それを暗示するいくつかのキーワードが仕込まれていて、そんな言葉を見つけるのも楽しみのひとつだろう。そして、主人公の娘に焦点が当たりがちであるが、父親の変化にも注目したい。

Le Contexte/Context

シュペルヴィエルが活躍した一九二〇年代から第二次世界大戦後のフランスでは、『シュールレアリスム宣言』（一九二四年）のアンドレ・ブルトン（一八九六ー一九六六）やポール・エリュアール（一八九五ー一九五二）らの活動が目立つ。しかしシュペルヴィエルは、生涯を通じて特定のグループや流派には属さず独自の世界観を形成したため、《孤高の詩人》とも言われる。

シュールレアリスムには時代の混沌や絶望、狂気、文明への不信感などが現れるが、シュペルヴィエルはその優しくて深い眼差しによって、世界に浸潤する不安感をどう支え、安定させるかということに気を配っていたようにうかがえる。

彼自身、詩集『誕生』（一九五一）の「詩法を考えながら」の中で、「ぼくらの時代には、詩作品でも散文でも、おびただしく狂気が浪費されていたので、ぼくはもうそうした狂気に食欲をそそられなくなってしまい、自分自身に溺れた錯乱よりも、むしろこうした狂気を支配し、それに理性的外観を与えるようなある種の智恵のうちにこそ、食欲をそそる唐辛子や芥子まで含まれていると思うようになった」（大岡信訳）と語っている。詩を純粋で理解可能な形にし、そのことで人間の問題を適切に表現しようと努力したのであろう。

ウルグアイに生まれ、パリで活躍した詩人が、他に二人いる。シュールレアリストに大きな影響を与えたロートレアモン伯爵（一八四六－一八七〇）と、ジュール・ラフォルグ（一八六〇－一八八七）だ。二十代で亡くなる彼らの作品は、遠い外地に生まれ、ヨーロパ文明を外から眺めたゆえに感じ得た、行き場のない怒りや悲しみを内包している。

だが、一族の経営する「シュペルヴィエル銀行」の資産で裕福に育ったシュペルヴィエルの作品には、幼少期に楽しく過ごした大草原で、そして生涯行き来することになる大西洋上の経験の中で得た、広大で無限の空間・距離感覚が明澄に表現されているように感じる（小説『火山を運ぶ男』（一九二三）、小説『ひとさらい』（一九二六）など）。

彼は九歳で自分が孤児であることを偶然知るが、それは彼の家族観や死生観を決定的に左右しただろう。親や兄弟だと思って共に過ごしていた家族が実の親子ではなかったという衝撃。自分が何者かがわからなくなる不気味さは、鏡に自分を映すことができなくなるほどだった。

どうしようもない孤独感や不安感を抱きながらも、彼は創作を通し、ことばへの信頼やユーモアによって、人間の生きる喜びを我々に見せてくれることになる。

また彼を取り巻く二重性、すなわちフランスとウルグアイ、フランス語とスペイン語は、作品に欠かせないモチーフとなっている。晩年には心臓病を抱え、自分の物でありながら思い通りにならない身体のためか、詩には心臓ということばが散見される。第二次世界大戦の戦火の中、ウルグアイに滞在したまま、もう一つの故国フランスを憂えて詩作を続けたシュペルヴィエルの姿には、破壊からの回復を目指す市民としての姿が見て取れる。

Lectures conseillées / For Further Reading

シュペルヴィエルに興味を持たれた方のために、他の作品を一つ紹介しておきたい。入手しやすく現代的に訳しだされた中編小説『ひとさらい』（永田千奈訳、光文社、二〇一三）である。

捨てられたり放置された子供をさらうことで自分の「家族」を築き、父親となったビグア大佐。ある少女を新たな家族として迎えて以来、彼には父ではない別の感情が湧いてくる……本作品の意図は、シュペルヴィエルが孤児であった経験から想起されているのだろう。

なお関連する作家の作品としては、同時代に少年少女の感性をみごとに描いたヴァレリー・ラルボー（一八八一－一九五七）の短編集『幼なごころ』（岩崎力訳、岩波文庫、二〇〇五）がある。ラルボーはあまり日本では知られていないが、詩人、小説家であり、ジェイムス・ジョイス『ユリシーズ』のフランス語翻訳者である。

資料には、後藤信之『シュペルヴィエル内部空間の詩人』（国文社、一九七九）、横山昭正『石の夢――ボードレール・シュペルヴィエル・モーリヤック』（溪水社、二〇〇二）などがある。

Le Mot de la traductrice / On a Personal Note

最後に、私が好きなシュペルヴィエルの詩をあげたい。

炎の先　　『万有引力』より

彼は　一生を通じて
ろうそくの灯で
本を読むのが好きだった。
ときどき彼は
その炎に手をかざした。
たしかめるために
自分が生きていること
生きていることをたしかめるために。
死んでしまった日からも
彼は　自分のそばに
火のついたろうそくをおいている。
ただ、手はしまったままで。

（"Pointe de flamme", *Gravitations* より試訳）

この詩のなかに、シュペルヴィエルの感性と、ものの考え方、死生観、優しさ、そして詩人としての卓抜な表現があらわされているように思う。

参考文献
ジュール・シュペルヴィエル『シュペルヴィエル詩集』安藤元雄訳。思潮社、一九八二年。
Jules Supervielle, *Œuvres poétiques complètes*, éd. Michel Collot *et al.*, Gallimard, 1996, « La Pléiade ».

エジプト

ムハンマド・タイムール　محمد تيمور

子供だった彼は、そして青年になった

松山洋平・訳

子供だった彼は、そして青年になった

ムハンマド・マフジューブは二十歳になった。

筋の通った鷲鼻に、黒い瞳、つながった眉(1)。はっきりとした顔立ちで、スタイルがよく、背も高い。女たちは、彼のことを盗み見るように眺めるのが常であった。一方、彼のほうからなされる女たちへの検分は、大胆さと無遠慮さをもって行われた。

彼の父親はカイロの大富豪で、国の南北に、最良の土地を一〇〇〇フェッダーン所有していた(2)。母親は、一切の醜聞から無縁な、古くからある良家の出だった。

父親は、マフジューブに生粋のエジプト流の躾を施して育てた。その当然の帰結として、マフジューブは父親を恐れるようになった。今では、あえて彼の方から父親に話しかけるようなことはない。彼はいつしか不良連中とつるむようになり、彼らから賭け事を学んだ。賭け事は、彼の心を強く捉えた。そして彼は、この世の中に賭け事以外の楽しみがあることを忘れた。

マフジューブには、現在四十五歳になる、彼付きのシッターがいる。彼女がシッターとして雇われたのは、彼が生後五ケ月、彼女が二十五歳のときだった。彼女には、ドームヤシ農園で現場監督をする夫がいたが、離婚し、マフジューブの家に雇われたのである。マフジューブは、このシッターのことが大好きだった。だが彼は、彼女に畏怖の感情を向けたことはなかった。そのため、ときには彼女に怒りの矛先を向け、軽く扱うこともあった。しかしその後で、埋め合わせのように彼女の喜ぶようなこともした。彼女は彼の過ちを許し、彼に口づけをし、嬉しそうに笑いながら、彼を胸の内に抱きしめたものだった。

マフジューブは二十歳に成長した。しかし彼は、自分が何か粗相をしたり、大きな間違いを犯したときに、シッターから叱られた思い出を、忘れてはいない。

どうして忘れることができるだろう。庭に植えられたナツメヤシの木によじ登り、そこから地面に飛び降りようとした日のことを。彼女は彼を捕まえて、右手に持った杖で彼を叩きながら、二度とこんな危険なことをしてはならないと叫んでいた。

どうして忘れることができるだろう。真昼間に中庭で遊びほうけ、庭師のアブドゥッラーズィクおじさんにやめさせられたとき、おじさんに暴言を吐き、小さな足でおじさんを蹴り飛ばした日のことを(3)。彼はその日を忘れることができない。彼女が彼の顔をはたいて、彼のしたことを激しくしかりつけたのだから。

どうして忘れることができるだろう。父親の吸ったタバコの吸い殻を拾い上げて、その煙を吸い込もうとした日のことを。窓からそれを見つけたシッターが彼を怒鳴りつけたので、彼は一目散に逃げ去り、家に入るのを拒んだのだった。結局、彼は小間使いの男に捕まり、報いを受けるため、彼女の許に連れていかれたのである。

彼は何も忘れていない。

幼少期の記憶の中には、脳裡に焼き付き、決して消えることのない記憶が存在するものだ。

マフジューブ一家が住む大邸宅は、狭い路地の入り組んだ古い地区にあった。邸宅の周りには、裕福なわけでも、かといって貧しいわけでもない家庭の家が、いくつか建っていた。マフジューブの家のちょうど真向かいに、商売で成功を収めた商人の男が住んでいた。彼には、妻と、十五歳になろうという娘、そして、商店の経営を手伝う二十歳になる息子がいた。商人の妻は、昼間は家の事で忙しくしていたが、それを娘がよく助けていた。この娘は、与えられた作業を終えると、マフジューブの部屋の向かい側に位置する窓の前に座り、彼が学校から帰るのを待った。そして、彼が部屋に入ってくるなり、彼女は手を振って挨拶をした。二人はこうして、お互いに気のある者同士の会話を楽しみ始めるのだった。

ある日、シッターが突然彼の部屋に入ってきて、マフジューブが少女に合図を送るところを発見した。彼を見るシッターの目には、疑念と動揺の色が認められた。そして彼女は、一言も発することなく、彼の部屋を出て行ったのである。

マフジューブは、そのことをさほど気に留めることはなかった。何事もなく、次の日が訪れた。

しかし、その日を境にシッターは、マフジューブが学校から帰ってくる頃合いに、頻繁に彼の部屋に入るようになった。まるで、向かいの家の少女と話すことを邪魔しているようにも思えた。マフジューブにとって、この状況は好ましくなかった。彼は、監視の目を逃れるための一計を案じた。学校から帰ってくるなり、思いついた方法で事を運ぶため、彼は部屋にカギをかけた。

シッターは、彼が何事か企んでいることに勘付き、彼の部屋の扉を叩いた。すかさず彼は、隠れるように少女に合図を送った。それから、部屋の扉を開けた。シッターは部屋に入るなり窓の外を見たが、少女がいるはずの窓には誰もいなかった。しかし彼女は、冷笑するような笑みを湛えて

「小鳥さんはうまく逃げたようね」と言った。

「何のことだい」

「あなたのためにならないのよ。恋をすると、人はやるべきことを忘れてしまうわ」

「やるべきことならちゃんとやっているじゃあないか。何も非難されるいわれはないよ」

「愚かで軽率ですこと！」

「中傷はやめてくれないか？」

「自分が、ある人に背いているということがわからないの？　あなたがしていることを、お父様に報告してもいいのかしら」

「父さんはずっと部屋にいて出てこないさ。わざわざ父さんの部屋に行って、このことを話すのかい？」

「ええそうするわ」

　それだけ言うと、彼女は怒って出て行ってしまった。マフジューブは、彼の恋心が父親に知られることを怖れた。夕食の時間になったが、彼は父親と一緒に食事をすることを避けた。体調が悪いからと嘘をついて、空腹のまま、その夜をやり過ごした。

　それから、何日かが過ぎた。マフジューブは、シッターが彼を監視する理由について考えてみたが、よくわからなかった。彼女の行動にも、また彼女の沈黙にも、何ら答えを見いだすことはできなかった。何の危険もないこの遊びを、どうして彼女は許さないのか。四十五にもなる女が、十五にも満たない少女をねたむ理由は何か。

そこには、何か深い秘密があるように思えた。

ある金曜日、マフジューブは友人たちと連れ立って賭け事にふけり、有り金をすべてすってしまった。後悔で歯をきしませながら、彼は家に帰った。

両親の姿がなかったので、どこにいるのかと小間使いに聞いたところ、父親はどこかに出かけ、母親は伯母の家に夕食に呼ばれたとのことだった。マフジューブは自室に入ると、窓際に座り、持て余した時間を潰すため、小説を手に取った。

しばらくして彼は、窓の向こうで恋人が微笑んでいることに気付いた。しかしマフジューブは、彼女に向けて声を発することはできなかった。彼はさきほど、シッターがいるはずの部屋に、彼女の姿がないのを見ていたからである。その事実を、彼は手信号で少女に教えた。彼女と話しをするのは諦め、彼は彼女に、窓から遠ざかるように合図を送った。彼女は言われた通り、窓から遠ざかっていった。

マフジューブは一人、監視者の到来を待った。

数分後、怒りをたぎらせたシッターが部屋に入ってきて、

「これで最後よ。もう一度同じことをすれば、このことをお父様に報告します」

と震えた声で言った。

「なんだってそんなに怒ることがあるんだい？　何も悪いことはしていないじゃあないか」

「なぜ怒ることがあるのかですって!?　あなたは本当に純朴で、何も知らないのね。しまいにはどんなことになってしまうか、その時が来るのが怖いわ」

「その話はもうやめてくれ」

「私の忠告が聞けないの？」

「一人前の男に、忠告なんか必要ないだろ」

「未熟な子供ね！」

　マフジューブは、その言葉を聞くなり怒って立ち上がり、扉に向かった。しかしシッターは、彼を掴むと、自分の腕を彼の胴体に回し、彼を引き留めようと試みた。マフジューブは、彼女から逃れるためにあがき、体を彼女にぶつけた。彼は、腕を彼女の胴体に回し、今にも彼女を押し倒さんばかりの体勢をとった。

　そのとき、彼の視線が彼女の顔に引き留められた。

　そこには、奇妙で、官能的な表情が浮かんでいた。マフジューブはこれまで、寝台の上を這って移動していた頃から知るその顔の上に、そのような表情が浮かんだのを見たことがなかった。

　彼の視線が彼女を捉え、彼女の視線が彼の上に留まったまま、わずかに時が流れた。

彼女は、四十五年の歳月を経てなお、美しさで彩色された、柔らかな肌を恵まれていた。そして彼は、小さなきっかけで欲望が覚醒することもある、若者だった。彼はじっと彼女を、彼女もじっと彼を見ていた。彼女の視線が、マフジューブの額の上に垂れた髪先を捉えていたとき、彼は、繰り返される彼女の息遣いを聞いた。そうして彼女は、彼の口にキスをした。彼もまた、彼女の口にキスをした。二人は互いを抱擁した。彼女が彼に体を密着させた瞬間、彼は、彼女のあの二つのやせたふくらみが、自分の胸の上にあるのを感じた。

二人はそして、溶けて消えた。

彼はかつて、可愛い子供だった。シッターは彼を、自分の息子のような思いで愛した。そして今、彼は美しい青年となった。シッターは彼を、彼への愛で呼気が乱れるような相手として、愛したのである。

人々が、この人生の闇の中に目撃するものの中には、このような神秘がある。

訳　注

（1）これらの特徴は肯定的なもので、彼が端正な顔立ちをしていることを示している。

（2）カイロはエジプトの首都。フェッダーン（ج）は、エジプトを含む一部のアラブ諸国で用いられる土地面積の単位。一フェッダーンはおよそ〇・四二ヘクタールに相当する。一〇〇〇フェッダーンの所有があるということは、有数の大地主ということになる。

（3）エジプトは気温が高いため、日中、中庭で長時間遊べば、熱中症になる危険がある。そのため、庭師はマフジューブにそれをやめさせたのである。

ムハンマド・タイムール

「子供だった彼は、そして青年になった」解説

松山洋平

ترجمة المؤلف/Profile　ムハンマド・タイムール محمد تيمور（一八九二―一九二一）

タイムールは、近代アラブ文学における短編小説（القصة / القصة القصيرة / الأقصوصة）の開拓者。劇作家でもある。リアリズム的手法を重視した。

一八九二年、トルコ系の文筆家・歴史家であるアフマド・タイムール（أحمد تيمور：一八七一―一九三〇）の息子として、エジプトの首都カイロに生まれる。カイロで初等教育を受けた後、大学で医学を学ぶためベルリンに渡るも、短期で断念。法律学を学ぶためフランスに移る。

フランスには三年間滞在するが、大学での勉強はあまり振るわず、代わりに文学と演劇の鑑賞に熱心だったという。第一次世界大戦の勃発に伴い、一九一四年にエジプトに帰国する。

帰国後タイムールは、エジプト人の作家グループ「近代派」（المدرسة الحديثة）を形成する。彼の許に集った作家たちは、初期にはイギリス文学とフランス文学、後にロシア文学から大きな影響を受けながら[1]、ヨーロッパ的な文学形式に依拠した、近代エジプト文学の確立を目指した。

タイムールは、小説や戯曲の執筆など、多分野で精力的な活動を続けたが、一九二一年に二九歳の若さで早逝。翌一九二二年、彼の戯曲・小説・詩・評論などをまとめた『ムハンマド・タイムール著作集』（مؤلفات محمد تيمور）が三巻本で出版された。

弟に、同じく小説家のマフムード・タイムール（محمود تيمور：一八九四―一九七三）（後述）、伯母に、詩人で女権活動家のアーイシャ・タイムール（عائشة تيمور：一八四〇―一九〇二）がいる。

---

1 فجر القصة المصرية ليحيى حقي، دار القلم، القاهرة، ص٨٠-٨٢.

هذه القصة / Text

上述の『ムハンマド・タイムール著作集』の第一巻・第四部に、彼の短編小説をまとめた「人々の目撃するもの」（ما تراه العيون：直訳すれば、「目〔複数〕が見るもの」）と名づけられた部が置かれている。

本書に訳出した「子供だった彼は、そして青年になった」"كان طفلا فصار شابًا" は、この「人々の目撃するもの」に収録された一編である。

なお、「子供だった彼は、そして青年になった」との邦題は原題の直訳ではない。原題を直訳すれば、「彼はかつて子供だったが、青年になった」程度の意になる。

底本には、「人々の目撃するもの」の部分だけを新しく一冊の本にした、ما تراه العيون لمحمد تيمور، مؤسسة هنداوي للتعليم والثقافة، القاهرة ٢٠١٢ を用いた。

作品の舞台はエジプトの首都カイロである（タイムールの短編小説は、基本的にエジプトを舞台としている）。時代設定を示す確かな表現は見つからないが、おそらくは、本作が執筆された二十世紀初頭、あるいは、十九世紀の終わり頃であろう。

裕福な大地主の息子である青年ムハンマド・マフジューブと、幼いころから養育掛として彼を育ててきた女の間に起こる、ある出来事に焦点が当てられる。日常のただ中にありながら、彼らの世界、関係性が変容する瞬間が、突如として到来する。時の流れとともに否応なく変化＝成長する存在としての人間の神秘が描かれる。

سياقات / Context

アラブ諸国に近代化を促した要因の一つは、十八世紀末のナポレオンによるエジプト侵攻だった。以降、「西洋の衝撃」を経験したアラブの中に、西洋的・近代的な知識を吸収しようとする知識人が増えていく。十九世紀中葉の東アラブでは、アラブ文芸復興（النهضة）の運動が興隆し、アラビア語の近代化も図られていった。

タイムールが生まれる一九世紀後半には、エジプトにおいても、知識人の間に既存の社会への批判的精神が萌芽し、小説や評論を掲載する民間の新聞や、文芸誌も生まれていた。また、イギリス文学、フランス文学、ロシア文学の紹介が活発になされるようになり、西洋文学の知識も普及しつつあった。アラビア語によって近代文学を開拓するための、かかる条件が整った時代（しかし、整ったばかりの時代）に、タイムールは生まれた。

タイムールが文学に傾倒したのは、このような時代背景だけではなく、彼個人が受け継いだ文化資本による部分も大きいだろう。

彼の父アフマド・タイムールがカイロに設営した私設図書館は、当時、エジプト全土にある図書館の中でも、三番目に蔵書数の多いものであった。[2] タイムールは、幼少期より、この図書館で膨大なアラビア語の古典やフランス語などの外国語の文献に親しんでいたのである。

フランス留学から帰国し「近代派」を主導したタイムールは、一九一七年、「列車にて」(في القطار)と題した短編小説を発表する。この作品は、多くの論者によって、ヨーロッパ的な手法を用いて書かれた近代アラブ文学初の短編小説とみなされている。――浮かない気持ちで朝を迎えた主人公の男は、暇つぶしに、田舎行きの列車に乗り込む。同じ車両には、現世に関心のなさそうな宗教指導者、若い学生、高慢な上院議員、保守的で頑迷なチェルケス人、洒落っ気のあるトリックスター的な紳士が乗り込んでくる。主人公が読んでいた新聞記事に触発され、彼らの間に「農民に教育は必要か」という問題について議論が巻き起こり、意見は激しく対立する。「列車にて」は、アラブ文学の世界に短編小説の地平を切り開いた、記念碑的作品である。

アラブ文学全体が試行錯誤の時期にあったこと、そして、道半ばで早逝したこともあり、タイムールは、後世の批評家たちから満堂の喝さいを博するような名作は残していない。

しかし、彼の死後、兄の遺志を継いだ弟のマフムード・タイムールの手によって、アラブ文学における短編小説の地位は大きく向上し、この分野が大成されることになる。

タイムールは、近代アラブ文学黎明期の終わりを生きた、アラビア語短編小説の開拓者であった。

لمن أراد قراءة أكثر/For Further Reading

●タイムールの作品：タイムールの小説に興味を持った読者は、彼の短編小説を収めた「人々の目撃するもの」(ما تراه العيون：[直訳] 目が見るもの)を手に取られたい。

「列車にて」のほか、モーパッサンの「月光」をエジプトを舞台に描いた翻案なども収録されており、タイムールの種々の試みを味わうことができる。タイムールの文章は比較的平易なアラビア語で書かれている。簡単なアラビア語が読める読者は、ぜひ挑戦してみて欲しい。

●関連する作家の作品：アラビア語短編小説に広く興味を持った読者は、タイムールの弟、マフムー

2. تاريخ الأسرة التيمورية لأحمد تيمور باشا، هنداوي، وندسور، ٢٠١٧، ص١٨.

ド・タイムールの作品をまずはお勧めする。また、二〇世紀後半に卓越した短編・中編小説を遺したエジプト人作家ユースフ・イドリース（يوسف إدريس：一九二七―一九九一）のいくつかの作品は、日本語で翻訳を読むことができる。『集英社ギャラリー世界の文学：20 中国・アジア・アフリカ』（集英社、一九九一年）には、イドリースの「黒い警官」と「肉の家」が収録されている。

●研究書・文学史など：アラブ文学史一般については、やや古いが川崎寅雄『アラブの近代文学』（潮出版社、一九七一年）や関根謙司『アラブ文学：西欧との相関』（六興出版、一九七九年）などがある。アラブ文学に対する俊逸な批評、岡真理『アラブ、祈りとしての文学』（みすず書房、二〇〇八年）では、アラブ文学の魅力を知るとともに、内包される問題群について学ぶことができる。

كلمة من المترجم/On a Personal Note

「子供だった彼は、そして青年になった」は、アラブについての背景知識が一切なくても無理なく読むことができます。慣れない読者の混乱を招きがちな、アラビア語の固有名詞もほとんど出てきません（！）。本書の読者には、アラブ文学に強い関心を持つ人は少ないと思いますが、他の作品を読む合間の休憩がてらにでも、ぜひご一読下さい。

アラブ文学の中にも——それが、タイムールのようにアラブ文学が未成熟な段階にあった時代の作品であっても——現代日本の読者に通じる普遍的テーマが描かれていることを知ってもらえたとすれば、訳者として大変嬉しく思います。

イタリア

グラツィア・デレッダ　Grazia Deledda

夜に

石 田 聖 子・訳

夜に

ガビーナが、やさしいママといつも一緒に寝ている二階の大きな木のベッドで目を覚ましたのは、夜十一時をまわったころだった。

それなのに、その夜、ガビーナの隣にママの姿はなかった。なぜ？　ガビーナは小さな手で大きな木のベッドのあちこちを触ってみたが、ママを探り当てることはできなかった。そこにあったのは、北風みたいに冷えたシーツとパーケール綿の赤い枕だけ。それ以外には、何ひとつなかった。

ママはどこ？　ガビーナは、夜寝るのも朝目覚めるのもママと一緒だった。ベッドでひとりぼっちだったことなんて、それも怖い夜闇のなか冷えたベッドにひとりきりでいたことなんて、それまでにいちどだってなかった。

そのため、これはガビーナにとって大事件だった。

「ママ……ママ……」小さな声で呼びかけてみた。

だが返事はない。外では突風が吹き荒れ、小さな窓に打ちつける雨が大きな音をたてていた。

それさえなければ、ガビーナはふたたび眠りこんでいたかもしれない。しかし、ひとりきりの真っ暗闇の部屋に地獄から届いてくるような外の音が響くなか、眠気を覚えたり心を落ち着けたりすることはもちろん、おとなしく眠りにつくなんて、どうしたって無理だった。

考えつく限りの恐ろしいことは、死も吸血鬼も猛々しい風神も邪悪な妖精も人食い鬼も……とにかくどれもこれも大嫌いだった。

「ママ……ねえ、ママったら」ガビーナはベッドの上に座って大声をあげた。「ママ、ママ！」

少しずつ声を大きくしながら十五分ほどそうしているうちに、暗闇や風の音にも慣れてきた。

母親の返事がまったくなかったため、ガビーナは服を着て下の台所に探しにいくことにした。本当なら、毎朝服を着せてくれるのはママだったのに。ガビーナはまだ幼いため、腕の部分がきつい黒の上着に上手に袖を通すことができなかったのだ。だけど、そんなことはどうでもいい。スカートさえ見つかればよかった。スカートはいつもベッドの足元にある椅子に置かれていた。だから、ベッドを下りて椅子さえ見つかればよかった。

ベッドから下りる……？　真暗闇のなか、裸足で、こんな夜にベッドから下りるだなんて。それも自分ひとりで……！　大きな勇気が必要だった。寒さと怖さでぶるぶる震えていたガビーナは、しばらくのあいだ戸惑っていた。でも、ママのいないベッドにいるなんてそんなのダメ！　風がますます大きな音をたてた。じきに部屋に吹き込んできて、ガビーナの頭を吹き飛ばしてしまうかも……だったら、下りないと！

ベッドから飛びおり、悲鳴をあげた。小さな足が、固くて冷たくて変な形をしたものに触れたのだ。それが、長年使われるうちにつるつるになった台でないことはたしかだった。

ヒキガエル？　ひょっとして吸血鬼かも？

「ママ！　助けて！」ガビーナは、ベッドの上に戻ろうとしながら声の限り叫んだ。しかしその化け物が動くことはなく、ママからの返事もないことがわかったので、しゃがみ込んでそれがベッドの下からたまたま飛び出ていた古い靴であることを確かめた。

口元がややほころんだ。この最初の冒険は、ガビーナに大きな勇気を吹き込んでくれた。足元に怖いものはもうないとわかると、ベッドの手すりをたよりに前に進んでみた。しかし、ベッドの向こうに服が置かれた椅子はなかった。ガビーナはムッとしてぶつぶつ文句を言った。褒められたことではないが、いつのまにか地獄に住む悪魔たちの名を唱えて呪っていたのだ。おじいちゃんやおじさんたち、それにたまにはママも、そうやっているのを聞いたことがあった。

服はいったいどこ？　悪魔が持っていっちゃったのかしら？　夜も、こんなに恐ろしいものをつくった誰かさんも、大嫌い！

そのときだった。ガビーナは服のことを一瞬忘れ、歯が砕けそうになるくらいがたがた震えだした。

雨と風の音が止んだ一瞬のすきに、台所から奇妙な物音と、嵐以上に不穏な騒ぎ声が届いてきたのだ。

台所で何が起こっているの？　神さま、大変、ガビーナのママかしら？　泥棒か悪魔がいるみたい！　おじいちゃんとおじさんたちは三日前から出かけていて、家にはママを守ってくれるひとは誰ひとりいないというのに。かわいそうなママ！　恐怖と好奇心が結びつき、ガビーナは暗いなか、粗末な家具や椅子にぶつかりながらふたたびスカートを探しはじめた。そしてようやく見つけ、やっとのことで穿いた。もうこれで大丈夫かと思ったとたん、別の困難が目の前に立ちはだかった。

階段に出るための扉に外から鍵がかかっていたのだ。力いっぱい押しても開かず、大きな物音をたてたり、ママの名前を呼んだりしたところで、恐ろしい沈黙がつづくばかりだった。

ガビーナはがっかりしてベッドに戻ると、ぐちゃぐちゃになったベッドカバーで顔を覆って泣きだした。しかしそのとき、向こう側の部屋に石の露台がついていて、そこから外の階段を伝って、台所の古い勝手口がある中庭に出られることを思いだした。

雨風はなおも吹きすさんでいたが、ガビーナの心は決まっていた。隣の部屋に行って露台に出ると、低い鉛色の空から勢いよく落ちてくる水と、闇に荒れ狂う冷たい風のなかを下りていった。

木の葉のようにぶるぶる震えるガビーナの頭からは、怖い空想や吸血鬼のことなどすっかり消え失せていた。言いようのない不安が小さな胸をきゅっと締めつけ、下の台所で何かが起こっているという子どもらしからぬ不吉な予感に襲われた。ああ、さっきの声はいったい何だったの……！

すぐに階下の、庇《ひさし》のついた台所の扉の前にたどり着いた。この扉も閉まっていたが、ガビーナは扉を叩いて開けてもらおうとはしなかった。扉の上から下方に向かって走る大きな裂け目の向こうに、囲炉裏《いろり》の火がゆらめいていたのだ。

しゃがみ込み、裂け目に目を押し当てた。

この期に及んで何かを恐れていたわけではなかったが、台所に入りたくはなかった。そんなことをすれば、ママから大目玉を食らうのは目に見えていたからだ。

おじいちゃんとおじさんたちはすでに戻っており、囲炉裏を取り囲んで座っていた。褐色の髪の、長身で屈強な三人の身を包む不潔でぼろぼろの衣服は、過酷な仕事に支えられたみじめな暮らしぶりを物語っていた。そして陰鬱で沈んだ瞳は、貧困に屈することはないものの、苦悩にみちた情念にたぎる粗野な魂の哀れな物語を伝えていた。

ガビーナの母親で年若いシモーナは、この島の女性に多い、アラブ風の一風変わった美しさを備えていた。それは九世紀から十世紀にかけてサルデーニャを統治し、荒廃させたサラセン人の記憶を留めるものだった。いま彼女は、肩にたっぷりドレープが入り、手首の部分がきゅっと締まった幅広の袖の東洋風のブラウスを身に着けている。そしてやや影になった床に腰を下ろし、両手を裸足の膝のうえで組んでいた。

いつだって生気に欠けた寂しげな表情をしてはいたが、ガビーナはこれほど物憂げで青白い顔をした母親を、いまだかつて見たことがなかった。漆黒の瞳が怪しげな輝きを放つのを目にするのも、はじめてのことだった。額にかかる黒いネッカチーフの下の、きわめて端整ながら壮絶さと緊張にこわばる死人めいた顔つきのシモーナの目には、憎しみと不安が映しだされていた。

だが、ガビーナの目を誰よりも引きつけ、部屋の中に入るのを阻んだのは、見知らぬ男性の存在だった。やはり囲炉裏のそばにいたその男は、台所を唯一いろどる古い椅子に、毛で編んだ縄できっちり縛りつけられていた。その椅子は、ずっと隅に捨て置かれ、手を触れようとする者すらなかったが、シモーナだけはたまに暗い視線を投げかけることがあった。

ガビーナはそれまで、同じ村の衣装を身につけたその男の顔を、いちども見かけたことがなかった。いったい誰なのか、なぜこんな夜更けにそんなところに縛りつけられているのか不思議に思い、目を奪われた。

四十がらみの精悍な顔立ちの男だった。日に焼けた広い額にかかる波打つ赤茶けた金髪、鋭く刺すような灰色の瞳に、見事な赤ひげを胸に垂らしていた。その顔は激痛に歪み、額には大玉の汗が炎を反射してきらめいていたが、その顔色はほかのひとたち、とりわけシモーナのように青白くはなかった。

もちろんガビーナは、こうした詳細のすべてを感じ取ったわけではなかった。しかし、その部屋の中で——四つの口金をもち、灯心の煙で黒ずんだブリキ製のランプの、いまにも消えてしまいそうな灯りと、囲炉裏の火に照らされた暗い台所で——何やら尋常でない、謎めいた事件が展開しつつあることは、じゅうぶんに理解できた。適当な説明を考えつくことができない以上、ガビーナは扉のこちら側で裂け目におでこを押し当て、灰色の——椅子に縛りつけられた男とそっくりの——大きな瞳をぱっちり見開き、身じろぎもせず、黙ったままでいるしかなかった。

　ガビーナはふたたび震えだした――好奇心が潰《つい》え、さっきの不安交じりの恐怖が、また覆いかぶさってきたのだ。そして、どれもこれもが悪い夢なんじゃないかと考えはじめた。

　凍えた突風が、むきだしの背に打ちつけてきた。小さな手足はもちろん、いまや全身が雪に覆われていた。中庭の水は、激しい雨によって水位をますます増しつつあった。もうまもなくその場を離れるか、さもなくば扉を開けるほかなかったが、ガビーナはその危険に気づかずにいた。寒くてたまらず、泣きたい思いが込み上げてきた。それでも、その場から一歩も動かずにいた。喉がつかえ、乾いたしゃっくりが、寒さと恐怖でがさがさになったガビーナの唇を、いちどならず歪ませた。

　なにせ、その目と耳が見聞きした光景のおぞましさは、九つになったばかりのガビーナのような感じやすい魂の持ち主でなくとも、万人をも恐怖に陥れるものだったのだから……。


「エリアス！　エリアス！」シモーナの父親が男に向かって声を張りあげた。「助けを呼んだって無駄だ。誰も来やしないさ。嵐が叫び声をかき消してくれるからな。誰も来やしない！　そこで死ぬがいい。十年前のおまえが毎晩座っていた、その椅子に縛られてな！

覚えてるよな。毎晩毎晩……。誠実な婚約者として！　この十年のあいだ、おれらが大切に守ってきた椅子……。おまえの帰りを待ちつづけたその椅子も、おまえの卑怯な血もろとも火に放り込んでやる」

「何か言いなさいよ！」シモーナが陰鬱な声をあげた。『あんたがひとつでも理由を言ってくれなかったら、ひどい死に方をすることになるわよ！　何か言いなさい！　そうしたら、銃ですぐに終わりにしてあげる。そうじゃないと、大変なことになるんだから……！」

「そんなことを言うんだ」エリアスと呼ばれた男が言った。「ぼくの前では、あんなに純朴だったきみが、そんなことを言うなんてね」

「憎らしいのよ！　あんたはわたしに恥をかかせた。大事な婚約者だったのに、わたしのことを裏切って滅茶苦茶にしたわ！　苦しみすぎて、感情なんてなくなってしまった。あんたが憎い。この十年、復讐だけを夢見てきたわ。わたしの苦しみに比べれば、今晩あんたが味わう苦しみなんて大したことない。父さんたちに復讐を頼んだのは、このわたしなのよ……」

「殺すがいいさ！」エリアスが小さな声で言った。「でも、この世には良心ってもんが……神さまが見ていらっしゃるってことを忘れるんじゃないぞ……」

「よけいなお世話だ！」声を張りあげたのは、兄のタヌだった。タヌが残忍な笑みを浮かべると、真白い二本の歯列があらわになった。野獣の牙にも似たそれは、炎を受けてきらりと光った。

「良心と、神さまですって？」シモーナが毒蛇のように跳ねあがった。「あんたに良心なんてあるの？　神さまのことを考えたことはあるのかしら？」

　エリアスが首を垂れた。

「娘の名に懸けて……」、エリアスが言った。

「あら、娘がいるって知っているわけね？」

「知っているとも。きみが望むなら法的にも認めるよ。ぼくが面倒を見て、お金に不自由しないよう、計らってやってもいい。ぼくは裕福になったし、あの女とのあいだには子どもはないから……」

「何、ほざいてやがる！」兄のピエトロが怒鳴った。「生きてここから出られないってことが、まだわかってないってわけか……？」そう言うと、膝に抱えていた銃をゆっくり撫でてみせた。そして、残酷なほどゆっくり言った。「このおれが、おまえの息の根を止めてやる。おまえの友人だったこのおれが、おまえが恥と災いをもたらしたこの家に、おまえを導き入れたこの手でな。地中深くに埋めてやる！　誰が相手だと思ってやがる？　誰が相手だと？　おれらの家では、不名誉の恨みは必ず晴らしてきた。この十年、バルバージャ地方一帯のあらゆる村という村、雪山から切立った崖までも、おまえのことを探しまわってきた。今晩おまえの血で、家名の汚れを洗い流してやるのさ」

「シモーナ！　シモーナ！」囚われの男は怯え、哀願するような眼差しをシモーナに向けて叫んだ。「ぼくらの娘は……」

「やめて！　あの子の話をしないで！　あの子は、罪から咲き出た花だったとしても、ジェンナルジェントゥ山の雪みたいに無垢なのよ。あんたがあの子の話をすると、汚れてしまう。だって、あんたは卑怯な男なんだから！　あんたはあの子の何でもない……あの子の父親は神さまなのよ！」

「あの子のことが大切じゃないのか？　娘のことを愛しているのなら、ぼくを自由にしてくれ！」

女の陰惨な瞳に閃光が走った。

「わたしは娘を心から愛している。あの子のためにだけ生きているわ。あの子がいなくなるなんてことがあれば、わたしを取り巻くすべてが崩れて、わたしは世界でいちばん不幸な女になるでしょうね。あの子のことが大切か、だなんて！　わたしの娘を！　哀れなかわいい子！　あの子はわたしの愛のすべて、わたしの喜びなのよ！　もういちど言うけれど、二度とあの子のことを口にしないで。こんなことが起こったいまとなっては、あの子を想うと、情けを呼び起こすどころか憎しみが増して、復讐心に火をつけるだけ。あなたが地中深くに眠るそのときが待ち遠しい。そうしたら、あの子に父親のことを訊かれても堂々と答えられる。〈あなたの父親は死んだ〉って」

「そうか。覚悟は決まっているってわけだ」エリアスが叫んだ。「じゃあ、殺すがいい！こっちだって肚は決まっている！　ぼくは、きみたちが思うような卑怯な人間じゃない。立派に死んでみせるさ。なんたって、この過ちはぼくのせいじゃなかったんだから。運命の、神さまのご意思だったんだ！　さあ、殺すがいい！」

「殺すがいい！」、外で風がふたたび悲痛な叫び声をあげた。

　物悲しいこの田舎風悲劇《トラジェディア・ルスティカーナ》の五名の登場人物は、一瞬言葉を失った。全員が恐るべき沈着さを帯びていた。炎は、明暗《キアロスクーロ》のコントラストが印象的な、この血塗られた一幕を照らしつづけた。それは、陰鬱なカラヴァッジョの絵画さながらの場景だった。

「そうまで言うなら、話してみなさいよ。二年ものあいだ深く愛し合ったわたしのことを、どうして裏切ったのか。言い訳はいっさいなしで！」自身の言い分に自信をもつシモーナが、口火を切った。「そう、わたしに子どもができて、すぐにでも結婚しなくちゃならなかった。あなたは、結婚指輪と宝石を買おうと、栗とチーズと木工の品を積んだ馬に乗って、ヌーオロに向けて旅立っていった……泣き顔のわたしに、四、五日のうちには戻ると言い残して……あの日から、十年が経ったわ。苦悩と涙と憎悪に満ちた十年が。まるで昨日のことのようだけど……それっきり、あなたは戻ってこなかった。そしてその一カ月後に、あなたがフォンニ村の娘と結婚したことを知った……！　さあ、話しなさい！　もういちど言うわ。理由があるのなら、銃で楽にしてあげる。そうでなければ、ああ、神さま……火あぶりの刑よ！」シモーナの口調があまりに重々しかったため、エリアスの全身を戦慄が駆け抜けた。しかし彼は、そんなことはおくびにも出さず、淡々と答えてみせた。

「炎も弾丸も怖くはない。だが、何が起こったのか話して聞かせよう。言っておくが、これはぼくの過ちではなく、神のご意思だったのだ……！　よく聞くがいい！」そして語りはじめた。

「そう、十年が経ってしまった。まるで昨日のことのようだがな！　きみのこと、そしてぼくらの将来を思い描きながら、ぼくは旅立った……だが、神さまは、それとは違う行く末をお望みになったのだ！　そう、あれはフォンニ村から二時間ほどのところにいるときのことだった。その晩はフォンニ村で宿を取り、翌日ヌーオロに向けての旅をつづける心づもりでいた。ふと、雪が舞いはじめた。どんな悪天候にも慣れていたので気にも留めず、急峻な山道を進んでいった。峡谷を抜け、荷をめいっぱいに積んだ馬を引き、徒歩でどんどん、どんどん歩いていった。風が雪を顔に吹きつけてきた。雪は服にくっつき、手にくっつき、はてはまつ毛や唇にまでくっついてきた。またたく間に外套が雪にすっぽり覆われ、栗の入ったずだ袋や馬の背や、何もかもが雪だらけになっちまった……

山道も雪に紛れて消えちまった。だが、土地勘には自信があった。だから、はるか向こうにうっすら見えはじめたフォンニ村をまっすぐ見据え、かまわず歩を進めた。風が、狂ったような音をたてて山じゅうに吹き荒れるなか、夜の闇が下りはじめた。雪も降りつづいていた……雪は休むことなく降りつづけ、足元に積もりはじめた。未開の山での孤独を邪魔する人影など、ひとつもなかった。ひとりきりだった。身体の芯までびしょ濡れになった。すると、気力が失われていき、道に迷ったような気がしてきた。道の先にあったはずのフォンニ村が、見えなくなっちまったんだ。気の毒な馬はぶるぶる震え、もう一歩たりとも前に進めなくなっていた。雪は後から後から降ってくる。一歩進むのに十五分はかかり、闇はますます濃さを増していった。三十分ほど前、雪が降りはじめたころに小屋を見かけたが、そこで足を止めなかったことを悔やみはじめた。羊飼いに、吹雪がくるから泊まっていけと声をかけてもらっていたのだ。ふいに目の前が真暗になり、回れ右をして、小屋まで戻ることにした。これ以上歩くわけにいかず、馬に乗ろうかとも思ったが、荷物をめいっぱい積まれた馬は、ぼく以上に疲弊していた。そこで、翌朝見つけられれば幸いと思いつつ、積み荷を木の下に降ろし、馬に飛び乗った！

〈行け！——哀れな馬に優しく声をかけた——今夜はあの場所で休もうな。朝になってお天道さんが昇ったら、ここに戻ってくればいい。商いの品をまた積んで、フォンニ村に行こう。村に着けば心配無用！　さあ、行ってくれ！〉

しばらくのあいだ、馬もわかってくれたかのように歩みを進めていたが、やがて足取りが重くなり、ついに立ち止まってしまった。あれこれけしかけてみても、撫でたり叩いたりしても無駄で、もう一歩も動くことはなかった。馬から下り、気の毒な馬を引き引き、自分の足で進むほかなかった。

ああ、なんと恐ろしい夜だったか！　風こそ止んだものの、真っ暗で侘しい夜の闇が山一面に広がり、雪はなおも降りしきっていた。山壁を覆う白色の薄明りのおかげで、崖に滑り落ちずにいられたが、徐々に視界がぼんやりしてきた。足はぐっしょり濡れた脚絆に包まれ、感覚も麻痺し、よろめく全身は雪さながらに冷えきり、力を失くしていった。あるところでとうとう馬と一緒に、溝に嵌《は》まり込んでしまった。自分はどうにか這いあがれたが、起きあがれずにいた馬を助けるわけにはいかなかった。

全身雪まみれの身で、ふたたび歩きだした。目から落ちる大粒の涙が、ひげを真白に覆う雪と混ざり合った。冷たく重い外套の下で、冷えきった手は力なく垂れていた。それでも、足は前へ前へ、右に左に大きく揺れながらも、機械的に、行き当たりばったりに進んでいった。夜のさなか、ひとつの灯りもなく、ひとつの声もなく、山じゅうに恐ろしい孤独が広がっていた。

右に左に白い峰が現れては、空の灰色に紛れて視界から消えていった。振り返ってみると、靄《もや》が地の果てからゆっくりこちらに向かって広がりつつあり、何も見えなくなっていた。正面には、絶壁や崖だらけの下り坂が伸びていた。それが、数時間前に通った道でないことは明らかだった。山小屋が現れるわけはなかった。道に迷っちまったんだ！　ああ、どうしてフォンニ村のほうに行かなかったんだろう。荷を降ろしたあの場所から、そんなに離れていなかったかもしれないのに……

体力はますます失われていった。苦しく無益な道のりを半時間もたどっているうちに、靄に呑み込まれちまった。黒く濃い靄に周囲を取り巻かれ、坂の向こうにひとつだけあった灯りが、視界から消えた。あと一歩でも進めば、谷底に落ち込んでいたことだろう。実際のところ、もう一歩も進めなくなった。雪はもはや膝にまで達し、いちど雪に足を突っ込んだら最後、引っこ抜くのに難儀するほどになっていた……

骨の髄まで濡れそぼり、目は見えず、頭までもうろうとしてきた！　雪の上にばったり倒れると、命を神に託した。最後に、シモーナの顔を思い浮かべて……！」

エリアスは、その暗澹たる晩の記憶になおも苦しめられているかのように、そしておそらくはそれを今の状況と引きくらべて、ふと押し黙った。

「つづけなさいよ！」シモーナが言った。その口ぶりは、さっきほど冷酷ではなくなっていた。シモーナの眼差しは床に向けられ、あの残忍な表情は、わずかにその色を変えつつあった。エリアスはそのことに気づくと、生まれはじめた望みに背筋を伸ばして、話を再開した。

「気がつくと、昼だった。台所の奥の温かなベッドに寝かされていたんだ。台所の真ん中の石のかまどでは、大きな炎が燃えさかり、こっちまで暖かかった。台所をいろどる食器や調理用具の豊富さから、金持ちの家にいることがわかった。かまどの脇では、若い女性が料理をしていたが、その衣装からフォンニ村の人間ということが見てとれた。つまり、ぼくはフォンニ村にいたんだ……！　誰がここまで運んでくれたんだろう。誰が命を救ってくれたんだろう……そのときと、十時間前のあのときと、なんと違うのだ！　真黒の空と霧に包まれた雪の寝床で死にかけていたのに、いまはこの温かなベッドだ。そばにはきれいな女性までいて、ぼくが意識を取り戻すのを待ってくれている……！

そう、きれいな女性だった！　彼女はぼくに気がつくと、こっちにやってきた。ぼくはびっくりして、幻じゃあるまいかと思いながら彼女を見つめた。見たことのないほどの、美しい女性だった。いやあ、あんなにきれいなのは祭りの日の乳の聖母《マドンナ・デル・ラッテ》くらいじゃないか。

漆黒に輝く大きな瞳、美しい髪、薔薇色の肌、小ぶりな口にくっきり隆起した鼻、真っ白ですらりと伸びた首、それはそれは、非の打ちどころのない完璧な姿だった……

よく張った腰を包む、一枚だけ着けた細身のスカートからは小さな足が覗いていて、リボンがいくつもついたかわいらしい靴を履いていた。厚手のウール地の黒いコルセットに、前がはだけた小さな胸当て付きの真っ白なブラウスを着け、その下では膨らみつつある胸が襞をつくっていた。そう、年のころは、せいぜい十八くらいか。

こんなふうに事こまかに話すのは、ぼくが道を踏み外したいちばんの原因を説明するためだ――フォンニ村のその美しい娘こそ、自分の人生の幸福を奪った張本人だと察したシモーナの目が、ふたたび先ほどの黒い光を帯びだしていた。だがエリアスは、それにかまわずつづけた――

要は、彼女にのぼせあがってしまったんだ。彼女が背中のシーツを整えにくると、身体じゅうが震えた。ああ、本当のことを言おう。その瞬間、前の晩の吹雪も、そのなかで命を落とした馬や、失くした栗のことも、この寝床にたどりついた理由も、そっくり丸ごと忘れちまったんだ……

〈お加減はいかが？〉――少女は手首に触れながら尋ねてきた――あなた、もう五時間も

わごとを言っていたのよ。お名前は？〉
〈君こそ誰？〉枯れた声で尋ねた。〈ここはどこなんだい？〉
〈ここはわたしの家よ！　わたしの名前はコゼマ・P。昨晩、山を通りかかったうちの使用人が、雪のなかで死にかけているあなたを見つけたの。それで馬に乗せて、ここに運んできたのよ。あなたがいるのはフォンニ村よ！　介抱したら、今朝五時ごろに意識が戻ったわ。でもすぐに熱が出て、うなされはじめた。だから、あなたが誰なのかわからずにいたの。服からして、A村のひとじゃないかと思うんだけど。それで、あなたは誰？〉
ぼくは自分のことを話した。なぜ旅をしていたのかも、シモーナとまもなく結婚することも、包み隠さず。
〈結婚指輪を買うためにこんな旅をしないといけないなんて、あなたって貧乏なのね！〉
コゼマは黒く輝く瞳で、じっとこちらを見据えて言った。〈いや、それほどでもない！　うちには栗畑があって、それで冬に二十スクード稼ぐことができるし、働きざかりの身体だってある！　ただ、収穫物を売るのに、たまにヌーオロに行かなくちゃならない。それに、牛車も牛も馬も、家だってある……貧乏じゃあないさ。シモーナもいくらか助けてくれるし……〉
ぼくらはすっかり打ち解け合って、まるで昔からの知り合いみたいに長いあいだ話にふけった。コゼマのほうはというと、孤児で裕福な身の上とのことだった。後見人が数カ月前に亡くなったことから、自分で家を切り盛りしていた。女の使用人ひとりと男の使用人二人がいて、その男のうちのひとりは農夫で、ぼくを助けてくれたほうは羊飼いだった。邸宅、広大な菜園と放牧用の囲い地、それにたくさんの家畜を所有していると教えてくれた。

ぼくが起きあがろうとすると、押しとどめてきた。具合は万全ではなく、夜間呼んでくれた医者からも、旅をつづけるのはもちろん、起きあがるのも禁止されていたそうだ。だから留まることにした！　あとからやってきた女使用人のペッパは、スープをくれ、女主人が言ったことを、医者の指示まで含めて繰り返した。実際、まもなくして悪寒と熱にふたたび見舞われた。のたうちまわるほどのひどい熱で、目がぐるぐる回り、周りの世界がすっかりひっくり返っちまったかのようだった。生死の境をさまようようなこんな状態が一週間つづいた。気分がいいときをねらって、コゼマに、ぼくの状態に加え、帰りが遅くなっても心配しないようシモーナに伝えてほしいとことづけておいた。そのたびにうなずき、お願いだから安静にしていてねと言った。激痛に悶えているあいだじゅうシモーナのことを考えていたが、この目と、熱にやられた頭は、コゼマのほうを向いていた。美しいコゼマは、ぼくの邪魔にならないよう台所を爪先歩きで移動し、しょっちゅうベッドにやってきては、真白で張りのある手をぼくの額に当てた。夜じゅう枕元にいたコゼマは、少女特有の無垢ゆえの危険な瞳で、ぼくに魔法をかけてきたんだ。

見知らぬぼくをこんなにも親切に介抱してくれたことに対し、これ以上ないほど深い感謝の思いが芽生えてきたのと同時に、シモーナの奇妙な無関心に気分を害しはじめた。ぼくが遠い村で死にかけているというのに、シモーナのために、シモーナを想って過ごしているというのに、この婚約者ときたら便りのひとつも寄こしてきやしない！　他の親戚も何も言ってこなかったが……それはどうでもよかった。親戚のことなど、頭の隅にもなかったからだ……。

一週間が経ち、快方に向かっていった。医者は、あと八日か九日もすればふたたび旅路に戻れるとお墨付きをくれた。旅の失敗と、結婚の延期を思うと胸が痛んだ。コゼマが使用人を山に遣ってくれたが、馬も栗も見つからずじまいだった。

ある晩のことだった。それは、道に迷ったあの晩のような嵐の夜だった。台所の扉がゆっくり開く音が聞こえ、誰か入ってくる気配がしたが、それが誰なのかはわからずにいた。十二時を打ったころだった。風は轟音をたてて吹き荒れ、物音をかき消していた。灰をかぶったかまどの青い炎が、ちらちら台所をかすかに照らしていた。そんなおぼろげな灯りのなか、使用人のペッパが、ぼくがちゃんと寝ているか見にきたのかと思った。ぼくは薄目を開けて、寝ているふりをした。

その人物は忍び足でベッドに近づくと、足を止め、闇にきらめく瞳で、ぼくの顔を覗き込んできた。思いもかけない事実に、震えが全身を駆け抜けた……そこにいたのはペッパではなく、コゼマだったんだ……

何の用だったのか？　なぜあんな風にぼくを見つめていたのか？　彼女に見つめられて、どうして全身が震えたのか？

すると、娘は突然屈み込み、ぼくの唇に触れた……！

彼女の唇は、真赤に熱された炭さながらに熱を帯び、ぼくは灼熱の鉄に触れたかのように飛びあがりそうになった。ぼくを起こしたかと思ったコゼマは、一歩後退り、かまどのそばにそっと腰を下ろした。それでもぼくは動かず、寝たふりをつづけた。安心したのか、コゼマは灰をかき混ぜると、膝のうえで組んだ腕に顔を寄せた。泣いているようだった……そのときぼくの内部で起こったことを、どう言葉にしていいかわからない。でもたしかにこのとき、頭からは馬のことも栗のことも、結婚のことも完全に失せてしまっていた。コゼマの口づけはぼくの顔に火をつけ、混乱した幾千もの思いが頭のなかをよぎっていった。

ひょっとして夢だったのか？　どういうことだ？　コゼマはぼくのことが好きなのか？

あんなに若くて美しく裕福な娘が、たった数日のうちに恋に落ちるなんてことが？　それも、見知らぬこのよそ者に？　ぼくには他の女性がいることも知っているというのに？

自分の感じたものが信じられないまま、あの美しい娘が暗闇のなかで静かに涙を流す姿を眺めていた。頭のなかはぐちゃぐちゃにかき乱され、血は本能に沸き立っていた。神さま、なんという誘惑か！　このとき、コゼマがもう一度唇に触れてきていたら、どんな覚悟にもかかわらず、すべてを投げ出していたことだろう。

しかし、彼女はこちらには目もくれずに去っていった。

その翌日、彼女が真青な顔に真赤な目をしているのがわかったが、声はかけずにいた。彼女がいないすきに、服を着替え、かまどの近くに座った。そして彼女がやってくると、近いうちに出発するつもりであることを伝えた。

〈そりゃそうよね――冷淡な口ぶりだった――粗末な扱いをしたんだもの。早く旅立ちたくてしょうがないでしょうね〉

〈何てことを！――ぼくは声を張りあげた――それどころか、きみはぼくにはもったいないくらいのことをしてくれた！　この命を救ってくれたことは一生恩に着る。これ以上迷惑をかけないために発つまでだ。それなのに、コゼマ、きみは何てことを言うんだ！　ぼくのことを無礼な獣とでも思っているのかい？　これまでの恩を返すには、いったいどうしたらいいかわからないくらいだ。教えてくれ。何かしてもらいたいことはあるかい？きみのためなら、何だってしてやろう……〉

そう言い終わらないうちに、自分が口にしたことを後悔した。なぜなら、コゼマの瞳が歓喜の光を放ったのが目に入ったからだ。ああ、もし不可能なことを求められたら……彼女を愛せよと言われたら……

〈じゃあ、完全によくなるまでここにいて！〉彼女は言った。それで、留まることにしたんだ。実際に、旅を再開するにはまだ虚弱で、天気も悪かった。だが、気持ちは落ち着かなかった。コゼマの謎めいた誘惑に陥落してしまう予感があったから。能うかぎりの力で闘ったが、美しい娘の姿、それも生々しい現実の姿は思考を冒し、あの口づけの記憶は熱以上にこの身体を震わせた。

シモーナのことや、シモーナとの約束を必死に考えようとしたが、無駄だった。どんなに決心が固くとも、美しいコゼマはすぐ目の前にいて、魅惑を振りまき、その笑顔と眼差しで魅了し、じっと見つめてくるその目は、口では言えないことまでもあれこれ伝えてきた。ああ神さま！　なんという苦しみ、なんという誘惑、なんという闘いか！　いちどならず、夜更けに子どもみたいに泣きじゃくった。こんな状態で生きるくらいなら、山で野垂れ死んだほうがましだと、嵐に紛れてその地獄から逃げ出すことも考えた。どうしてぼくを助けたのか？　なぜ……？

内なる痛みは、さらなる障《さわ》りをもたらした。血や頭までも熱に冒され、恩人であるはずのコゼマに対し、憎悪の情が芽生えてきた。毎晩、暗いなか口づけをしにやってくるコゼマ。こんなことを長くつづけるわけにはいかなかった。すべて夢なんだ、悪魔の見せる幻だと思いはじめ、やがてその考えにのめり込み、それを信じるようになっていった。こんなことは生まれてはじめてだった……！

ある晩のこと、コゼマが口づけをしにやってきたとき、その手をつかみ、目を見開いて、おぼろげな灯りのなかで彼女をキッと睨みつけた。彼女は何も言わずにいたが、わなわなと震え、こちらが口を開くのを待っていた。

〈コゼマ……どういうことなんだ？〉厳しく問いただした。

彼女は膝からくずおれ、顔を両の手で覆うと、小さな声で言った。〈許して！　あなたのことが死ぬほど好きなの！〉

ぼくも震えだした。それでも虚勢を張って、大声で言った。

〈なんだと？　ぼくに妻がいるのは知っているだろうが！〉

〈そんなの嘘よ！……全部知っているの……あなたたちが婚約しているだけってことも、シモーナがどうしているのかも……それに、村じゅうが、あのひとのお腹の子の父親はあ

なたじゃないって噂していることだって……〉

〈コゼマ！――我を忘れて怒鳴った――中傷はやめろ！　ぼくへの好意は口にしてもいいが、中傷はだめだ……〉

〈わたしは自分の思うことを言うわ。でも大声はやめて！　ペッパが起きてきて、全部ばれてしまうかもしれないじゃない……あなたのことが好きなの。だから、いなくならないで！〉

　彼女の懇願するさまに、ぼくは声を落とし、がたがた震えながら、彼女の発した恐るべき言葉の意味するところを尋ねた。彼女はよく聞き取れないことをあれこれ言ってきたが、ともかくもはっきりしたことがあった。それは、自分が卑劣な方法で騙されていたということ、そして、シモーナはぼくへの愛はなかったが、自分の罪を隠すためにぼくを愛しているふりをしていた、ということだった……何とおぞましい！」

「ひどい！」エリアスの話を遮って、血色を失ったシモーナが、腕を大きく振り動かしながら言った。しかしシモーナと違い、すべてはしょせん作り話だと、辛辣な微笑を湛えてエリアスの話を聞いていた兄のタヌは、妹をなだめて半笑いで言った。

「話をつづけろ。手短にな……」

「もう終わる。それでコゼマだが、証拠はあると言い、突然しゃくりあげながら泣きだした。

〈それで――驚いて尋ねた――今度は何で泣くんだ?〉

じつを言うと、ぼくのほうにも込み上げてくるものがあり、喉元が締めつけられる思いがしていた。コゼマの言葉を信じたわけでも、信じなかったわけでもなかったが、彼女をひっぱたきたい一方で、〈きみが好きだ。シモーナなんか最低だ〉と言って、彼女に口づけしたい衝動にも駆られた。

〈許して……どうか許して――彼女は泣きながら繰り返した――あなたがわたしの気持ちに応えられないことも、あのひとを愛していることも知っているのに……こんなことをしてしまって……でも、あなたが好きなの……死ぬほど……あなたが許してくださらなかったら、わたしはもう終わりよ……〉

〈コゼマ、コゼマ、どうしてぼくなんかを好きになった? ぼくは貧乏だ。たとえぼくがきみの気持ちに応えたとしても、きみの親戚が許すわけはないだろう〉

〈親戚なんていないわ! わたしがわたしの主人だから、自分のやりたいことをするの。でも、あなたはあのひとを愛している――その〈あのひと〉という言葉には、侮蔑の響きがあった――わたしを見捨てるのね……ああ、エリアス、あなたには、わたしの苦しみなんてわからないでしょうね! ひと目で恋に落ちてしまったの。あなたがこの家に入ってきたそのときから、このことが命取りになるって、わかっていた。何もいらないわ。出て行くなら、行ってちょうだい。でも、わたしのことは忘れないで……わたしのことはなかったことにして、シモーナと一緒になるといいわ。でも、もしこの先つらいことがあれば、もっと不幸な人間がここにいることを思い出して……〉

コゼマはぼくの上に身を屈めたまま、あの熱い吐息でこの顔を焼き、あの涙でこの手を濡らしながら、ゆっくり言った。ぼくはさっぱり訳がわからなくなり、唇を噛み、涙をこらえ、腹から湧きあがっていまにも口をついて出てきそうな罵りの言葉を、やっとのことで押しとどめた。

灯りが消え、真暗闇になった。

〈さようなら——コゼマが言った——わたしは、もう行くわ。あなたは明日出発しなさい。もう二度と会うことはないわ。わたしのこと、忘れないでね、エリアス、お願いよ。さようなら……出て行ってください。わたしは何もいらないから〉

何もいらないと口では言いながらも、彼女はぼくの顔じゅうに口づけし、鉛のしずくのような重い涙で濡らしてきた。いつまでもつづく狂おしい口づけが唇を焦がし、あの瞳と頬が、わずかに残っていたぼくの理性を拭い去ってしまった。

〈コゼマ——その頭を両手で掴み、こちらからも口づけを返しながら、嗄れ声で言った——きみが好きだ。ぼくはここに残る〉

その二日後――エリアスは締めくくった――コゼマの家に司祭が来て、ぼくたちはひと知れず結婚した。まだ熱に浮かされていたぼくは、ほとんど何もわからないまま、言われるがままにふるまった。

その日のうちに結婚の公示がなされ、三週間後、正式にぼくとコゼマは永遠に結ばれることになった。熱に浮かされた日々が過ぎ、我に返ったぼくは、自分の過ちを悟った。シモーナについての噂も、じつは単なる中傷にすぎなかったとわかったが、もうすでに手遅れだった！」

「いまの話が作り話じゃないと証明できる人間はいるのか？」タヌが恐ろしい声を張りあげた。

エリアスは首を垂れ、その目に宿っていた希望の光が潰えた。復讐者たちの顔からは、自分の話にいっさい感銘を受けていないことが見てとれた。自分に下される刑が目に浮かび、死の裁きがもたらす凄まじい苦痛を感じ取ったが、臆病者と思われないよう、態度には出さないようにした。

「本当の話だ！　誰も擁護してはくれないだろうが……」

シモーナに目を向けたが、その視線は、エリアスのそれから遠く離れたところにあった。

それにしても、彼女が望んだところで、エリアスを助けることなどどだい無理な相談だった。

「死んでもらう！」父親が、くぐもった声で判決を下した。

長い沈黙がつづいた。エリアスの運命は決まった。十年前に幸せな多くの時間を過ごしたその家から、エリアスがふたたび出ることはない。コゼマの物語は、エリアスのせいで不名誉を被った一家の、情け容赦ない決意を動かすことはなかった。自分こそが妹の災いの元凶と考えるピエトロの手のなかで、銃はなおも光を放っていた。

生か死かの瀬戸際が迫っていた。エリアスを許すことは、一家の敗北を意味した。エリアスが、この恐ろしい晩の復讐をしてくることは疑いなかったからだ。その権力と富を駆使して、復讐をしかけてくるだろう。だから、死んでもらわねばならなかった。

辛く苦しい日々のなか、復讐心と神への憎悪を育んできた、固く閉ざされた男たちの胸のうちには、恐れも躊躇もなかった。

ある晩、男たちは、その同じ炉の周りで、決して絶えることのないその同じ炎に懸けて、この恥を血で洗うことを誓い合ったのだった。その後、何年も夢に見たそのときが、ようやく訪れようとしていた。

ほとんど宗教的な厳粛さでもって、殺害の準備がはじまった。許したら一巻の終わりだと心得るこの男たちには、神さまの目の前で、堂々と務めを果たす覚悟ができていた。

その教えに背こうとする彼らにとり、神は、自分たちと同じくらい残酷な存在だったのだ……。

「おまえは外に出ろ！」ピエトロがシモーナに言った。

「いやよ。最後までここにいるわ！」シモーナの揺るぎない声は、エリアスをよりいっそう慄かせた。

ピエトロが銃を構えた。

外では、風、雨、雷が、言い表しようのない轟音をあげていた。人間の叫び声か、山が倒壊する音にも似たそれは、人間のなりをした悪魔たちの棲むこの荒廃した暗黒の館で、いままさに犯されようとする罪に対する、神の正当な怒りだった。

ピエトロがエリアスに銃口を向けた。そして、まさに引き金を引こうとしたそのとき、乾いた音が高く響いた。風の音ではありえないその音は、中庭につづく閂《かんぬき》のかかった小さな扉が発したものだった。全員がぎょっとして振り返った。唇は青ざめ、心臓は一瞬動きを止めた。銃がピエトロの膝に落ちた。

いったい誰だ？　見つかってしまったのか……？

そのとき、シモーナが跳ねるように立ちあがって、恐怖に滲んだ叫び声をあげた。

「ガビーナ！　ガビーナ！」傷を負ったハイエナのように、震えながら駆けつけて、扉を開けた……。

そこにあったのは、ぐっしょり濡れて意識を失い、地面に倒れた女の子の姿だった。すべてを見聞きしたガビーナは、恐怖と慄きのあまり、気を失ってしまったのだ……。

「ガビーナ！　わたしのかわいいガビーナ！　ガビーナ！」シモーナは両腕でガビーナを抱え、炉のそばへ運んだ。真っ青で冷たく濡れ、目を閉じたその顔は、恐怖に歪んだままだった。娘が死んだと思い込んだシモーナは、その姿を貪るように見つめるエリアスのことなどお構いなしに、泣きじゃくり、何度も優しくその名を呼び、ぐしょ濡れの服を脱がせ、かじかんだ小さな足を温め、狂ったように口づけをした。

それでも、ガビーナには生気がないままだった。

「ガビーナ、かわいいガビーナ、わたしのかわいい娘！　ああ！　死んでしまった……わたしの愛する娘が、わたしの唯一の喜びが！　ガビーナ、かわいそうに……どうしたらいいの……神さま、神さま、どうしたらいいのでしょう……死んでしまった……父さん、触ってみて。死んでしまったわ……こんなに冷たいのよ……神さま！」

シモーナは取り乱していた。狂ったかのように何か口走ったかと思えば、ガビーナが意識を取り戻したと笑顔を見せたり、ふたたび泣き崩れたりした。

タヌとピエトロは混乱し、唖然として顔を見合わせた。少女はすべてを見、聞いていたはずだった。ということは……？

憔悴したエリアスはひとことも発さずにいたが、その目は女の子に釘付けになっていた。

「ああ、死んじゃったの？　本当に死んじゃったの？」シモーナが言った。

他方、迷信深い父のトットイはというと、これは天罰か、少なくともこの出来事には何らかのメッセージが込められているはずと考え、苦々しい笑みを浮かべていた。そのときだった。光がこの男を包み込み、その脳裏にある考えがひらめいたのだ。そこで、シモーナからガビーナを抱きとると、タヌに渡しながら言った。

「上のベッドに寝かせてやれ……で、ピエトロは急いで医者を呼んでくるんだ」

「父さん、何だって!?」ピエトロは目を見開き、エリアスに目をやりながら言った。タヌは、言われたとおりにガビーナを抱えて部屋から出て行った。シモーナが灯りを手にそれに続いた。

「ほら！――父親が言った――さっさと行くんだ。大丈夫だから！」

最愛の姪っ子が、死んでしまったか、死にかけていると思っていたピエトロは、父親の言葉を信じ、銃を置いて出て行った。

そのあとで、父親は扉から呼びかけた。

「シモーナ！　シモーナ！　下りておいで」シモーナが、すぐに下りてきた。

「シモーナ――父親は、厳粛かつ、いわくありげな声で言った――ガビーナはすべてを見ていた。これは神さまの思し召しなんだ。わかるな？」

シモーナは、理解した。ぎゅっと口を結んでエリアスを見つめるその大きな瞳のくぐもった輝きには、真の内なる闘いが見て取れた。「神さまの思し召しなんだ」父親が繰り返した。

とつぜん、シモーナはエリアスに駆け寄ると、縄を解いた。自由の身になったその手を取ると、中庭へ引いていき、古い門を開けて押し出した。

「さっさと行きな！　あんたの娘のこと、忘れるんじゃないよ！」そして嵐のなか、エリアスの足音が遠くに消えるまで、その場に立ちつくした。

グラツィア・デレッダ「夜に」解説

石田聖子

Profilo / Profile　グラツィア・デレッダ Grazia Deledda（一八七一－一九三六）

イタリアの小説家。イタリア半島の西方、ティレニア海に浮かぶサルデーニャ島の山深い内陸部に位置する町──本作にも登場する──ヌーオロ出身。裕福な家庭に生まれたデレッダは、早くから筆をとり、一八八八年以降作品を発表するようになる。一九〇〇年のローマ移住後も、島の社会・文化・人間に眼差しを注ぎつづけた。

多作で知られるデレッダの代表作には、『エリアス・ポルトル』（一九〇〇年）、『灰』（一九〇四年）、『風にそよぐ葦』（一九一三年）、没後刊行された自伝的小説『コジマ』（一九三七年）などがある。

サルデーニャ出身という出自の特殊性から、デレッダには文学史的な評価の困難が常につきまとってきた。しかし、文学思潮や政治思想に左右されることなく、自身の感覚と向き合って紡ぎあげた作品の引力は圧倒的で、多くの読者の心を捉えた。一九二六年、「故郷の島の生活と人類の一般的な問題を、深い共感と情熱を込めて活写した、高邁な理想に根差す著作の力強さ」を理由に、イタリア女性初のノーベル文学賞を受賞した。

Testo / Text

「夜に」“Di notte”は、活動初期の短編集『サルデーニャの物語』（一八九四年）に収録される一編である。舞台は、一九世紀末のサルデーニャ内陸部、その住民の御しがたさゆえに、ローマ人から「野蛮の地」を意味する「バルバージャ」と呼ばれた地方の小さな村。嵐の夜、貧しい家屋内で繰り広げられる一家の名誉をかけた復讐劇だ。

十年前、子どもを身ごもったシモーナとの結婚資金を調達するために町へ出かけた婚約者エリアスは、そのまま姿をくらました。一家が執念でエリアスを見つけ出し、家名を汚された雪辱をいままさに晴らそうとする矢先、男はことの顚末を語りだす。男の言葉が尽きたとき、この抜き差しならない事態に思わぬ救いをもたらしたのは、小さなガビーナの存在だった。

本作が描く残酷な状況や心理におののいた読者もいるだろう。実際に、この地方には報復的私刑の慣習が根強く残っていた。家族に基盤を置く社会において、その名に泥塗られた一家は、社会的不利を被る。閉じた社会を自力で生き抜くに、やむをえない選択だったケースも少なくない。

本作は、幾重にも重なる語りが織りなす物語だ。ガビーナの物語、ガビーナが垣間見る大人たちの物語に、エリアスの語る物語が折り重なる。それら物語の間を行き来するうちに、読者は物語世界の奥深くに誘われる。

そんな本作を強く印象づける詳細な描写は、一九世紀後半のイタリア文学の潮流ヴェリズモ（真実主義）を思わせる。表情や民族衣装—その日常的着用が一般的だった最後の時代の物語だ—の描写は、読む者にリアルなイメージを抱かせる。しかしながら、思いがけない結末は、本作に軽さと救いをもたらし、ヴェリズモから一歩先に進んだ印象を与える。

この物語の原動力になっているのは、登場する各人の欲望と情念である。包み隠されることのないそれらは、極限状況においてこそ露わになる人間の本源を垣間見せる。同時に、こうした人間らしさこそが人生の物語を生む源泉であることにも、改めて気づかせてくれる。

Contesto / Context

ここに描かれる世界は、陽気でおしゃれというイタリアのステレオタイプを裏切る。それもそのはず、本作の舞台サルデーニャは、孤絶の地にあって、本土とは異質の文化を育んできたためだ。

島の歴史は謎に満ちている。島には、古代文明の名残という巨石群や、用途不明の石造建造物「ヌラーゲ」が夥しく点在している。フェニキア人、カルタゴ人、ローマ人をはじめ、他民族の侵略を相次いで受けたあとも、太古の記憶は残り、いまも島全体に崇高な雰囲気を漂わせている。そのような島の大地に育まれた人々の雰囲気も独特だ。島民たちの寡黙さは、おしゃべり好きな人々が賑やかに暮らす本土から渡ってきた者に、強烈な印象を残す。

サルデーニャの特殊性は言語にも見出せる。サルデーニャ語は、イタリア語の「方言」ではなく、れっきとした「外国語」なのだ。

デレッダは母語サルデーニャ語ではなく、イタリア語で作品をものした。このことは、イタリア文学界に波紋を広げるとともに、イタリア語の文法的誤りや未熟さを指摘する声が相次いだ。それでもノーベル文学賞受賞にまでつながったのは、ひとえにその作品にみなぎる真正な言葉の力ゆえだろう。

その力は、どこからくるのか。デレッダはほんの数年の初等教育しか受けていない。その物語る力は、家庭教師に学んだ読み書きを駆使した読書に加え、羊飼いや年配者など、周囲の人々の語りに耳を傾けることで育まれた。口承の伝統から生きた言葉を吸収し、物語を紡ぐ材料としたというわけだ。デレッダ作品は、サルデーニャの地に脈々と受け継がれてきた精神の結晶であり、この地でなければ生まれえなかった。

Per ulteriori letture/For Further Reading

●ジョヴァンニ・ヴェルガ（一八四〇―一九二二）『カヴァレリーア・ルスティカーナ』川島英昭訳、岩波書店、二〇〇二年。ヴェルガはヴェリズモを代表する作家。ただし、シチリア島出身のヴェルガの筆が写しとったのはその地に暮らす人々の姿であった。

●ルイジ・ピランデッロ（一八六七―一九三六）『月を見つけたチャウラ』関口英子訳、光文社、二〇一二年。シチリア島出身。島の風土と近代性を結びつけた独創的な作風をもつ。『ユーモア論』（一九〇八年）の著者ピランデッロらしいユーモアに満ちた短編集。ピランデッロは、デレッダに次ぐイタリア人作家として、一九三四年にノーベル文学賞を受賞。同世代のデレッダを意識していたようだ。

●岩倉具忠他『イタリア文学史』東京大学出版会、一九八五年。文学をこよなく愛する国イタリアで生まれた文学的傑作の数々は、西洋文学に多大な影響を及ぼしてきた。イタリア文学の豊穣な歴史を、その興隆期から現代まで日本語で概観する、稀有な機会を提供してくれる書。

Note personali/On a Personal Note

イタリアのなかでもあまり知られていないサルデーニャの香りを届けたくて、この作品を選んだ。

訳者は、大学時代にサルデーニャ島を縦断した経験がある。ジェノヴァから一晩かけて、フェリーで島北西部の町ポルト・トッレスに渡り、数少ないバス便を乗り継いでヌーオロと周辺の村を訪ね、サルデーニャの州都カリアリに抜ける、二週間の旅路だった。

この旅でもっとも印象的だったのは、内陸部を覆っていた一種独特な雰囲気である。黒装束に身を包んだ女性たちの姿に、一〇〇年前にタイムスリップしたかのような感覚を憶えた。町を一歩出ればたちまち遭難してしまいそうなほど荒々しい自然が広がる様には肝をつぶした。厳しい環境のなかで支え合って生きる人々の在りようや暮らしぶりに、想いを馳せたものだ。本作を読むと、このときの想いが、時空を超えて生々しくよみがえってくる。

イギリス

ラドヤード・キプリング　Rudyard Kipling

ヨール嬢の馬番

甲 斐 清 高 ・ 訳

ヨール嬢の馬番

男と女が合意したなら、判事に何ができよう？

――イスラムの諺

インドにはロマンスなどない、と言う人もいる。それは間違いだ。われわれの生活には十分にロマンスがある。ときには十二分に。

ストリックランドは警察に所属しており、人は彼のことが理解できなかった。そういうわけで、怪しげな男だと言われ、道ではみな彼の反対側を歩いた(1)。ストリックランド自身が招いた結果だ。インドの警察官であるなら、現地人については現地人であるかのごとく知るように努めるべきだ、という特異な持論を彼は抱いていた。いま、ヒンズー教徒にもイスラム教徒にも、不可触民チャマールにも高僧にも、思いのままに成りすますことのできる男が、インド北部全体でひとりだけいる。ゴール・カトリ(2)からジャーマー・

マスジド(3)まで、現地人はこの男を畏れ敬っている。姿を消す力、多くの悪魔を操れる力を持っていると思われている。しかし、こんなことで政府からの評価が上がるだろうか? まったく上がらない。その男がシムラ(4)に来たことはないし、その名を知る英国人はほとんどいない。

ストリックランドは愚かにも、この男を手本にした。そして、馬鹿げた持説を実践して、まともな人間なら探検するなど考えもしないような不芳《ふほう》の土地に足を踏み入れて——現地の下層民の中に交じった。この独自の方法で七年のあいだ研鑽を積んだが、その価値は理解されなかった。彼はずっと現地人に交じってその振舞いを真似ていたが、もちろん、少しでも常識のある人間には、その価値がわからないだろう。かつて休暇中に、アラハバードで秘密結社《七兄弟《サト・バーイ》》への加入儀式を受けた。サンシー族(5)の《蜥蜴《とかげ》の歌》を覚え、《ハリ・フック》というダンス——フレンチカンカンに似た驚くべき宗教舞踊——も知った。この《ハリ・フック》を誰が、どのように、いつ、どこで踊るかを知っていれば、自慢しても良さそうなものだ。常人には入れない場所まで到達したということなのだから。しかし、ストリックランドは自慢などしなかった。ただ一度、ジャガドリ(6)にて、英国人には見ることを許されない絵画《死の雄牛》に関する事件で、その能力を発揮した。また、チャンガール族窃盗団の隠語を習得した。アトックの近くでは、ユスフザイ人(7)の馬泥棒をひとりで捕まえた。そして、ある国境地域のモスクで説教壇《ミンバル》の下に立ち、スンニ派導師の流儀で礼拝を指揮したこともある。

　彼の最大の功績は、アムリトサルのババ・アタル庭園で十一日間、托鉢僧の姿で過ごし、ナジバン殺人事件解決の糸口を拾い集めたことである。しかし、当然といえば当然だが、そのときに言われたのは——「いったい、どうしてストリックランドは署内でおとなしく静かに座って報告書を書いていられないんだ。上司の無能ぶりを宣伝しやがって」。そういうわけで、ナジバン殺人事件は、署内では彼にとって何の得にもならなかった。しかし、最初に少し憤りを感じたものの、現地人の生活を覗き込むという酔狂な習慣に戻った。ちなみに、このような道楽の味を知ってしまった人は、生涯ずっとそれを追い求めるものだ。これほどの魅力があるものは、この世に存在しない。恋愛でさえも。他の男が十日の休みを高原避暑地で過ごすところ、ストリックランドは《渉猟《シカー》》に出るという理由で休暇を取り、そのときの気分に応じた扮装をして、褐色の群衆のなかに入り込み、しばらくの間、完全に溶け込んでしまった。彼は浅黒い肌の落ち着いた青年で——細身で黒い瞳——ほかのことに気を取られていない場合は、興味深い話し相手となった。「現地遍歴」と自ら呼ぶ経験を語るストリックランドの話は、聞く価値があった。現地人はストリックランドを嫌っていたが、恐れてもいた。彼があまりに多くのことを知っていたから。

ヨール一家が管轄区域にやって来たとき、ストリックランドは――何事に対してもそうであるように、きわめて真剣に――ヨール家の娘に恋をした。しばらくすると、娘のほうも彼に恋をした。彼のことを理解できない、というのがその理由。そして、ストリックランドは両親に挨拶をした。しかし母親は、大英帝国でいちばん給料の悪い部署に娘を投げ込むつもりはない、と言った。父親のほうは、ストリックランドの習慣と仕事は信用できない、二度と娘に話しかけたり手紙を書いたりしないでもらいたい、とはっきり言った。「よくわかりました」とストリックランドは言った。愛する女の人生を辛いものにしたくなかったのだ。ヨール嬢と長く話し合ったあと、この件から完全に手を引いてしまった。

ヨール一家は、四月にシムラへ去った。

七月、ストリックランドは「私的な急用」として三カ月の休暇を取得した。家に鍵を掛け――この地方の現地人で、「すとりくらんの旦那《サーヒブ》」の持ち物と知りながら手を出そうなどという輩はひとりもいなかったのだが――ターン・タラン(8)まで、友人のひとり、年老いた染物屋に会いに行ったようだ。

ここで彼の足取りは途絶えたのだが、その後、ひとりの馬番がシムラの大通り《ザ・モール》で私に話しかけてきて、次のような奇妙な手紙を渡した。

友よ
本状持参の男に葉巻を一箱持たせてくれないか――できれば《スーパーズ・ナンバーワン》を。クラブで一番新しい銘柄だ。今度会うときに代金は払う。目下のところは、世間から離れて生活している。
E・ストリックランド

私は二箱注文し、よろしく伝えてくれと言って馬番に手渡した。実は、その馬番はストリックランド本人だった。ヨール氏に雇われ、娘のアラブ馬を担当していた。かわいそうに、英国の葉巻が欲しくなったのだろう。何があっても、私だったら最後まで秘密を守るだろうとわかっていたのだ。

その後、ヨール夫人は、使用人たちのことで頭がいっぱいになり、近所の家を訪問するたびに、一家の模範的な馬番について話すようになった――その男はどんなに忙しくても、早起きして朝食のテーブルを飾る花を摘んでくるし、ロンドンの御者みたいに、世話をしている馬の蹄を――本当に靴墨で――黒く磨くんですよ！　たしかにヨール嬢のアラブ馬の装備は見事な仕上がりだった。ストリックランド――ドゥルーと名乗っていた――は、ヨール嬢が乗馬に出るときにくれる嬉しい言葉に慰めを見出していた。娘がストリックランドへの馬鹿げた想いを忘れてしまったと思い、両親は喜び、良い娘だと言った。

そこで働いていた二カ月間は、これまで経験したなかで最も厳しい精神修行だった。ストリックランドは、そう断言する。馬番仲間のひとりの女房に惚れられて、相手にしないでいると砒素で毒殺されかけた、という小さな出来事を別にして、ヨール嬢が男と一緒に乗馬に出かけて、その男に言い寄られているときも、我慢しておとなしくしていなければならず、ブランケットを担いで小走りで後を追いながら、その言葉すべてを聞いていなければならないなんて！　また、《公会堂《ベンモア》》のポーチで警官に罵られても、怒りを抑えなければならなかった——とくに、かつて自分がイサー・ジャング村から拾って採用してやった下士官にまで罵倒されたときなどはひどかった——素早く道を譲らないからと、若い部下からブタ呼ばわりされたのは、さらに屈辱的だった。

しかし、そんな生活にも利するところがあった。馬番たちの生活、そして彼らの窃盗行為に関して深く知ることができた——彼が言うには、任務中であったら、パンジャーブにいる不可触民の半分をたちどころに有罪にできたくらいだ。彼は《趾骨投げ《ナックルボーンズ》》——夜に総督公邸やゲイエティ劇場の外で待っているあいだ、人力車の俥夫全員と馬番の多くがこの遊びに興じている——で、名人のひとりに数えられるようになった。ほぼ牛糞でできたタバコを吸うようになった。総督公邸にいる白髪の馬番頭が口にする人生訓、その貴重な言葉を聞いた。ストリックランドは多くのものを見て楽しんだ。馬番の視点から見なければ、誰も本当のシムラはわからない、と彼は名誉にかけて断言する。彼はまた、自分が見たものをすべて書こうとすれば、殺されてしまうだろう、とも言った。

雨の夜に耐えた苦しみ――音楽を聴き、《公会堂《ベンモア》》の明かりを見ながら、足はワルツを踊りたくてうずうずし、頭には馬のブランケットをかぶっている――についてストリックランドが話すのを聞くのは、ちょっと笑える。そのうちにいつか、ストリックランドは自分の経験をもとに簡単な本を書くつもりらしい。その本は金を払って買う値打ちがあるだろう。それよりも、発禁処分にするほうが良いかもしれないが。

こうして彼は、ヤコブがラケルのために働いたように[9]、忠実に働いた。休暇も終わりに近づいたとき、大事件が起こった。先ほど述べたように、ヨール嬢が言い寄られているのを聞いていても、本当に最大限の努力をして怒りを抑えた。しかし、ついに我慢の限界を超えた。年老いた高名な将軍がヨール嬢を乗馬に誘い、例の「おまえはただの小娘だ」的な、とくにいやらしい話しぶりで言い寄ってきた――女性側からうまく受け流すのが非常に難しく、脇で聞いていると怒りがこみあげてくる類のものだ。馬番に聞こえるところで将軍が口にした言葉に、ヨール嬢は怖くて震えていた。ドゥルー――つまりストリックランド――は、ぎりぎりまで我慢していた。それから、将軍の馬の手綱をいきなり掴み、極めて流暢な英語で、馬から降りてくださいい、崖から投げ落として差し上げますよ、と言った。次の瞬間、ヨール嬢が泣き出した。ストリックランドは、正体を明かしてしまった、と悟った。すべてがもう終わりだ。

興奮状態の将軍に、ヨール嬢は泣きながら、親も知らない偽装と二人の関係についての物語を語った。ストリックランドは自分自身に腹を立て、我慢の限界まで自分を追い込んだ将軍には、もっと腹を立てていた。そして、馬の頭を抑えながら何も言わなかったが、憂さ晴らしに将軍を鞭で打ってやろうかと考えていた。ところが、話を完全に呑み込んでストリックランドの正体を知ると、将軍は馬上でプッと吹き出し、爆笑して馬から転げ落ちそうになった。馬にブランケットを掛けることにかけては、ストリックランドは勲章をもらってもおかしくないな、と言った。それから将軍は自分自身を罵って、自分は殴られて当然だが、もう年も年だからストリックランドに打たれるのは勘弁してほしい、と続ける。そしてヨール嬢に向かって、良い恋人を持っているね、と褒めた。ふたりの情事が不名誉だ、などと将軍はまったく考えなかった。気の良い老人で、女たらしという弱点があるだけだ。それから将軍はまた大笑いして、ヨールの親父は馬鹿だと言った。ストリックランドは馬の頭を放し、もしそう思われるのだったら助けになってもらえないでしょうか、と頼んでみた。名前に称号や肩書がついている人物、高い役職にある人物にヨール氏が弱いのをストリックランドは承知していた。「一幕ものの道化芝居みたいだな」と将軍は言った。「だが、わかった、助けになろう。わしが受けてしかるべき鞭打ちの刑を免れるためにもな。馬番警官くん、家に帰って、きちんとした服装に着替えてきなさい。わしはヨール氏を攻撃してくる。お嬢さん、家に戻って待っていてもらえますかな？」

＊＊＊＊＊

約七分後、クラブでは大騒ぎになっていた。馬のブランケットと引綱を持った馬番が、自分の知っている男みんなに頼んでいる。「お願いだ、きちんとした服を貸してくれ！」男たちは馬番が誰だかわからないので、しばらく妙なゴタゴタが起こる。その後、ストリックランドは一部屋を借りて、ソーダ入りの熱い風呂に入ることができた。ここにはシャツ、そこにはカラー、あそこにはズボン……と散らかっている。それから彼は、クラブにいた男たちの持ち衣裳のうち半分を身につけ、見ず知らずの男のポニーに乗って、急いでヨール氏の家に駆けつけた。将軍はすでにそこにいて、紫の衣と上等の麻布を身にまとっていた。将軍が何を言ったのかストリックランドは知らないが、ヨール氏はまずまず礼儀正しくストリックランドを出迎えた。母親のほうは、姿を変えたドゥルーの献身に感動し、優しいと言っても良いくらいの態度だった。将軍は嬉しそうにクスクス笑い、ヨール嬢が入ってきた。そして、あっと言う間に親の承諾がもぎ取られ、ストリックランドはヨール嬢と一緒に電報局へと赴き、彼の荷物を送ってもらえるよう電報を打った。ひとつ気まずい思いをしたのは、大通り《ザ・モール》で見ず知らずの男から突然、盗んだポニーを返せ、と責められたことだった。

かくして、ストリックランドとヨール嬢はついに結婚した。ただし、ストリックランドは絶対に、それまでの習慣を捨て、警察の通常業務に専念する、という了解のもとで。そうすれば、一番割が良いし、シムラへの道も開けるというものだ。その当時、ストリックランドは妻を深く深く愛していたから、約束を破ったりしなかったが、それは彼にとって厳しい試練となった。街路やバザール、それにそこから聞こえてくる音は、ストリックランドにはわかる魅力に満ちており、戻って来い、また放浪と探検を始めろ、と呼びかけてくるのだから。いつかそのうちに、彼が友人を助けるために約束を破った顛末についてお話ししよう。それもずっと昔の話で、今では、彼の言う《渉猟《シカー》》の腕がかなり錆びついてしまっている。俗語や乞食の隠語、独特の記号や合図、裏に隠れた意味を忘れかけているのだ。こういったものを使いこなしたければ、ずっと学び続けなければならない。

しかし、警察の報告書は、丁寧に書いている。

訳注

（1）ルカ伝一〇章三一節。
（2）ペシャワールにあるヒンズー寺院。
（3）デリーにあるモスク。
（4）インド有数の避暑地でイギリス領インド帝国の夏期の首都とされた。
（5）北インドの移動型民族。
（6）インド、ハリヤナ州アンバラの南東に位置する村。
（7）インド北西部国境地域のパターン族の一派であり、その領地内にアトックがある。
（8）アムリトサルの南の町。
（9）創世記二九章一八―二〇節。

ラドヤード・キプリング

「ヨール嬢の馬番」解説

甲斐清高

Profile ラドヤード・キプリング
Rudyard Kipling（一八六五－一九三六）

　イギリスの小説家、詩人、ジャーナリスト。イギリス領インドのボンベイ（現在のムンバイ）で生まれ、五歳までこの地で過ごす。

　五歳のとき、本国イギリスで教育を受けるためにインドを離れるが、十六歳になると、イギリスでの教育を終えてインドに戻り、ジャーナリストとして働きはじめる。新聞等で物語やエッセイ、詩などを発表し、詩集や短編小説集が出版されると、その名声は本国イギリスにまで届くことになる。二十三歳でイギリスへ戻ったあとは、他の文学者や編集者の後押しもあり、新進気鋭の文学者と見なされた。

　その後、帝国主義的な詩を書いたり、『ジャングル・ブック』などの児童小説、さらには、長編小説『キム』や、数々の短編小説を著したりして、一九〇七年には、英語文学の作家としては初めてノーベル文学賞を受賞した。四十一歳での受賞は、今日に至るまで最年少である。

　キプリングの晩年、そして死後、その愛国主義的な作風と社会活動から、帝国主義的、白人中心主義的、男性中心主義的であると非難されるようになり、その作品は、あまり顧みられない時期が続く。

　二十世紀後半から、ポストコロニアル批評の隆盛によって、キプリング作品が再読されるようになる。植民地としてのインドを題材にした、まさに帝国主義的なテキストとして取り上げられることが多いが、詳細に研究されることによって、キプリングの植民地への複雑な態度が解明されるなど、再評価が進んでいる。

Text

「ヨール嬢の馬番」"Miss Youghal's Sais"は、一八八七年四月二十五日、*Civil and Military Gazette* 紙上で初めて発表され、翌年、短編集『高原平話』(*Plain Tales from the Hill*) に収められた。

このキプリングの初めての短編集は、初期のインド時代に書かれた物語を集めたもので、イギリス領インド帝国時代のインド北部の様子——当地に滞在するイギリス人のみならず、現地の多様な人種を含んだ人々の生活——を鋭い観察力で生き生きと描き出している。主な対象読者は、アングロ＝インディアン、すなわちインド在住のイギリス人であったが、イギリス本国やアメリカでも出版され、題材の新奇さなどから高い評判を呼んだ。

ポストコロニアル批評との関連においては、帝国主義者キプリングがどのようにインドを描いているのかを知るうえで、非常に重要なテキストだと言えるだろう。

本作品の主人公ストリックランドは、長編『キム』のほか、キプリングの他の短編にも登場する人物であり、現地の生活を知るために、現地人に交わり、その言語、風俗、慣習に精通し、変装して現地人になりすますことさえできる。このように自ら体験することによってインドを理解しようとする態度を、キプリングはインド在住イギリス人の理想的な姿であると考えたのであろう。ただし、ストリックランドは、現地人に完全に溶け込むわけではなく、統治する側の白人という意識を常に抱いている、という見方もある。

Context

イギリスが植民地政策を進めるなか、最も重要な海外拠点であったインドは、一八五七年のインド大反乱の後、イギリス領インド帝国として直轄植民地となった。本国からインドへと派遣されたイギリス人、そして、(キプリング自身のように) インドで生まれたイギリス人は、官吏と軍人を中心にして、現地でアングロ＝インディアン社会を作っていた。

本作の舞台ともなっているシムラは、インド北部高地地方の避暑地であり、イギリス領インド帝国の夏場の首都となっていた。ここでは、現地のイギリス人の富裕層が、ブルジョア的な社交界のなかで、イギリス風の暮らしを送っていた。

キプリングが描くインド北部では、現地インド人といっても、多様な人種、多様な民族、多様な宗教が混在していた。そのダイナミックで混沌とした様相が「ヨール嬢の馬番」のなかでも、とくにストリックランドの活躍を概括した前半部分で、少しは感じられるのではないだろうか。一九四七年、インドとパキスタンが分離独立するが、現地の人たちの独立への渇望は、キプリングが描いている時期からずっと現地の人たちのなかにあったはずである。

For Further Reading

●ラドヤード・キプリング『キム』木村政則訳、光文社古典新訳文庫、二〇二〇年。インドを舞台にしたキプリング長編小説の最高傑作。「ヨール嬢の馬番」の主人公ストリックランドも登場する。『キム』については、ほかにも翻訳があるが、本書は新しく、とても読みやすいので薦めたい。

●サルマン・ラシュディ『真夜中の子供たち』（上）（下）寺門泰彦訳、岩波文庫、二〇二〇年。二十世紀後半のイギリス文学、あるいは英語圏文学で最も重要な小説のひとつであり、独立後のインドを描いているが、インド人によるインド表象という意味で、キプリングの描くインドと比較するのは興味深い。

●橋本槇矩、高橋和久編『ラドヤード・キプリング作品と批評』松柏社、二〇〇三年。キプリングの様々な側面を総合的に論じる研究書。日本語でのキプリング論として、最も充実した一冊だろう。

On a Personal Note

本短編の日本語訳は、宮西豊逸編訳『印度風俗キップリング短篇集』（歌壇新報社、一九四四年）に収められている。翻訳を終えてから読んでみたのだが、宮西の訳は、美しい表現でリズミカル、かなり良くできた翻訳であり、自分の訳が少し恥ずかしくなった。ただ、やはり少し古くて読みにくい部分もあり、また、手に入りやすいわけではないので、今回、翻訳した価値は多少ともあったのではないかと思っている。

一九五〇年以降、『ジャングル・ブック』など子供向きのものを除いて、キプリングの作品の翻訳は少なかったが、九〇年代になって、再び翻訳されるようになってきたのも、再評価の表れだろうか。

「東と西のバラッド」（"The Ballad of East and West"）や、「白人の責務」（"The White Man's Burden"）といった詩の一部が切り取られ、帝国主義、人種差別主義の代表というレッテルを貼られる傾向があるが、実は、「東は東、西は西」という詩句も、東洋と西洋の断絶を意図したものではなく、その断絶を超えた繋がりを表現したものである、とキプリングを擁護する声も強い。

キプリングは現実に、植民地時代のイギリスを代表する人物であり、帝国主義的、人種差別主義的側面があるのは否定しようもなく、その作品の中にそうした様相を見出すのは難しいことではないだろう。しかし、キプリングは当時のどの白人作家よりも、インドのことを知っていたことも間違いなく、彼のインドとの複雑な関わりが単純に帝国主義的、あるいは、人種差別主義的だと片づけられるのは少し残念な気がする。また、キプリングの人気の絶頂期は、あらゆる階層の人々から絶賛されていたことを考えると、もちろん帝国主義的な要素も人気の要因の一部だったかもしれないが、ほかにも多くの人に訴えかける魅力があるに違いない。キプリングは三〇〇にもなる短編小説を書いているが、物語作家としてのキプリングも、もっと評価されて良いのではないだろうか。

台湾

リー・アン　李昂（りこう）

モダンダンス

藤井省三・訳

モダンダンス

辛夷《シン・イー》（1）の帰国の何カ月も前から、林水麗《リン・シュイリー》は新聞で辛夷が大きく紹介されているのを読んでおり、このことで呉《ウー》という名のダンス仲間の女性が、わざわざ林水麗に向かい文句を言った——洋行してどれだけ学んだのかはさておき、たちまち有名人となったわけで、台湾で燻《くすぶ》っていたら、芽なんか出やしない。林水麗は微笑しただけで何も言わず、最後に世間話風なことを口にしたが、それも本当に才能がなければやっていけない、というような内容だった。そう言いながら、林水麗は胸の内で、呉さんも私が東南アジア各国での招聘公演から帰国した後、有名になったことを知らないはずはなく、また辛夷は何年もの間、自分の弟子だったことを知らないわけではなく、こんな露骨な言い方をするとは、と思っていたのだが、言い返すのも単に面倒だったのだ。

辛夷が帰って来ると、時折り彼女のことを話題にする人もおり、林水麗もある晩餐会で彼女に出会っている。その夜、辛夷は会全体の中心とも言うべき存在で、各界の参加者は皆この若くして外国で受賞した女性舞踏家にそれなりの興味と関心を抱き、引き寄せられるかのように次々と彼女に話しかけていたので、辛夷が林水麗に気付いて、丁重に林先生と呼んで挨拶し、心を込めて近況を訊ねてくれた時には、林水麗は確かに面目を施したような気がして、胸の内も安らかだった。しかし深夜に帰宅すると、酔いが回っており、ゴージャスな客間でひとり腰掛けていると、さまざまな思いが湧き出し、つい数年前には自分も今日の辛夷のようにスポットライトを浴びていたことを思い出し、それがわずか数年後には、ひとりでこんなに長い夜を過ごさねばならず、後先のことを考え、離婚した夫、家庭生活のあれこれ、これからどのようにして振り付けの仕事をしていけば良いのかと案じられて、楽しいことばかりではなかった晩餐会での遣り取りが急にひどく不快になり、林水麗は椅子の上に寝そべったまま、大口を開いてゲボッと吐いてしまった。

　そのため辛夷が帰国後、いかなるダンスの発表会もせず、ただ彼女の母校でモダンダンスに関する講演のみを引き受けた時、林水麗は多忙ながら出かけることにしたのである。早めに着いた林水麗が会場を見渡すと、席に着いているのは学生ばかりで、舞踏界の知り合いはひとりもおらず、胸の内では自慢とも愉快とも何とも言うに言われぬ感覚が湧き起こって来た。

　隅に座っていた李素《リー・スー》は、ふと振り向いて、彼女に気付いたのだった。

　このような場所で林水麗を見かけることなど予想外であり、彼女にダンスを習ってから十年以上も再会することなく、テレビで見るダンスからは曖昧な印象しか受けなかったので、不思議で神秘的な林水麗の出現に呆然としてしまい、大好きな童話の人物が突然目の前に現れたかのようであり、しばらくはあの創作された人物なのか、それとも眼前の人こそが真実なのか、わからなかった。

　学期末で、かなり冷え込んでいたが、林水麗が会場内に入り、品の良い暗紅色のチェックのミディ・オーバーをさっと脱ぐと、なおも膝丈の紫のスカートで、洋服の丈は遥か昔のイメージを、李素の心の中にはっきりと呼び起こした。

　記憶の中の林水麗は、いつも膝下までの服を着ており、特にフワリとしたスカートの洋装でピアノの前に座ると、スカートの幅広の裾が椅子から溢れて、大輪満開の花のようだった。その頃の李素は、童話の中のお姫様だけが着られるの、と思っていたものである。それから十数年が過ぎて、同じような衣服の丈が、李素の胸の内に潜む過去の記憶と林水麗に対する親近感を呼び起こしたのだが、そのいっぽうで、あの童話のお姫様はすでに失われていることを、李素は思い知らされた。

　林水麗は今も美しく、しかも彼女の美貌は十数年後の今こそ真価を現わしていると言うべきなのだが、彼女はスラリとして背が高く、誇らしくも胸を張るタイプの女性で、眉は太く瞳は大きく、少し唇が左右に開き過ぎだった。それは十数年前の、彼女の若い時には、当時の鹿城《ルー・チョン》の美感には余り合わなかったのかもしれない。そして今では、美しく特別な気品として認められているのだが、すでに李素は林水麗の顔から年齢をはっきりと読み取れた。

しかし林水麗がすでに若くはないということのため、彼女はもはや幼い瞳に映じるお姫様ではないと李素が思ったわけではなく、林水麗が纏う衣裳のように、十数年前に流行した長さとほとんど異ならないとしても、縫製とデザインはすでにはっきりと変化しており、林水麗はもはや小学校時代にバレエを教えてくれたあの細く柔らかい腕の林先生ではなく、ひとりの美しく気高い見知らぬ舞踏家にすぎず、李素には陳西蓮《チェン・シーリエン》(2)が思い出された。

どうして彼女たちはこのように変わらなくてはならないの、と李素は自問し、服装と女性の間の奇妙な関係を連想した。十数年来、服飾は輪廻して流行し、リバイバルもあったが、李素は疑っていた——十数年という時間により、人が全く別人に変わってしまうことがあるのは、この時間の中で、多くの事故を体験したことを意味しており、そのような人がどのような気持ちで、デザイナーがリバイバル、リターンを強調する服を着ているのかわからなかった。

辛夷は時間通りに講演を始めたが、李素は講師が紹介するダンカン(3)以後のアメリカ・

モダンダンスの発展とその方向、そしてニューヨークで学ぶダンス等々については気もそぞろで聞いており、その一方で幾度も振り返っては、遠からざる後方に座る林水麗が傾聴しているようすを目にして、自分の落ち着きのなさが恥ずかしくなり、振り向くのは止めにしたのだった。

辛夷が語るマーサ・グレアム(4)にダンスを学んだ経過を林水麗は確かに熱心に傾聴していたが、それは彼女の大昔の夢だったためであり、今この席で自分の学生が語るのを、その経験の細かいエピソードを語るのを聴いていると、切なく痛ましい思いが彼女の胸の内に込み上げてきた。

バレエ修業のためにニューヨークへ、と願ってから二〇年近くが過ぎたが、ついにわかったことは、当時の舞踏界の雰囲気、家庭、そしてその他各種の理由により、ニューヨークでのバレエ修業は永遠に叶わぬ夢であり、この望みはとうに消失したことだった。時には自嘲気味に、たとえ修業できたとしても、当時のこの国の人々に受け入れられず、孤独なダンサーとして生涯を終えるかも知れないと思うこともあった。しかしこの慰めもある前提条件の下で成り立つのであり、それはこの二〇年近くマーサ・グレアムに学んだ中国人で辛夷のように台湾に帰って来た者はひとりとしていない、という前提である。かつて、それは誰もが達し得なかった理想――少なくとも林水麗が知る限り――と思えばこそ、いくばくかの慰めとなったが、この歳月が過ぎて、今や困難を乗り越えて成し遂げた者がおり、しかもそれが彼女の弟子であったことは、辛い思いとして林水麗の胸の内に突き刺さり、続けて憤懣やる方ない嫉妬に変じた。

しばし林水麗は静坐したまま、かつて学びの場もなく、自分のダンスが壁にぶち当たったこと、そして舞踏人生の合間の不幸な結婚生活を思い出し、自分は生涯かけても環境という縛りにより何も成し遂げられなかったという思いを禁じ得なかった——辛夷は幸運にも安々とそれなりの水準に達し、それを手掛かりに容易に上昇できるのだ。林水麗がハンドバッグのバンドを固く握りしめながら立ち上がり、この場を去ろうかと何度も考えたのは、この場に留まっても何も良いことはなく、知りすぎることがなければ、少なくとも僅かに残された信念だけは守れると、良くわかっていたからだった——振付を続ける信念を。だがそのいっぽうで林水麗は、辛夷がいったい何を学んで来たのか見届けたいという思いも禁じ得なかった。

再び数名の重要なモダンダンスの舞い手の話題に戻ってザッと語り、これを結論として、彼女たちの努力により、ようやくモダンダンスは古典的バレエから離脱して、文学や絵画と同様に時代を反映する芸術となったことを強調して、辛夷は講演を終え、アメリカから持ち帰ったフィルムを上映することになった。

第一巻は日常的レッスンの基本動作で、林水麗の目に入ったのは自分が学んだ古典バレエとは全く異なる訓練方式であり、ダンサーはたっぷりと身体と動作を用いて新しい言語を語り、最も誠実で直接的な想念と情感を表現して良いことを初めて知るに至った彼女は、身体が震え出すのを感じていた。

続けてダンス数曲、辛夷自身の振付によるものもあれば、ほかの人の振付によるものもあり、どれも長いものではなく、また大規模なダンスでもなかったが、林水麗は二曲見ると、さっと立ち上がり出口に向かった。

スクリーンの光線が眩しかったせいだろうか、さっと立ち上がった瞬間、目の前は真っ暗闇だった。

帰ろう、と思ったのは、あのダンスが耐え難かったためであり、それは最も完璧な技法、最高のライティングとムードそして効果を備えていたが、彼女にはどうしても好きになれず、理解できず入ってもいけない世界を表現していたから、と彼女にも分かっていた。しかしそのいっぽうで、あの技法を取り入れ、我が物にすれば、これまで表現したいと模索してきた自分自身のダンスを編み出せる、と林水麗は確信していた。ただ、ただ、すべて遅すぎた！　彼女にはもはや遣り直しが効かないのだ。

闇の中、林水麗が手探りで出口に向かい、やっとのことで長い椅子席の間を通り抜け、ドアを開けると、冷たい風が頬を打った。
李素はスクリーンのダンスに深い感動を覚えて、去り行く林水麗に気づくことなく、上映終了後に照明がつき、オーバーを持って立ち上がってから、観衆の中にもはや林水麗の影がないことに気づく――胸の内を過ぎるのは一抹の暗い影であった。

李昂「舞展」（『殺夫』一九八三）

訳　注

（1）モクレンを意味する。
（2）本作と共に鹿城シリーズを構成する短篇「西蓮」のヒロイン。母娘二人家族で育ち、旧制高等女学校時代は日本語の恋愛小説を読み耽り、小学教師になるといわゆる外省人の同僚と恋愛するが母親に反対され、やがて母親の若い燕と噂される医師と結婚し、自宅を縫製工場に改造して資産家となる。
（3）アメリカのモダンダンスの舞踏家、一八七八―一九二七。
（4）アメリカの舞踏家でモダンダンスの先駆者の一人。

李昂「モダンダンス」解説

藤井省三

簡介／Profile　李昂（リー・アン、りこう）（一九五二年生まれ）

台湾の作家。日本の国語辞典にも「りこう（Li Ang）台湾の作家。本名、施淑端。両親とも本省人。フェミニズム文学「夫殺し」「迷いの園」「自伝の小説」など。（一九五二～）」（『広辞苑』第六版）と立項されている。

台湾中部の古都、鹿港（ルーカン、ろっこう）で生まれ育った李昂には、それぞれ批評家と作家の施叔女、施叔青両氏の姉がおり、「施家三姉妹」として知られている。李昂が小説を書き始めたのは中学二年の時、高校一年で短篇「花の季節」が新聞文芸欄に採用され文壇にデビューした。一九七〇年台北・文化大学哲学部に入学、七五年アメリカ・オレゴン州立大学演劇コースの大学院に留学し、七八年台湾に帰ると、土俗的情念に支配された伝統社会におけるセックスと暴力を描く『夫殺し』などの問題作を次々と発表し始めた。これらの作品はドイツ語、英語、フランス語、スウェーデン語、韓国語にも翻訳されており、二〇〇四年三月にはフランス政府から芸術騎士勲章を授賞されている。ちなみに同賞を受賞した高行健（カオ・シンチエン、こうこうけん、一九四〇～）と莫言（モーイエン、ばくげん、一九五五～）の二人の中国語圏作家は、その後ノーベル文学賞を受賞しており、李昂もアジアで最初の女性受賞者となるのでは……と期待されている。

李昂は料理批評、グルメ紀行でも知られており、『愛吃鬼』（食いしん坊）などのエッセー集も出版している。

日本での講演活動も多く、フェミニズム研究者の上野千鶴子氏、作家の吉本ばなな氏、小川洋子氏らとの対談が文芸誌・総合誌に掲載されてきた。

文本／Text

「モダンダンス」（原題：舞展）一九八三年台北・聯合報社初版『夫殺し――鹿城物語（原題：殺夫――鹿城故事）』収録。

舞台は一九七〇年頃の台北。四〇代前半の名舞踏家である林水麗《リム・ツイレイ》は迷った末に、数年間、自分の学生だったことのある辛夷《シン・イー》が彼女の母校の大学で行うモダンダンスに関する講演を聴きに行くことにした。辛夷はアメリカに留学してモダンダンスの開拓者の一人マーサ・グレアムに入門しており、辛夷の帰国は文化界の話題となっていたのだ。会場には林と同郷の鹿城出身の女子大生の李素《リー・スー》も来ており、長身で鮮やかな衣裳を身に纏う林の姿に気付いていた。子供の頃に林にダンスを習っていた李素にとって、林は童話の中のお姫様であったのだ。

辛はアメリカ・モダンダンスの祖イザドラ・ダンカン（一八七七―一九二七）からモダンダンスの歴史を語り始め、グレアムの元での修業について説明した後、フィルムを上映して稽古のようすとモダンダンス作品を見せる。二〇年前にグレアムの元に留学することを夢見ながら、当時の台湾の舞踏界や実家の気風に逆らえずこの夢を断念していた林は、自分はもはややり直しできないと思いながら講演を聴き、フィルムを見ていたが……

本作は台湾中部の古都出身の中年女性舞踏家を通して、高度経済成長ただ中の台北文化界における近代化の光と伝統の影とを描き出すものである。

なお中国で〝城〟は城壁のほかに街や都市をも意味し、鹿城は李昂の故郷の鹿港をモデルとする。

背景／Context

台湾は日清戦争（一八九四―一八九五）後に清朝より日本に割譲され、植民地統治下で近代化が進み、国語として日本語が普及し、日本語による読書市場と文壇が形成された。東京の文壇にも台湾人作家が続々と進出し、戦後の一九五五年には邱永漢（チウ・ヨンハン、きゅうえいかん、一九二四―二〇一二）が直木賞を受賞している。

一九四五年の日本の敗戦後、台湾を支配した国民党蔣介石（チアン・チエシー、しょうかいせき、一八八七―一九七五）政権は、独裁体制を敷き、一九四七年「二・二八事件」による台湾人大量虐殺などにより、いわゆる本省人の国民党批判を圧殺し、その後は一九六〇年『自由中国』事件などの白色テロにより、いわゆる外省人のリベラル派を沈黙させた。そのいっぽうで、国語として北京語を普及させて、文学芸術を反共政策に動員した。
一九六五年には日本による経済援助が始まり、蒋は加工輸出区を設立し、折からのベトナム戦争特需で高度経済成長政策を軌道に乗せ、東京での亡命者による本省人反体制運動も弱体化させた。こうして翌年に文化大革命（一九六六―七六）が勃発して大混乱に陥る中国大陸とは対照的に、台湾の独裁政権は安定期を迎えたのである。そして若い世代からモダニズム派や郷土文学派が登場して、台湾の現実をさまざまな視点と手法で描き始めた。李昂文学は両派の流れが合流する中で登場したと言えよう。

しかし一九七〇年代には南北ベトナム統一戦争への干渉に失敗したアメリカが、ベトナム戦争終結を図って、急速に対中接近を始めたため、一〇月に国民党政権は国連を脱退して中国に国連代表権を回収され、翌年九月には日本との断交に至る。さらに七九年の美麗島事件を契機に民主化運動が激化するものの、独裁者二世の蒋経国（チアン・チンクオ、しょうけいこく、一九一〇―一九八八）は巧みに開明的政策を実行して民主派に譲歩したため、台湾は天安門事件のような大きな流血事件を伴うことなく、一〇年後の民主化を迎えることができたのである。

「モダンダンス」のヒロイン林水麗の実家は鹿港随一、そして台湾五大家族の一つである鹿港辜〔クー〕家をモデルとしているのであろう。日本統治期の台湾で名門の家に生まれ、高等女学校時代に舞踏に目覚めた水麗は、成人後の旧国民党独裁政権下ではアメリカ、ニューヨークこそが、自由と芸術の地と憧れていたのであろう。彼女は芸術的才能と実家の経済力に恵まれながら、伝統台湾の家父長制の重圧や個人的事情によりアメリカ留学を果たせず、世界トップクラスの舞踏家への道を踏み誤ってしまった――本作で李昂は、高度経済成長期台湾の中年女性芸術家の屈折した思いを、若い女子学生の視点を交えながら描いている。

延伸閲読／For Further Reading

●李昂『海峡を渡る幽霊：李昂短編集』藤井省三訳、白水社、二〇一八年。初期の抒情性に溢れた作品と実験的心理小説、中期を代表する二・二八事件（二万人以上の台湾人虐殺）をめぐる政治とセックスの物語、そして最近作からは台湾の歴史を描く幽霊物語および政治的グルメ小説を収めている。全篇を貫くものが中国語で〝鬼（クェイ）〟と呼ばれるお化けである。〝鬼〟たちは近代化により淘汰された伝統、政治やジェンダーの独裁により殺害された生命、経済成長により喪失された寛容などの貴さを忘れてはならない、と私たちに呼びかけているかのようである。本作と共に鹿城シリーズを構成する「色陽」「西蓮」「水麗」の三篇も収録している。

●白先勇（パイ・シエンヨン、はくせんゆう、一九三七生）『台北人』山口守訳、国書刊行会、二〇〇八年。白先勇は中国広西省桂林の生まれ、父は回族で国民党の有力将軍であった白崇禧。一九五二年台湾に転居、六〇年に台湾大学でモダニズム派文芸誌『現代文学』を創刊、六二年米国アイオワ大学に留学、六五年修士号を取得しカリフォルニア大学サンタ・バーバラ校で中国語と中国文学を教えながら、中国語による創作活動を続けていた。本書は戦後国民党とともに渡台した外省人を主人公とする短篇集。白にはほかに、七〇年代台北の夜の新公園（現・二二八和平記念公園）を舞台に同性愛者たちの生態を描いた長篇小説『孽子』（陳正醍訳、国書刊行会）などがある。

●大東和重『台湾の歴史と文化』中央公論新社・中公新書、二〇二〇年。日本人の視点、台湾地方都市の視点、台湾人および台湾と関わる外部の人々の「声に耳を澄ます」という三つの文化的視点から描かれた台湾紹介の好著である。

译者的话／On a Personal Note

李昂の代表的長篇小説には、『夫殺し』（原題：殺夫、一九八二年）のように、虐待に耐えかねて夫を殺す女を描き、暴力的な夫やその周辺の人々も伝統社会にあってはみな孤独であることを浮き彫りにするフェミニズム小説があります。また『自伝の小説』（原題：自傳の小説、二〇〇〇年）の主人公の台湾共産党女性指導者の謝雪紅（一九〇一―七〇）は、十一歳の年に両親の葬儀代のため奴隷として売られ、その後神戸で日本語と北京語の読み書きを学び、上海で社会主義運動に参加、モスクワ東方大学への留学を果たし、二七年上海での台湾共産党結成と日本領事館警察による検挙、翌年台北での第一回台共中央会議開催と中央委員への昇格、総督府警察による逮捕、日本敗戦後には反国民党蜂起の二・二八事件で人民政府成立宣言、中国大陸亡命後は文化大革命中に紅衛兵によるリンチを受けて死を迎えています。

李昂文学のテーマは、ひと言で言えば政治とセックスなのですが、その原点には老いて行く男女、消えて行く伝統社会に対する優しいまなざしがあり、「モダンダンス」はそのような李昂文学の多様性の一端が良く窺えまして、私のお気に入りなのです。

解説

世界文学をどう読むか
――多様性の果てしない饗宴に向けて

沼野充義

「はじめに」でも述べたように、本書は二〇一九年に刊行された亀山郁夫・野谷文昭編〈世界文学の小宇宙〉①『悪魔にもらった眼鏡』の続編、つまり第二巻に当たる。この巻では藤井省三と沼野充義が編纂の責任を負い、第一巻とは力点を変えた編集方針のもとに企画を進めた。

第一巻は「欧米・ロシア編」と銘打たれ、文学が現実と異なった「異世界」を提示する機能、つまり広い意味での「幻想文学」系に傾いていたのに対して、第二巻は欧米・ロシア以外の様々な地域にも視野を広げたうえで、言語芸術が世界の多様性をどのように反映・表象しているかに重点を置きたいと考えた。それは単純な意味での「リアリズム」に方向転換したということではない。文学が「リアル」に、つまり現実をありのままに描いているように見えても、文学作品と現実の間には必ず言語という表現手段、あるいは「媒体」（メディア）が介在しているのであって、言語は表現者に大きな可能性を与えてくれる魔法の絵の具であると同時に、逆説的なことだが表現者を拘束するものともなる。フレドリック・ジェイムソンの刺激的な表現を借りれば、言語はまさに「牢獄」になりえるのだ。

その意味では本書の表題となった「囚われて」は象徴的である。これは直接的には、本書に収録されたロシア未来派の雄フレーブニコフの作品（本邦初訳）に由来している。本巻では収録する作品の執筆年代は二〇世紀を中心にして、新しい時代に重点を置いて編纂したのだが、二〇世紀（とくにその後半）は非常に大雑把に言って世界大戦、革命、強制収容所といった凄惨な経験を通過して徐々にあらゆる桎梏から解放されるプロセスとなった。植民地は次々に独立し、人々は偏狭なイデオロギーからも古臭いモラルの締め付けからも解放される方向に向かい、文学の世界はそれまでの圧倒的に欧米白人男性中心の価値観から自由になって多様化していった。そうであるにもかかわらず、二一世紀の我々は、改めて考えてみれば、いまだになんと多くのことに囚われ、束縛されていることだろう。二〇世紀から二一世紀にかけての世界文学は——たとえ個々の作品が特に政治的・社会的な主題を扱っていなくとも総体として見れば——人間の想像力を「囚われ」から解放し、大いなる「多様性」diversityと「インクルーシヴィティ」inclusivity（マイノリティや異端を排除せず包括的に受け入れること）の場として展開してきた。

ここまで、「世界文学」という言葉をなんの説明も定義もせずに使ってきた。「世界」と「文学」という一見したところ何の変哲もない言葉を二つ結びあわせただけの表現のようだが、このような概念が大昔から存在していたわけではない。人類は世界文学Weltliteraturの時代に入るべきだし、それを促進しなければならない、と主張して、「世界文学」という言い方を初めて文芸上の概念として提出したのは、ドイツのゲーテだった（一八二七年、弟子のエッカーマンとの会話の中で）。いまから考えると、「世界文学」という言い回しが、特定の誰かによってある時点に考案され、それ以前には存在しなかったというのはなにやら奇妙な感じもするが、ゲーテは確かにこの概念に、それまでなかったような特別な意味を込めていた。それは、単に「世界に存在する（様々な、複数形の）文学たち」ではなく、普遍的な価値を持つ単数形の「世界文学」なのである。

ゲーテが夢見た普遍的な世界文学とは、ある意味ではユートピア的な志向性であって、少し後にマルクス＝エンゲルスが『共産党宣言』で受け継ぐことになった。両者に共通するのは、世界は普遍的な価値によって統一されなければならない、という方向性である。しかし、実際にはそう簡単には世界を統一できるものではない、ということは、その後の歴史が、そして現代の世界情勢が私たちに教える通りである。ユートピアは、実現できないからこそユートピアなのだ。

二〇世紀に焦点をあてた本書だが、一九世紀末の作品を収録した作家が二人いる。その一人が、イギリス人だがインドに長く暮らし初期にはインドを舞台にした作品を多く書いたラドヤード・キプリングだ。

人口に膾炙した彼の「名句」としていまでも広く知られる言葉に、「おお東は東、西は西。両者は決して出会うことがない」（Oh, East is East, and West is West, and never the twain shall meet）というものがある。しばしば文脈を無視して引用され、キプリングを「差別主義者」として批判する根拠とされた詩句だが、原典の『東と西のバラード』（一八八九年）にあたってみれば、キプリングはその後に続けて「しかし東もなければ西もない、国境も、種族も、素性もない、二人の強い男が向かい合って立つときは、両者が地球の両端から来たとしても」と書いているのだから、いささかマッチョな姿勢だが、彼は東西の出会いが、ある特定の条件の下では可能だと思い描いていたのである。ちなみに、初めはインド在住の読者のために書いていたキプリングはその後、世界の英語圏に向けて読者層を拡大し、ノーベル文学賞を受賞するに至った。彼こそは、現代的な意味での「グローバル作家」の先駆けであった。

しかし、「東は東、西は西」という警句によってキプリングが、ゲーテの思い描いたような普遍的な世界文学の時代の到来が容易ではないことを予言したのは確かだろう。その後展開した世界の多様化と多極化は、とうてい東西の二項対立という単純な一つの軸で整理できるものではない。

さて、それでは、このように多様化した現代世界に生きながら、私たちは世界文学をどのように読んだらいいのだろうか？　世界文学は完結した閉じた体系ではない。それはこの瞬間にも爆発し膨張していく銀河のようなもので、その全貌をとらえることさえ難しい。だからこそデイヴィッド・ダムロッシュは、世界文学は「テキストの一定の正典目録《カノン》ではなく、読みの様式である」（not a set canon of texts but a mode of reading）と言っているのだ。「読みの様式」などというと何やら意味不明だが、もっと平たく言えば、「世界文学」には「これだけ読めばいい」といった必読書リストは存在しない。すべては、「あなたがどう読むか」にかかっているということだ。限りなく自由な読書の世界ではないか。

ただし、そう言い捨てただけではあまりにも不親切なので、ここでごく簡単に「世界文学的な読みかた」の可能性について触れておこう。それは主として、一国・一言語の枠を超える自由な精神の働きをうながすものだ。

1　世界文学はやすやすと時空を超える素敵なタイムマシンである。

2　世界文学は文化や宗教の境界さえ超えて、読者を異なった文化や宗教圏に生きる人々の暮らしへ招き入れる。

3　世界文学は言語の境界さえも超える。そのためには翻訳が決定的に重要な役割を果たす。従来、外国文学は原文で読まなければ鑑賞できないという「原文至上主義」が強く、実際のところ翻訳によって失われるものも大きいというのは確かだが、世界文学は翻訳による損失さえも超えて広く世界で流通していく。

4　このように世界文学を読むとき、互いに何の直接的関係もない作品同士が時空を隔てて「響きかわし」を始めるという稀有の現象を、読者は目撃することになる。ダムロッシュは、『源氏物語』とプルースト、モリエールと近松門左衛門、樋口一葉とジェームズ・ジョイスが響きかわしていることを論じている。

このような世界文学空間で何が起こるのか、一つの鮮やかな例を挙げよう。一一世紀初めごろに『源氏物語』を完成させたと思われる紫式部は、平安朝貴族社会のごく限られた読者だけを想定して書いていた。その作品が千年以上経ったいま、英語を初めとする世界の主要言語に翻訳され、世界文学の最大の古典のひとつとしてグローバルに読まれている。紫式部はそのような事態を想像できただろうか。何しろその当時は、現代のような文章語としての英語もロシア語も存在していなかったのだ。

本書が、これらの「世界文学的な読み方」のすべてを実現しているわけではもちろんないが、こういった読書の魅力的な世界がこの先に開けていると信じて私たちは編纂した。

具体的には本書は大学の一般教養の授業で、まだあまり文学に親しんだことのない学生たちのために「世界文学への手ほどき」として使うことを想定しているが、決して「お勉強」のためだけの教科書にはとどまらず、文学好きの一般読者にも広く読まれる魅力的な本づくりを目指した。「教科書として充実した内容」と「一般書として魅力的なもの」の両立はなかなか難しいのだが、実際に収録された作品の中には、すでによく知られている名作の新訳のほか、もっと知られるべき隠れた傑作や、不当に半ば忘れられていて新たな光を当てるべき作品が並んでいる。本邦初訳も少なくない。

ただし過去の掘り出し物ばかりというわけではない。中国の王蒙、台湾の李昂、ポーランドのヒュレなどの現代作家とは直接交渉のうえ、作品掲載の許可をいただいている。世界文学にすでにかなり通じている「玄人」の読者にも珍重されるべきアンソロジーになったのではないかと思う。

参考文献　For Further Reading

●デイヴィッド・ダムロッシュ『世界文学とは何か？』秋草俊一郎・奥彩子・桐山大介・小松真帆・平塚隼介・山辺弦訳、沼野充義解説、国書刊行会、二〇一一年。〔現代の世界文学論を主導するハーバード大学比較文学科教授の主著〕

●David Damrosch, *How to Read World Literature* (Wiley-Blackwell, 2009)〔上記ダムロッシュが世界文学の読み方について古代から現代まで世界中の様々な作品の例を挙げながら解説した好著。大学の英語講読テキストにもふさわしい平易な英語で書かれている〕

●藤井省三『魯迅と世界文学』東方書店、二〇二〇年。〔魯迅を中心に、東アジア文学、ヨーロッパ文学などとの関係を視野に入れて論じている〕

●沼野充義『徹夜の塊3　世界文学論』作品社、二〇二〇年。〔現代の世界文学論の意味と可能性について、国や言語の枠組みを超えて広い視野から論じている〕

おわりに

本書共編者の沼野充義教授は、〝世界文学〟を巨冊の専著にて次のように定義しています。

世界文学というのは世界の名作の目録を解説することではなく、自分の外に広がっている世界の多様な文学に向き合う自分なりの読み方のことだ。（『徹夜の塊3　世界文学論』作品社、二〇二〇年）

この定義を念頭に置いて本書を開きますと、この「世界文学の小宇宙②」においては、作品は言語別でも地域別でもなく、そして時系列で分類されているわけでもなく、珠玉の十二短編がダーク・ブルーの空をめぐっているのです。古代人に倣って首尾よく天河《あまのがわ》両岸に牽牛《ひこぼし》織女《おりひめ》を夢想し、オリオンやら蠍座やらの星座を想像できれば良いのですが、日ごろ魯迅や莫言、李昂ら中国語圏文学から世界文学を眺めている私には、満天の星を見渡すほどの観察力は備わっておりません。

そこで沼野さんの言葉に従い、「あとがき」では私なりの読み方を記すことにしたいと思うのです——本格的解説は、各篇末尾の訳者による力作をご参照いただくとして。

巻頭作のヒュレ「初恋」（一九九五年発表）は戦後間もない一九六〇年代のポーランドの工業都市グダンスク（グダニスクとも表記されます）を舞台に、国産オートバイを乗り回す若い労働者ジャズと、その弟分で中学生の「僕」が主人公です。裕福な商人の娘を愛したジャズが「僕」の助けを得ながら、戦災で中央部が破壊された橋の片端から片端へとバイクによる決死の跳躍を試みるまでを描いています。ジャズとの交際を禁じる娘の父親の目を盗んで、「僕」が二人の間の手紙を運ぶのですが、その間にも「僕」は封書を巧みに開封して中身を読み、恋の行く末を案じており、この「初恋」はどうやら淡い三角関係のようでもあります。求愛の非常手段としてバイク・ジャンプの見世物を選んだジャズは、「僕」が心配するほど長い時間をかけて、慎重にバイクの軽量化を図り、ジャンプの飛行距離を伸ばして行きますが、その間にも「アジアのどこかで戦争がいまにも始まろうと」する――おそらくベトナム戦争（一九五五年アメリカ南ベトナムに軍事援助開始、一九七三年米軍撤退）のことでしょうが、この一句により、一見のどかに展開する「初恋」三角関係は、フッと世界史の一隅を占めるに至るのです。それにしても初恋とは何時の世でも、世の何処でも切ないものなのですね。

第二篇「木箱にしまわれた紫シルクの服」（一九八三年発表）は、中華人民共和国建国間もない時期に北京で結婚する若い男性が、新婚前夜に婚約者に紫シルクの服を買ってあげるのですが、妻がこれを着る間もなく男性は粛清されて消えてしまい（一九五七年の〝反右派〟闘争により強制労働に送られたのでしょう）、妻も夫の後を追って辺境の農村に行きますが、そこでも次の事件が生じて（一九六六年から十年間も続いた文化大革命なのでしょう）紫シルクの服は着られず、二六年後の一九八三年、改革・開放経済体制が始まって三、四年後に一人息子が結婚する際に、妻が袖を通すことなく大切に保管してきた紫シルクの服をお嫁さんに贈ろうとすると……作者の王蒙（ワン・モン、一九三四〜）は現在の中国文壇の大御所ですが、前半生では政治的迫害を受け続けてきました。本作の衣服を人格化し語り手とするという手法は、古典中国文学最高峰の一つの『紅楼夢《こうろうむ》』に学んだ、というのは訳者解説で船越達志教授が指摘なさる通りかと思います。一枚のシルクの服を通じてひと組の夫婦の半生と、建国後三十余年の現代中国史が炙り出されるという名作短篇です。

第三篇ラヴィン作「ブリジッド」（一九四四年発表）はアイルランドの村を舞台に、近所に住む知的障害の妹〝ブリジッド〟の世話をする夫と、年頃の娘たちが叔母のために受ける偏見等に当惑する妻とを描いています。本作が夫婦愛と兄妹愛との矛盾という日常生活を描きながら、神話的雰囲気も感じさせる小説と読めるのは、題名に由来するのでしょうか？〝ブリジッド〟とは、ケルト神話に登場する女神の名前でもあるとのことです。

第四篇ハトゥーン作「大自然の中の東洋人」（二〇〇九年出版の短篇集収録）は、アマゾン中流の大都市マナウスの大学付属研究所勤務の女性を語り手として、日本領事館の紹介で来訪した「クロカワ」という日本人退職教授の、不思議な川の一人旅とその後日談を描いております。アマゾンやその支流のネグロ川の水の色は黒ではないでしょうが、奇妙にブラックな味わいの短篇小説です。

第五篇「ドライ・セプテンバー」（一九三一年発表）は、アメリカ南部ヨクナパトーファ郡を舞台に、白人男性の間で噂される黒人男性による、かつて社交界の花であった白人独身中年女性に対するセクハラ嫌疑、そして白人たちによるリンチ事件、リンチ主謀者の第一次大戦元兵士による唯我独尊的家庭管理等々が、暑く乾いた九月に多様な視点の下で展開します。フォークナー然とした世界に戦慄しました。

第六篇李孝石作「蕎麦の花が咲く頃」（一九三六年発表）は、驢馬《ろば》にまたがる老いたる行商人の秘められた恋と、若い行商人との不思議な縁を描きます。一九三〇年代朝鮮半島の小さな町の市場や酒場のようすが目に浮かぶかのようでした。

第七篇フレーブニコフ「捕囚」（一九一八～一九年頃執筆）は、ロシア民謡「ステンカ・ラージン」でお馴染みのステンカ・ラージンの反乱（一六七〇年）の頃に、ラージンの拠点であったカスピ海の港町アストラハンを振り出しに、誘拐され転売されてインドまで流れて行く蝶鮫漁師の幻想的物語です。ロシア革命期に登場する未来派詩人の面目躍如たるものがあります。

第八篇シュペルヴィエル「女の子」（一九三八年出版の短篇集収録）では、二〇世紀初頭のフランス北部リールと思しき町を舞台に、一六歳の少女がある日突然、出来損ないの魔術の如く、スプーンを消したり皿を割ったり、名作料理を作ったり壊したりして家出して、宿屋で料理人として働く内に、配達用馬車の御者を勤める父が宿屋の前で大怪我をしますが……。本作は、思春期を迎えた娘と勤勉な父との断絶と和解の寓話として読めそうです。

第九篇タイムール「成長」（一九二二年出版の短篇集収録）は、エジプト・カイロに住む大地主の二〇歳の息子が隣家《りんか》の娘と窓越しの恋を始めると、二〇年来彼の面倒を見てきたシッター（乳母あるいは養育係でしょう）がそれを厳しく取り締まります。やがてそれは実力行使にまで発展し、二人は取っ組み合いとなりますが……寿命短き世にあっては高齢者に数えられたであろう四五歳の乳母のような女性と、青年との禁断の恋には喫驚いたしました。これは同時代の日本にも中国にもなかった物語ではないでしょうか？

第一〇篇デレッダ「夜に」（一八九四年出版の短篇集収録）ではサルデーニャ島内陸部を舞台に、身重の美女との結婚資金を得るため町の市場に出かけた婚約者が、吹雪の中で遭難し、名門の家で親兄弟もなく暮らすお嬢様に助けられ、彼女の求愛に負けてしまいます。そして一〇年後、元婚約者の父と兄はこの裏切り者の男を拉致して自宅に連れ帰り、深夜の復讐に及ぼうとしますが……何よりも家名を重んじる誇り高き父と兄、愛憎交々の元婚約者同士、話中話に登場する名門お嬢様の殉情なる愛、そして今では九歳に成長した娘と、さまざまな人々の視線が交差するサルデーニャ山中の家では、まさに奇譚探偵小説の如き世界が展開するのです。思わず大正期の文豪、菊池寛の仇討ちものを思い出しました。

第一一篇キプリング「ヨール嬢の馬番」（一八九四年発表）は、イギリス植民地下のインドが舞台で、底層社会への同化を趣味とするイギリス人警官が、インド上流家庭のお嬢様に恋をして馬番に変装しお屋敷に潜入、誠心誠意お仕えするという物語。インドの上下格差大き社会をこれほど容易く手玉に取れるイギリス男子は、さぞやインド総督府で重宝したことでしょうと、イギリス植民地警察と言えばジョージ・オーウェルがビルマ（現在のミャンマー）体験を語ったエッセイ「象を撃つ」しか知らない私は感心した次第です。

第一二篇李昂「モダン・ダンス」（一九八三年出版の短篇集収録）の舞台は一九七〇年頃の台北。四〇代前半の名舞踏家は迷った末に、アメリカのマーサ・グレアムのもとでモダンダンサーとして頭角を現して帰国した、かつて自分の学生の帰国報告会に出かけますが……台湾中部の古都出身の中年女性舞踏家を通して、高度経済成長ただ中の台北文化界における近代化の光と伝統の影とを色濃く描き出す小品です。

本書の書名「囚われて」は、収録作品の一つフレーブニコフの「虜囚」を典故とするものです。愛と憎、疫病と格差、新冷戦と環境危機等々の中で、私たち現代人も古代人と同様に囚われ藻掻《もが》いているのです――たとえばあの幻想的旅をする虜囚の蝶鮫漁師のように。

本書は、名古屋外国語大学で外国語・外国文化の研究教育に従事する教授陣の知性を結集して成立しました。名古屋外国語大学出版会編集長の大岩昌子教授、同会編集主任の川端博氏のご尽力に深謝いたします。

私たちを叱咤激励して世界文学の地平にまで導いて下さった沼野充義教授に感謝と敬意を表します。

そして読者の皆様には、拙い「あとがき」の最後となりましたが、沼野さんの名言を贈ります――世界文学とは「あなたがそれをどう読むか」なのだ。つまり、世界文学――それはこの本を手に取ったあなただ。

編者　藤井省三　@名古屋外大名駅新キャンパス・WLALiにて

二〇二一年一〇月

編訳者

沼野充義

名古屋外国語大学教授
東京大学名誉教授
ロシア・東欧文学、比較文学、世界文学論、翻訳論

藤井省三

名古屋外国語大学教授
東京大学名誉教授
現代中国語圏の文学と映画

訳　者

船越　達志	名古屋外国語大学教授 中国文学
吉本　美佳	名古屋外国語大学准教授 アイルランド・イギリス演劇
鈴木　　茂	名古屋外国語大学世界共生学部教授 東京外国語大学名誉教授 歴史学、ブラジル史
梅垣　昌子	名古屋外国語大学教授 アメリカ文学
斎藤　　絢	名古屋外国語大学准教授 日韓比較文化、韓国民衆歌謡研究
亀山　郁夫	名古屋外国語大学学長 ロシア文学、ロシア文化
大岩　昌子	名古屋外国語大学教授 フランス語、フランス文化
松山　洋平	名古屋外国語大学准教授 イスラーム教思想
石田　聖子	名古屋外国語大学准教授 イタリア文学、映画
甲斐　清高	名古屋外国語大学教授 イギリス文学

Artes MUNDI 叢書
—— 知の扉が開かれるときには ——

世界文学の小宇宙 2
囚われて

2021年11月30日　初版第1刷発行
沼野充義・藤井省三 編

発行者　亀山郁夫
発行所　名古屋外国語大学出版会
470-0197　愛知県日進市岩崎町竹ノ山57番地
電話 0561-74-1111（代表）
https://nufs-up.jp

本文デザイン・組版・印刷・製本
株式会社荒川印刷

ISBN 978-4-908523-34-2